伊勢佐木町（いせざきちょう）探偵ブルース

東川篤哉

祥伝社文庫

目次

第一話　過ち(あやま)の報酬

1

　四月の太陽は西に傾いたものの、横浜たそがれ——と呼ぶには、まだまだ早い時間帯。

　伊勢佐木町は多くの買い物客や観光客で賑わい、関内駅周辺には、これからナイター観戦に向かおうとするベイスターズ・ブルーのユニフォーム姿が目立ちはじめる、そんなころ。

　俺は、とある廃屋の前に立っていた。朽ち果てて、ところどころ文字の読めなくなった看板には『中○○宝○軒』とある。超難解なクロスワードパズルのようだが、店構えをヒントにして考えるならば、最初の『中○○○』は、おそらく『中華料理』だろう（あるいは『中華飯店』でも可）。で、後半はそれっぽい店名を想像するしかないのだが——

『宝来軒』あたりかな？

　まあ、仮にそう呼ぶとしよう。問題なのは『宝来軒（仮）』の廃屋と、それに隣接する飲み屋の建物だ。両者の間には、大人ひとりがやっと通れるくらいの細長いスペースが延びている。

「間違いないんだな、真琴？　奴が、この『宝来軒』の奥に逃げ込んだっていうのは」

派手なスカジャンを着た相方に問い掛けると、彼は真剣な顔で、「ああ、そのとおりさ、兄貴」と頷き、それから慌てて茶色い髪を左右に振った。「いやいや、待ってくれよ、兄貴――ここって、『宝来軒』っていうのかい？　俺、全然知らねーけど」

「んなこと俺だって知るかよ。たったいま、この俺がそう名付けたんだから」

だが俺の忠実なる舎弟、黛真琴とて、こちらの脳ミソの中まで覗けるわけではない。

彼はサッパリ意味が判らないというように「はぁ⁉」と首を傾げる。

俺はその間抜けな面を睨みつけながら、「ん、なんか文句でもあるのか、真琴？」

「いいや、兄貴がそう呼ぶんなら、きっと『宝来軒』だ。間違いねえ」真琴は顔の横でぐっと親指を立て、その指先を前方に広がる狭い空間へと向けた。「それでさ、俺、確かに見たんだ。アイツが、この奥に逃げ込んでいくところを。アイツ、きっと俺たちのことを撒こうとして、この奥でジッと息を潜めてやがるんだぜ」

「そうか。よし判った」確かに俺たちの標的は、この奥にいるらしい。頷いた俺は真琴の背中に腕を回す。そしてスカジャンに描かれた龍虎の図柄を掌で叩きながら、耳打ちした。「おい真琴、おまえは裏へ回れ。挟み撃ちだ」

「おおッ、さっすが兄貴、ナイスアイデアじゃん！」

「だろぉ！」俺は会心の笑みを浮かべながら、「判ったら、さっさといけ」

命じられるまま、大股で駆け出す真琴。その背中では、緑色の龍と黄色い虎が一触即発の睨み合いを演じている。――にしても真琴、二十一世紀の横浜で、そのセンスかよ⁉

弟分のズレたファッションを嘆きながら、俺は彼を見送った。派手な背中が角を曲がり、視界から掻き消える。これから始まるであろう大捕り物。その高揚感を抑えようと、俺はジャケットの胸ポケットから煙草の箱を取り出し、一本口にくわえた。ところが――ジッポーのライターに火を灯し、オレンジの炎を煙草の先端に近付けようとした、まさにそのとき！

「あッあッ、兄貴ぃーッ、そっちだ、そっちに、いったぜーッ」

想定したよりも早く、真琴の声が狭い空間の向こう側から響いてきた。

「畜生、真琴の奴、しくじりやがったな！」

そう叫んだ俺は、あと数ミリのところで火を灯しそこなった煙草を、苦々しい思いで地面に叩きつける。そして目の前の狭い空間へと、自ら足を踏み入れていった。

すると、ほんの数歩ほど進んだばかりのところで、前方に見える怪しい人影。狭い空間を塞ぐかのごとき巨体が、こちらに向かって猛スピードで迫ってくる。紫色のスーツを着た角刈りの中年男だ。その前方を疾走するのは、なぜか一匹の犬。茶色いふさふさの毛に黒くて丸い目。キャンキャンと甲高い鳴き声を響かせながら、すばしっこい走りを披露している。おそらくポメラニアンだ。角刈り男はそのポメラニアンを追っているらしい。

　身の危険を感じた俺は、「わ、わ、わぁ――ッ」と悲鳴をあげながら、慌ててバックステップを踏む。だが靴の踵が地面に引っ掛かって、あえなく後方に転倒。ひっくり返った俺の頭上を、茶色い毛玉のごとき生物が、ピョ～ンと飛び越えた。

「ひゃあ！」と思わず叫んだ俺の身体を、今度は紫スーツ男の尖った靴がまともに踏みつける。俺の口からは牛蛙のごとき「ぐえッ」という呻き声。それでも男は謝る素振りなど微塵も見せることなく、

「待ってココアちゃん、逃げないで！　誰か、僕のココアちゃんを捕まえてぇ――ッ！」

　体格と髪形とファッションにまったくそぐわない台詞を吐きながら、走り去っていく。

「な、なんだ、あの野郎、おどかしやがって……」

　むっくりと上体を起こした俺は、男の消え去った方角を見やって荒い息を吐く。そして先ほど地面に叩きつけた煙草一本を拾い上げると、それを大事に箱の中へと戻した。

　煙草の箱をポケットに仕舞い、ようやく立ち上がった俺は、「おーい、真琴ぉ、いったい、どーなってんだ！」

相方の名前を呼びつつ、建物の隙間を奥へと駆け出す。すると、どこからともなく、

「すまない、兄貴！　犬連れた変な野郎と、そこの角でぶつかっちまって……」

「はあ、おまえ、どこにいるんだ？　声しか聞こえねーぞ」

「こっちだよ、こっち、ほら、兄貴ぃ……」

「はあ、どこだよ？」まったく世話の焼ける奴だ。不満を呟きながら、俺は建物と建物の間の迷路のごとき空間を適当に進む。そうするうちに「――ハッ」

俺はピタリと足を止めて、目を凝らした。建物の裏手に設置されたエアコンの室外機。その上に一匹の猫がいる。それもただの猫ではない。白と黒、ツートンカラーの太った猫だ。そいつは一瞬、俺の顔を見詰めたかと思うと、「フン」と鼻を鳴らして室外機の上で方向転換。ピョンと地面に飛び降りるや否や、脱兎のごとく――いや、猫なのに『脱兎』ってのも変か――とにかく、そいつは俺の前から逃げ出した。『脱猫』のごとくにだ。

すぐさま俺は、どこか近くにいるであろう舎弟に叫んだ。

「見つけたぞ、真琴！　そっちだ！」「え、そっちって、どっちだよ、兄貴！」「だから、こっちだって！」「こっちって、あっちのことかい！」「あっちじゃねえ、そっちだ！」

「そっちって、どっち！」

建物と建物の間で、俺と真琴の声が交錯して反響する。そうこうするうちに、俺の前方

をいく白黒の猫が、とある建物の角でピタリと足を止める。さては逃走を諦めたか。あるいは俺のことを猫好きの好人物であると認識したのか。理由はともかく、絶好のチャンス到来。俺は歓喜の瞬間を思い描きながら、太った猫へと小走りに駆け寄る。そして俺の懸命に伸ばした両手が目指すべき標的――すなわち白黒の太った猫――そのモフモフとした身体に触れかかった、まさにそのとき！

　建物の死角から猛然と飛び出してきたのは、スカジャンを着た茶髪の男。真琴だ。

「わあぁぁ――ッ」と叫んだときには、もう遅い。

　一匹の猫を目掛けて、大の男が二つの方角から一斉に飛び掛かったら、どうなるか。結果は火を見るより明らかだ。次の瞬間、俺と真琴は側面衝突。互いの側頭部でゴツンと音のする挨拶を交わした俺たちは、衝撃のあまりその場にうずくまった。

「アタタタ……馬鹿野郎、急に横から飛び出してきやがって！」

「イテテテ……兄貴こそ、いきなり横から現れたんじゃんか！」

「んなことあるか。全部おまえが悪い」俺は相方に責任を押し付ける一方で、「おい、それより猫は？　あの白黒の太っちょ、どこへいきやがった？」

　いまさらのようにキョロキョロと周囲を見回す俺。すると数メートル先に、俺たち二人をあざ笑うかのように佇む猫の姿。俺は慌てて依頼人から借りた写真を取り出す。そして写真の猫と目の前のそれとを交互に見返した後、ガックリと肩を落とした。

「おい、真琴、あの猫はノロちゃんじゃない。顔が違う。首に赤いリボンも巻いてないみたいだしな」

「えぇーッ、そうなのかい、兄貴？　でも、よく似てるじゃんよぉ」

口を開くのもしんどいと感じる俺は、心の中で呟いた。

——馬鹿、似てる猫じゃ駄目なんだよ。本物のノロちゃんじゃねーとな！

2

そもそも、なぜ俺と黛真琴が猫捜しに奔走することとなったのか。

事の発端は遡ること二日前。四月十一日の水曜日の午後のことだ。場所は横浜の中心街、伊勢佐木町の一角にひっそりと建つ雑居ビル。その三階に看板を掲げる『桂木圭一探偵事務所』に、とある女性の来客があった。ちなみに、この看板に書かれた「桂木圭一」という素敵な名前こそが、俺のフルネームだ。死んだ親父が名付けてくれたらしい。きっと学のない親父は「木」と「土」と数字の「一」しか書けなかったんだな。——だって、そういう名前だろ？

それはともかく、探偵事務所の看板を掲げている以上、当然ながら俺の職業は私立探偵。つまり訪れた女性はこの俺、桂木圭一探偵の評判を聞きつけ、わざわざ事務所に足を運んでくれた奇特な依頼人というわけだ。

さっそく俺は彼女を応接セットの上座にご案内。探偵助手である真琴が大慌てで茶を淹れた。

その女性は年のころなら二十代後半か。栗色に染めた髪は背中に掛かるほどの長さ。まあまあ整った顔立ちで、黒目がちな眸は妖艶な魅力を湛えている。だが、よくよく見れば疲れた肌を厚めの化粧で懸命に誤魔化している様子が窺えるし、長い髪の毛も妙にパサついた印象。着ている服はコンサバな黒っぽいスーツだが、膝丈のタイトスカートから覗く脚は肉感的で艶かしい。一見して俺は、彼女のことを水商売の女性と判断した。仮にも探偵業で長年飯を食っているだけあって、俺の見立ては案外よく当たる。ソファに腰を下ろした彼女は、真琴が差し出した湯呑みのお茶を一口啜ると、

「高森涼子と申します。伊勢佐木町の『胡蝶』というクラブで働いています」

と想像したとおりの自己紹介。

すぐさま俺は、安心と信頼と明朗会計が売り物の健全すぎる探偵の顔を装いながら、

「それで高森さん、ご依頼というのは、どのようなことでございますか？」

と丁寧かつ完璧な敬語で依頼人に語りかけた。ここは極めて大事なところだ。多くの私立探偵は腕っ節の強さや調査能力を強調するあまり、基本的な接客態度がぞんざいになる傾向がある。まったく困った話だ。そういう輩が探偵事務所の看板など掲げるものだから、俺たちのようなマトモな探偵が迷惑する。

この際だからいっておくが、一部の例外を除けば俺たち探偵稼業の人間は、依頼人のことを何よりも大切に扱う。タメ口なんて言語道断。依頼人に対しては最上級の敬語で応じるのが、我が探偵事務所における基本ルールだ。

それが証拠に、依頼の内容をいいよどむ彼女を前にして、俺の隣に座る真琴が優しげな笑顔を向けながら、「なんだい、お姉さん、黙ってちゃ判んないぜ。ほら、何でもいいから、いってごらんよ。俺たち絶対、力になるからさ」

などと、あまりに気さくすぎる口を利くのを見て、たちまち俺は大激怒。いきなり彼の胸倉を摑むと、

「なんだ、おら、真琴ぉ、その口の利き方はぁ！　おめーは、この人の親友かぁ！」

と怒鳴りつけて、さらに頭突きを一発お見舞い。無礼な相方を一瞬で黙らせる。

ことほどさように探偵稼業は礼儀にうるさい。自分の未熟さを思い知った真琴は、赤くなった鼻面を押さえながら、「す、すまねえ、兄貴、お、俺ついウッカリ……」

「ウッカリで済んだら警察いるか！　よーく覚えてろ。探偵は接客業だってな！」

俺は教訓に満ちた言葉を舎弟に与え、それから目の前の依頼人に対しては、再び安心と信頼と明朗会計の笑顔を向けた。「で、この度は、どのようなご依頼でございましょう？　私どもは、どんな依頼でも承る所存ですが……あ、どうか、お待ちを！　ちょっと、お逃げにならないで！」

腰を浮かせて逃げ出そうとする依頼人を、俺は懸命に引き留めながら、

「ほら見ろ、真琴、おまえのせいで、お客様が恐がってらっしゃるじゃねーか。謝れ、真琴！　いいから、謝れ。土下座だ、土下座。なんなら指詰めろ！」

「わ、判った、兄貴。土下座する。指だって詰めるぜ！」

「わあ、やめてください、そんな物騒な真似！」床に両手を突く真琴に、依頼人が青ざめた顔で駆け寄る。「そんなことされたら、私が困ります。どうか顔を上げてください」

すると真琴は目に涙を浮かべて感激の面持ち。俺は彼の肩をポンポンと叩きながら、

「良かったな、真琴。お客様のお許しが出て。いいな真琴、無事だった小指に懸けて誓うんだぞ、こちらのお客様のために誠心誠意、働くってな。——で、高森さん、何度もお尋ねするようで恐縮ですが、この度はどういったご依頼で？」

「は、はあ……」どこか諦め顔の高森涼子は、仕方ないとばかりにソファに座りなおす。

そして再び湯呑みのお茶を一口啜ると、ようやく——本当にようやくだ——この度の依頼内容を口にした。「実は逃げた飼い猫を捜していただきたいんです」

そういって依頼人が差し出した一枚の写真。そこに写るのは、白黒の太った猫だった。首に赤いリボンを巻いている。その隣には輝くような笑顔を見せる高森涼子。それは猫と飼い主との幸せなツーショット写真だった。

なんだ、ペット捜しか——などと断じて思ってはいけない。思っても顔には出さない。顔に出しても言葉には出さない。なぜならこのご時世、ペット捜しは探偵事務所の重要な収入源。そのことをよく知る俺は、営業用のスマイルを依頼人へと向ける。

ところが、そんな俺の隣で心底アホな相方が「なんだ、ペット捜しか」と禁断の一言。咄嗟に俺は依頼人を恐がらせないよう、にっこり笑みを浮かべたまま、ソファの下で舎弟の靴の爪先をムギュ〜ッと踏みつける。たちまち顔面を朱に染める真琴。それを横目で見ながら、俺は何食わぬ顔で依頼人に尋ねた。

「やあ、可愛い猫ちゃんですねえ。お名前は何というんです？」

「名前は『ノロ』といいます。アパートの部屋から逃げ出したのが二日前、四月九日の月曜日でした。なので、この月曜と火曜の二日間、自分の力でどうにか捜し出そうと頑張ってみたのですが、結局は駄目でした。この先、クラブでの仕事もありますから、いつまでも自分で猫捜しを続けるわけにはいきません。ですから、どうかお願いです、探偵さん。私に代わってノロを捜し出してください」

依頼人は失踪した家族の安否を心配するような表情。そんな思い詰めた顔を見せられては、こちらとしても到底、依頼を断ることなどできるはずがない。

こうして、俺たちはノロという迷い猫の捜索を引き受けたのだった。

3

そして話は、ようやく元の場所へと戻る。ノロのそっくりさんに一杯食わされた俺たちは、痛む側頭部を押さえながら揃って意気消沈。だが、それで捜索を諦めるような俺たちではない。

「進むべき道が判らなくなったときは、いちばん確実な場所へ戻れ。――とある巨匠監督の言葉だ。いくぞ、真琴」

「でもよ兄貴、いちばん確実な場所って、どこだい？」

「高森涼子の自宅に決まってるだろ。ノロちゃんは、そこから逃げ出したんだからよ」

「そっか」真琴は頷き、そしてすぐさま首を傾げた。「だけど兄貴、飼い猫が逃げ出したのが月曜日で、今日はもう金曜日。さすがに同じ場所には、いないんじゃねーかなあ」

「そこが盲点ってやつさ。もうずっと遠くにいってしまっただろう。そう思っていると、案外と近くにいたりする。ペット捜しってのは、大抵そういうもんだぜ」

「おおッ、さっすが兄貴。俺なんかとは踏んできた場数が違うなあ」

「だろぉ！」――ま、ペット捜しの経験値を褒められても、あんまり嬉しくねーけどな！

俺は密かに顔をしかめながら、夕闇迫る街角を京浜急行黄金町駅へと進む。

高森涼子の暮らすアパートは、駅から少し離れた住宅街だ。やがてお洒落なショップや背の高いビルが姿を消し、あたりの風景が庶民的な一戸建てや単身者向けの集合住宅などに変化したころ。俺は声を潜めて、一歩後ろを歩く舎弟に呼び掛けた。

「おい、油断するんじゃないぞ、真琴。犬でも猫でも鼠でも、大概ケモノってやつは暗くなると動き出すもんだ」

「ああ、判ってるよ、兄貴。でもよ、実際もう随分と暗くなってきたぜ。これじゃあ、白猫も黒猫も白黒の猫も、全部同じに見えちまうじゃんか」

「そんなもん、捕まえてから確認すりゃいいだろ」

我ながらテキトーすぎるアドバイスを与えながら、俺は周囲を見回す。全身をセンサーにして辺りの様子を窺っていると、やがて近くに小動物の気配。耳を澄ませば、微かではあるが、どこからか動物の鳴き声が聞こえる。ミャーミャーというその声は間違いなく猫のものだ。俺は目の前の住宅の壁際に身体を寄せながら、「おい、この角の向こうだ」

「ああ、確かに、俺にも聞こえた。今度こそ、きっとノロちゃんだぜ」

「慌てるなよ、真琴。絶対にしくじるんじゃねーぞ」

住宅街の狭い道が交差する十字路。その角に身を寄せ合いながら、俺と真琴は暗がりの中で互いに頷く。そして呼吸を合わせながら「ワン」「ツー」「スリー」と意味が有るような無いようなカウントを刻んでから、「――それッ」

俺たちは前方の角を曲がり、狭い路地へと一斉に飛び込んでいった。ところが――

そこは街灯に照らされた明るい路上。目の前にいるのは白黒の太った猫ではなくて、黒いスーツを着た若い男性だった。その傍らには、やはり黒っぽいパンツスーツ姿の若い女性が佇んでいる。――あれ、猫は⁉

そう思って目を凝らすと、彼女の足許に纏わりつくように、一匹の猫の姿。それを見るなり、俺は迷うことなく彼女の足許に両腕を伸ばした。すると何を勘違いしたのか、パンツスーツの女の口から「きゃあ！」という悲鳴。当然ながら、彼女の足許にいた猫は脱兎のごとく――畜生、駄目だ。どうしても、この表現が浮かんでしまう――とにかく、その猫は物凄い勢いで俺たちの前から逃げ出した。

「追うぞ、真琴！」

「任せろ、兄貴！」

俺たち二人は目の前の男女二人を掻き分けるようにして、駆け出す素振り。だが、そうは問屋が卸してくれなかった。「あ、待って、そこの二人！」

背後から響く女の声。それでも構わず猫を追おうとする俺たちを、一拍遅れて、

「待ちなさい、君たち！」

と今度は男の声が呼び止める。女のほうはともかく、男の声には俺たち二人が揃って足を止めるだけの迫力と威圧感があった。路上でピタリと静止した俺たちの前を、猫は悠々と逃げ去っていった。

「――チッ」舌打ちしながら猫を見送った俺は、あらためて二人のほうに向きなおった。

男は綺麗に鼻筋の通った二枚目顔。黒縁の洒落た眼鏡と、その奥に光る切れ長の鋭い目が、知的かつ真面目な印象を与えている。髪は男性にしては長めで、軽く目許が隠れる程度。判りやすくイケメンと呼んでいい顔立ちだが、まあハッキリいって、この俺が嫉妬するほどではない。体形は良くいえばスリムでスマート。悪くいえば、ひょろりとした痩せっぽちなので、万が一、殴り合いの喧嘩になったとしても、まずこちらが負けることはないだろう。だが待てよ、この男女コンビはひょっとすると――

嫌な予感を覚えて眉をひそめる俺。それをよそに、予感も何もいっさい感じない男、黛真琴が男に向かって突っ掛かっていった。「やいやい、よくも邪魔してくれたな、あんたら！　このオトシマエ、どう付けてくれるんだい、ああん！」

――真琴、おまえ、探偵助手じゃなかったなら、完全に弱いヤクザだぞ！

すると苦い顔をする俺の目の前で、パンツスーツの女が胸元のポケットに右手を差し入れる。取り出したのは、やはり俺の想像したとおり、お馴染みの手帳だった。女は手帳を顔の高さに示して、よく通る声でいった。

「伊勢佐木署の者です。ちょっと、お話を伺ってもよろしいでしょうか」

途端に真琴の口から「うッ……」という呻き声。だが、すぐさま彼は強気な態度を取り戻すと、「な、なんだ、あんたら、刑事さんか⁉　お、おう、構わないぜ。何だって聞いてくれよ。職務質問ぐらい、こっちはすっかり慣れっこなんだからよ」

「そうですか」自慢になりませんね――とでも、いいたげな顔で女性刑事はいった。「ご協力感謝します」

すると今度は男性刑事が前に進み出た。たちまち真琴の顔に戸惑いと怖れの色が滲む。

「ななな、何だよ、おおお、俺たち、ななな何も、わわわ悪いこと、ししし、してねーからな！」

――全然、慣れっこじゃねーじゃんか！　なにブルブル震えてんだ、馬鹿！

これ以上、この男に喋らせたら、いったい何を『自白』するか判ったものではない。

俺はスカジャンの背中を引っ張り、舎弟を下がらせる。そして自ら進み出て聞いた。

「どうしました、刑事さん？　この付近で何か事件でも？」

「おや、ご存じありませんか」男性刑事は意外そうな表情。眼鏡の奥で切れ長の目をさらに細くしながら、「実は先日の月曜日、この付近で不幸な事件が起こりましてね。ひとり暮らしの老人が、何者かに刃物で刺されて亡くなったんです。新聞等でも報じられていますよ」

「へえ、そうでしたか。ここんとこ忙しくて、新聞読む暇もなくってねえ」

「ところで、あなたがたは、この近所にお住まいの方？」

「いや、まあ、そういうわけじゃ……」

「では、職場が近所にあるとか。――え、それも違う？　だったら、あなたがたは、こんな夜道で何をなさっていたんです？」

「いま見てたでしょ」俺は肩をすくめて答えた。「猫を捜していたんですよ。白と黒の入り交じった太っちょの猫をね。俺たち、そういう仕事なんです」

「仕事!?」と疑わしげな声をあげたのは、女性刑事のほうだ。「いったい、どんなお仕事ですか」

「なーに、探偵ですよ。知りませんか。伊勢佐木町にある『桂木圭一探偵事務所』って」

「ええ、知りません」と女性刑事がコンマ五秒のタイミングで首を真横に振る。

「………」俺はたちまち暗い気分に陥った。――なんということだ。同じ場所で同じ看板を掲げながら、もう五年も営業しているというのに！　いまだ伊勢佐木署の刑事にさえ、その名を認識されていないなんて、「あ、あり得ねえ……」

　人知れずショックを受ける俺。だが、そんな俺の前で男性刑事のほうが「桂木……圭一……探偵……」と呟きながら眼鏡の縁に指先を当てる。どうやら何事か思い当たる節があるらしい。やがて「ふうん」と呟いた彼は、口許に薄ら笑みを覗かせると、「では、あなたがたは探偵事務所の人間で、迷い猫を捜すために、この場所を訪れた。それだけなんですね？」

「ええ、そういうこと。殺人事件なんて、全然知りませんよ」

「そうですか。では何も聞くことはなさそうです」そういうと、男はスーツの裾を翻すようにして、くるりと背中を向ける。そして相方の女性刑事にいった。「では、松本さん、僕らは他を当たるとしようか」

「え、他って……⁉」松本と呼ばれた女性刑事は、なおも不満そうに俺たち二人を指差しながら、「いいんですか、この人たちのことは……」

「うん、いいよ。たぶん問題ないから」

そういって男性刑事は相方に向かって片手を振る。そしてスーツの背中を向けたまま、俺にいった。

「ところで、白黒の太った猫を捜してるんでしたね。でも、さっき逃げていった猫は白黒ではなかったし、太ってもいなかった。ここ数日、この付近で捜査に当たっていますが、そういう猫を見かけた覚えはありません。どこか別の場所をお捜しになったら、いかがですか。――それじゃあ、そういうことで」

それだけ言い残して、悠然とその場を立ち去る男性刑事。一方の女性刑事は未練がましく俺たちのことを一瞥してから、「あ、ちょっと……待ってくださいよぉ……」といって、先輩刑事の後を追いかける。刑事たち二人は十字路の角を曲がって、俺たちの前から姿を消した。

路地に取り残された俺は、妙な違和感を覚えずにはいられない。

――何なんだ、あの刑事？　最後はやけにアッサリ引き下がったな。

なぜだろうか、と首を傾げる俺。その隣で真琴は、刑事たちの立ち去った方角を向きながら、この世でいちばん不謹慎な中指を思いっきり立てる。そして、たっぷり恨みのこもった台詞を口にした。

「畜生、サツの野郎め、俺たちのこと、見た目で判断しやがって。——なあ、兄貴」

「あ、ああ、そうだな」

——けど判ってんのか、真琴。見た目で怪しまれてんのは、主におまえだからな！

4

そんな波瀾万丈の猫捜しにも急転直下、終了のときが訪れた。それはイケ好かない刑事たちに職質を受けた日から一夜が明けた翌日、十四日土曜日のことだ。

相変わらず猫捜しに奔走する俺と真琴は、黄金町駅から程近い、とある児童公園にいた。俺たちの周囲に群がるのは、公園に遊びにきたやかましいガキども——じゃなかった、素敵な坊やたちだ。そんな小学生たちに聞き込みをするうちに、思いがけず有力な情報が転がり込んできたのだ。

俺は子供たちの中で最も賢そうな男の子に顔を寄せながら、「——それ、ホントかい？本当に白と黒の猫だった？」

「うん、本当だよ」男の子は公園に沿って延びる車道を指差しながら、「あのへんに転がっていたんだ、白黒の猫の死骸が。たぶん車に撥ねられたんだと思う。もう三日ぐらい前だけど」

すると興奮した面持ちの真琴が、「おい、それって間違いねーんだろうな」と無理やり横から口を挟むと、「嘘だったら承知しねーからな」とガンを飛ばしながら本気で凄む。

——おい、真琴、子供相手に、その態度か？　逆に弱く見えるぞ！

と、俺は密かに溜め息をつく。どうやらこれは、もう一度、頭突きかローキックをお見舞いしてやる必要がありそうだ。そう思って体勢を整えようとしたところ、俺が右足を振り抜くより先に、子供たちのほうが真琴の周囲を取り囲み、「誰が嘘ついたって！」「嘘なんかつくか、馬鹿！」「信じる気がないなら、最初から聞くな！」「もう何も教えてやんねーぞ！」「これだから大人って奴は！」「だいたい何だよ、そのジャンパーは！」「昭和の不良か！」「このヤンキーが！」「超ダセぇ！」と、いいたい放題いって、真琴のひ弱なハートをボコボコに打ちのめす。——おいおい、まるで集団リンチだな！

啞然とする俺は、結局、相方の擁護に回らざるを得なくなった。

「まあまあ、坊やたち、そのへんで勘弁してやってくれないか。こう見えても、彼は打たれ弱いタチなんだから」そういって怒れる小学生をなだめた俺は、ポケットから取り出した写真を、あらためて子供たちに示した。「その猫って、こういう猫だったかな？」

「うーん、よく似てるけど……」

「同じかどうかは、判らないなあ……」

と大半の子供たちが首を傾げる中、いままで黙っていた小太りの男の子が、決定的な証言を口にした。

「うん、間違いないよ。この猫だった。ほら、この写真の猫、首に赤いリボン巻いてるだろ。あの猫の死骸も、こういう色のリボン巻いてたもん」

「そ、そうか……」ならば決まりだろう。「うん、判ったよ。ありがとう」

協力してくれた子供たちに丁寧に礼をいうと、切り替えの早い子供たちは「わ――ッ」とガキらしい歓声をあげながら、公園の遊具へと散っていく。俺は無念の溜め息を漏らしながら、大切な写真をポケットに戻した。

「ま、仕方がないな。ノロちゃんは、もともと家の中で飼われていた猫。外の過酷な環境で生き延びるのは、そもそも無理だったんだ。なあ、真琴。――あれ、おい、真琴⁉」

相方の返事のないことに驚いた俺は、公園をキョロキョロ。やがて真琴の姿を発見したのは水飲み場の陰だ。すっかり自信喪失の彼は、体育座りで膝を抱えていた。

「おい真琴、なにイジケてんだ。相手は小学生だぞ」

「兄貴、俺ってダセーのかなぁ……」

なんだよ、いまごろ気付いたのか——という本音の呟きが口を衝いて飛び出しそうになる。だが俺はその言葉をぐっと呑み込み、いったん深呼吸。そして次の瞬間、「ば、馬鹿野郎！　そんなわけあるか。ダサくなんかねえ。ススス、スタイリッシュだぜ！　トトト、トラディショナルだぜ！」と可愛い舎弟のために精一杯の賛辞を口にしたが、やっぱり本当のことをいってあげたほうが良かっただろうか。

俺の言葉を真に受けた真琴は、「そ、そうだよな、兄貴。さっすが兄貴は、俺のセンスがよく判ってるぜ！」といってアッサリ自信回復。すっくと立ち上がると、「そんじゃあ、さっそく裏取り調査だ。子供たちの話だけじゃ、まだ信憑性に欠けるもんな。そうだろ、兄貴？」

「あ、ああ、そうだな……」

結局、舎弟のファッションセンスを正す絶好の機会を逃して、俺は複雑な思い。苦い表情を顔一杯に浮かべながら、真琴とともに公園を立ち去ったのだった。

依頼人、高森涼子とは、その日の夕刻に直接会うことができた。クラブ『胡蝶』に出勤する前に時間を取って、事務所に足を運んでもらったのだ。先日はコンサバなスーツ姿だった彼女だが、今日は夜の仕事に出掛ける直前ということで、華やかな紺色のワンピース姿。応接セットのソファに腰掛け、神妙な面持ちで俺の言葉を待っている。

こちらとしては実に気の重い仕事だが、調べただけの事実は伝えないわけにはいかない。俺は今日の昼間、小学生たちから入手した情報を事務的な口調で彼女に伝えた。

「……念のためにと思い、近隣の住人にも聞き込みをおこないましたが、やはり同様の証言が得られました。三日前に白黒の猫が公園付近の車道で死んでいるのを、多くの住人が見ています。首に赤いリボンを巻いた、太った猫だそうです。その死骸はいつの間にか見えなくなっていたそうですが、おそらく市の職員が片付けたのでしょう。なので私たちは、それを直接確認できていませんが、まずノロちゃんと見て間違いないものと思われます……」

説明を終えた俺の視線の先、高森涼子は話の内容を充分に理解した様子だった。

「そうですか。ノロは死んだのですね。車に撥ねられて……」

「はい。残念ですが、そのようです」

「では、仕方がありませんね。可哀想なノロ……」

涙ぐみながら、目尻をそっと指先で押さえる高森涼子。その姿を見やりながら、実のところ俺は内心ホッと胸を撫で下ろしていた。

ひょっとして依頼人が聞き分けのない女性で、『それはノロではありません』『ノロはまだ生きています』などと無茶なゴネ方をした場合、どう納得させようかと密かに恐れていたのだ。『桂木圭一探偵事務所』は行列のできる人気店ではないが、かといって、もうこの世にいない猫を永遠に追い続けていられるほど暇でもないのだ。

だが心配は杞憂に終わった。高森涼子は深々と頭を下げると、「よく判りました。結果はともかくとして、私もこれでスッキリした気持ちになれます。難しい仕事をお願いしてしまって、申し訳ありませんでした。調査の代金は近日中に必ずお支払いいたします」

「やあ、そういっていただけると、私たちとしても助かります。詳しい報告書と請求書は、後日お送りいたしますので、今日のところはご報告まで——」

こうして仕事の話は、ごく短時間で終了。依頼人はソファから立ち上がり、事務所の玄関へと向かう。その寂しげな背中に向かって、何を思ったのか真琴がふいに声を掛けた。

「元気、出しなよ。また、いいこともあるからさ」

依頼を受けた日と同様、ここもまた『おまえは彼女の親友かぁ!』とツッコミを入れるべき場面だったかもしれない。だが真琴の投げかけた言葉は、おおむね正しいと思えたので、今回は余計な茶々を入れることは憚られた。

一方、その言葉を背中で聞いた依頼人は、自分が励まされたと気付くのに、一瞬の間を要したようだ。扉の前でくるりと振り返った彼女は、力のない笑みを俺たちに向けながら

「お世話になりました」といって深々と一礼。そして重たそうに扉を開けると、俺たちの前からひとり静かに立ち去っていった。

「なあ、あの娘、大丈夫かなあ、兄貴？　随分とガッカリしてたみたいだったけど」

高森涼子が去った後も、真琴は彼女のことがやけに気になる様子。デスクに向かっての事務作業など、まるで身が入らないらしく、何やかやと彼女の話をしたがる。仕方がないので、俺はソファに座りながら適当に相槌を打ってやった。

「ああ、気丈に振る舞ってはいたが、確かにショックだったろうな。いわゆるペットロスってやつだ。しばらくは引きずるのかもしれないが、なーに、結局は時間が解決するさ」

「じゃあさ、今度『胡蝶』ってクラブに、二人でいって元気づけてやろうか」

「はあ、いってみてもいいが、彼女が喜ぶかどうかは怪しいな」

俺たちの顔を見れば、高森涼子は死んだ飼い猫のことを嫌でも思い出すだろう。それは彼女にとって、あまり嬉しいことではないはずだ。そのことを説明してやると、真琴は俯きがちに「それも、そっか」と頷き、それから一転して陽気な顔を上げた。「じゃあさ兄貴、とりあえず今日のところは、どこか別の店で一杯やろうぜ。とにかく仕事がひとつ片付いたんだからよ。――俺、いい店、知ってるぜ」

だが俺はキッパリと首を振って、「悪いが、今夜は別の約束があるんだ」

「えーッ、なんだよ、兄貴、誰と会うんだよ？　女かい？」

と真琴は、ある意味、察しがいい。俺はアッサリと頷いた。「そうだ、女だ」

「なんだよ、つまんねえ！　女なんかより、俺と飲もうぜ！」

悔しがる真琴の前で、俺はニヤリと意地悪な笑みを覗かせながら、「馬鹿、母ちゃんだよ。母親に会いにいくんだ」と種明かし。すると真琴はようやく納得の表情を浮かべた。

「なんだ、お袋さんかよ。じゃあ、仕方がないけど。――そういや、兄貴のお袋さん、今度再婚するって話だっけ？」

「もう、しちゃったそうだ。いい歳して花嫁衣裳でもないから式は挙げないで、ただ役所に婚姻届を出しただけらしいが。――え、相手の男？　さあ、よく知らねーな。客の誰かとくっついたらしいけどよ」

俺の母親の名は今日子といって、横浜の官庁街から程近い馬車道界隈で小料理屋を営んでいる。そこに通う常連客のひとりと、どうやら一緒になったらしい。詳しい説明を受けたわけではないが、だいたい想像は付いている。たぶん中小企業の社長さんか何かだ。きっと頭髪は薄いだろう。肌は脂ぎっているだろう。スケベな目付きをしているだろう。服のセンスは、そりゃもう最低だ。それでもカネは、カネだけはまあ持っている男に違いない。——これって偏見が過ぎるだろうか？

「まあ、とにかくいってみる。そうすりゃ、どんな相手か判るって話さ」

「凄えな、それ」呆れ顔の真琴は茶髪を掻き上げながら、「息子に相談もしないで、勝手に再婚話を決めちゃうなんて、さっすが兄貴のお袋さんだ。行動力がハンパねえ」

「だろぉ！」——そういうブッ飛んだ血筋なんだな、きっと！

そして俺はソファを立つと、ジャケットを羽織って外出の支度を始めた。

5

そんなわけで迎えた、その日の夜。俺の向かった先は横浜でいちばんハイソな街、山手町だ。横浜開港時代に外国人居留地だったこの地域は、当時の西洋館などが立ち並ぶ、人気の観光スポットでもある。逆にいうなら、伊勢佐木町に暮らす私立探偵にとっては、あまり縁のない場所だ。俺は教えられた住所を頼りに、慣れない高級住宅街をウロウロ。やがて、なんとか目的地らしき場所に到着すると、

「ここか？　本当にここなのか……？」

あんぐりと口を開けたまま、俺は眼前に聳える巨大な門を見上げた。

鉄製の門扉と石造りの門柱。延々と続く外壁は見るからに威圧感がある。門柱には『一之瀬』と書かれた表札。その流麗な書体を呆然と眺めて、俺は首を真横に振った。

「いや、あり得ない。さては、母ちゃんめ、新しい家の住所、間違えやがったな……」

そう呟いた俺は、あらためて母親と連絡を取るべく、スマートフォンを取り出す構え。

だが、そのとき目の前で鉄製の巨大な門扉が、ゆっくりと左右に開きはじめる。その滑らかな動きに目を奪われつつ、俺は咄嗟に思った。

――畜生、これはワナだ！　逃げろ、桂木圭一！

探偵稼業で培われてきた危機回避能力が、事の異常さを知らせる。だが、踵を返そうとする俺の前で、そのとき突然、「お待ちしておりました、桂木様」と男性の渋い声。

えッ――と思って声のほうを見やると、門柱の傍らに、ひとりの殺し屋が立っていた。

いや、殺し屋かヤクザかスパイか、あるいはゴルゴか。正確には判らないが、とにかく黒いスーツに身を固めたガタイのいい大男だ。分厚い胸元には、たぶん拳銃を隠し持っているはず。そう考えて、まず間違いないだろう。男は恭しく頭を下げると、

「ご案内いたします。どうぞ、こちらへ」

といって、俺を門の中へと誘った。拒絶すれば、たちまち狙撃されてしまうはず。そのことを何よりも恐れた俺は、いわれるままに巨大な門を通り抜け、一之瀬邸の敷地内へ

と足を踏み入れた。

塀の外からは判らなかったが、中に入ると、そこは広大な洋風庭園。灌木が幾何学模様を描くかのごとくに配置され、花壇には春の花々が咲き誇っている。そんな庭園の向こうに建つのは、これまた西洋風の立派なお屋敷だ。観光ガイドブックに載っている『エリスマン邸』や『山手１１１番館』といった歴史的建造物に迷い込んでしまったかのような錯覚すら感じる。

結局、男は俺を生かしたままの状態で、その屋敷の玄関まで案内してくれた。

扉は両開きの豪勢な代物だ。黒い服の男がそれを開けると、目の前に現れたのは、きっちりと和服を着込んだ母の姿。それを見て、ようやく俺はホッと安堵の胸を撫で下ろす。どうやら母は、新居の住所を間違って伝えたわけではないらしい。

「あらあら、よくきたわねぇ、圭ちゃん。何事もなく、たどり着けたかしら？」

恥ずかしながら母の今日子は、とっくに三十を超えた息子のことを、いまだに『圭ちゃん』と呼ぶ。《ちゃん付け》から呼び捨てにシフトする、そのタイミングが母には判らなかったそうだ。俺は靴を履いたままで屋敷の玄関ホールへと歩を進めながら、

「ああ、何事もなかったぜ。殺し屋に案内された以外には、何も……」

と精一杯の皮肉を呟く。そんな俺の背後で、黒い服の男が扉を閉める。母は「それじゃ

あ、圭ちゃん、こっちへ……」といって俺を奥の部屋へと案内した。そこは伊勢佐木町の事務所換算で、だいたい三オフィス分ほどありそうな広大なリビングだ。

「ふうん、ここが再婚相手の家なのか。なんていうか、凄い豪邸だな」

周囲を素早く見回した俺は、自分たち以外に誰もいないことを確認。すぐさま母親のもとに歩み寄ると、そっと耳打ちするように尋ねた。「――で、相手はどこの組の奴なんだ？　〇〇組か、それとも××会系のほうか？」

「大丈夫よ。安心して、圭ちゃん。相手はヤクザじゃなくてカタギの人だから」

「嘘つけ。カタギの男がこんな家に住むか。だいいち、さっき俺を案内した男は完全にヤクザだよな。もしくはＣＩＡのエージェントか英国のスパイ」――もしくはゴルゴ。俺はどうしても、その発想から逃れることができない。

しかし母は俺の思い込みを「アハハ！」と豪快に笑い飛ばして、「あの人は、このお屋敷で働いてもらっている優秀な使用人よ。家のことは何でもやってくれるんだから」

まあ、命令すれば人殺しくらいは、やってくれるかもね――とブラックな冗談を付け加えて、母は再び声を出して笑う。俺は苦い表情を浮かべながら、とりあえず高級ソファに腰を沈めた。母はすぐ隣に腰を下ろすと、一方的に説明を始めた。

「彼とは、私の小料理屋で出会ったの」

「彼って、さっきの殺し屋か？」

「違うわよ。私の再婚相手。圭ちゃんの義理の父親に当たる人よ」

「はあ、義理の父ねえ」――しかし、いきなり義父といわれてもな！

小さく溜め息を漏らす俺をチラリと見やって、母は話を続けた。「最初は単なるお客と女将の間柄だったんだけど、そのうち親しくなってね。向こうは随分と昔に連れ合いを亡くして、ひとり身だっていうし、私も似たような境遇でしょ。それで自然と、一緒になろうって話になったのよ。それからはトントン拍子で事が進んでね」

「そうかい、そうかい。べつに、いいと思うぜ。母ちゃん、まだ若いんだしよ」

実際、母はまだ老け込む年齢ではない。そもそも俺を産む以前、若かりしころの母は『日ノ出町の狂虎（今日子）』という素敵なニックネームで呼ばれるほどに、それはそれは地元で愛されたヤンキーだったそうだ（母本人から聞いた話なので、盛った部分は多少あるかもしれない）。そしてヤンキー娘にありがちなことだが、母は十八歳で同じくヤンキーだった父と出会い、十九歳で俺を産み、二十歳のときにめでたく結婚した（どうでもいいけど、親父は一年間も、なにグズグズしてたんだろうな？）。

まあ、そんなわけで息子の俺が三十を超えたいまも、母はまだアラフィフだ。いまどきは人生百年ともいうから、計算上はあと五十年ほど生きられるはず。死んだ親父に操を立て続けるには、あまりに長すぎる年月だろう。だから俺は母の再婚には全面的に賛成だ。小料理屋のお客とくっつくのも良し。相手が金持ちなら、なお結構。しかし、この西洋屋敷に漂う重厚かつ威圧的な雰囲気が、どうにも気にかかる。——これって、やっぱりヤクザの親分さんの家じゃないのか？　それ以外に何が考えられる？　政界の黒幕かよ？　それともＩＴ業界の風雲児とか？

サッパリ見当が付かない俺は、率直（そっちょく）に聞いてみた。

「で、要するに相手の男は誰なんだよ。何をしている男なんだ？」

すると母は答えにくそうに身をよじりながら、「それがねえ、ひょっとすると圭ちゃんは気に入らないかもしれないけれど、新しいお父さんは警察の人なのよ」

「警察⁉」べつに気に入らないわけではないが、確かに、それは想定外だった。「ていうと、交番勤務のお巡りさん？　あるいは刑事とか？」

「それが結構、偉い人なのよ。神奈川県警の本部長さんだって」

「け、県警本部長！」俺は思わずソファから転げ落ちそうになった。「それって県警のトップじゃんか！」

「そうなんだってね。私は組織のことに疎（うと）いから、『へえ、部長さんなんだあ』って、単純にそう思っていたんだけれど、どうも違ったみたいねえ」

本部長のことを中間管理職だと考えて、その上に専務や常務や社長がいると思ったのだろうか。だとしたら大違いだ。県警の組織図で本部長より上はいない。

「ふうん、なるほどねえ、ここって警察のお偉いさんの家なのか」感心しながら、俺はあらためてリビングを見回した。「だとしても、ちょっと立派すぎる家だな。県警本部長って、要は国家公務員だろ。公務員って、そんなに儲かるのかよ？」

「一之瀬家は、その筋では知られた名家なの。いまの彼は神奈川県警のトップだけど、それだけじゃなくて過去には数々の警察関係の要人を輩出しているそうよ。警察庁長官とか警視総監とか。警察官僚から政治家に転身した人もいるんだって。——あ、そうそう、もちろん彼の息子も現職の刑事よ」

「息子⁉　え、再婚相手って、息子がいるのかよ」

「ええ、私にとっては義理の息子ね。圭ちゃんにとっては、義理の弟ってわけ」

「はあ、義理の弟ねえ」——しかし、いきなり義弟といわれてもな！

「いまは伊勢佐木署の刑事課に勤務しているわ。圭ちゃんとは真逆で、もの凄く優秀なエリートよ」

「俺と真逆ってのは余計だろ。いや、待てよ。そんなことより、母ちゃん、いま伊勢佐木署っていったか？　あれ、伊勢佐木署っていえば、昨日の夜に……」

嫌な記憶がフラッシュバックのごとく脳裏に蘇る。そのとき離れた玄関に何者かが出入りする気配。「あ、ちょうど帰ってきたみたい」という母の声は、なんだか嬉しそう。するると間もなくリビングの扉が開き、ひとりの若い男が姿を現した。

ほっそりとした身体つき、インテリっぽい黒縁眼鏡、身体に張り付くような細身の高級スーツ。それらのすべてに見覚えがある。俺はギクリとしてソファの上で思わず身体を硬くした。

一方、若い男のほうも俺の顔を一瞥するなり、すぐさま現在の状況を把握したらしい。

それでも彼は顔色ひとつ変えることはない。まずは母のほうを向くと、

「ただいま帰りましたよ、今日子さん」

と、いきなり俺の母親のことを『今日子さん』呼ばわり。そして今度は俺のほうへと、そのイケ好かないイケメン顔を向けると、見事すぎる作り笑いで、

「やあ、あなたが圭一さんですね。一日も早くお目に掛かりたいと思っていたんですよ」

と空々しい台詞を口にする。

そして彼はスーツの胸に右手を押し当てると、自らその名を名乗った。

「僕、一之瀬脩っていいます。——初めまして」

いや、全然初めてではない。彼と会うのは二日連続、二度目のこと。

一之瀬脩と名乗る義弟は、昨夜この俺に職務質問をしてきた、あの刑事だった。

それからしばらく待ったものの、帰宅したのは息子の脩だけ。肝心の県警本部長殿は、なかなか戻ってこなかった。やがて母の携帯に彼から『急な用事で帰宅は深夜になる』とのメールが届き、俺と義父との初対面はアッサリお預け。結果、一之瀬邸の広々とした食堂の巨大なダイニングテーブルを、母と俺と義弟の三人が囲む展開となった。

テーブルに並んだ晩御飯は母の作る特製カレーだ。

しかし当然のことながら、食卓の会話が盛り上がるわけがない。気を遣う母は、二人の息子に対して、なんやかやと話題を振ってきたが、それでも会話は途切れがち。すると義弟が皿の中のルーを掻き回しながら、

「圭一さんは、私立探偵だそうですね。いまは、どんなお仕事を？」

などと、判りきったことを白々しく聞いてくる。だが母親の前で『猫を捜してる』と答えるのも情けない。そこで俺は福神漬けを嚙みながら、「トラを捜してるんだ。黄金町あたりで逃げたトラをな」と壮大かつシュールな答え。

それを聞いた母は手を叩いて、「まあ、圭ちゃん、面白ぉーい！」と大ウケだ。

一方の義弟は「ふん」と小さく鼻を鳴らして、「奇遇ですね、実は僕も黄金町あたりで

オオカミを捜してるんですよ」と妙に張り合うような態度。実に可愛げがない。

そんなこんなで、母自慢の特製カレーも大して味わえないまま、夕食の時間は終了。

すると母は「あたしは洗い物を片付けるから、二人はリビングでお話ししててちょうだい」と俺たちを無理やり二人にする作戦に出る。マグカップの珈琲を手にしながらリビングに戻った俺は、まず義弟に対して、「警察手帳を見せてくれ」と頼んだ。

「まさか、いまだに僕が警官であることを疑っているとか？」

そういって義弟は渋々ながら警察手帳を俺に差し出す。昨夜はロクに見ることのなかった記載事項に、俺はじっくりと目を通しながら、「ふーむ、一之瀬脩か。なるほど、『シュウ』って、こういう字を書くんだな。よし、判った」

「確認したかったのは、それだけですか」

「ああ、それとあと、俺より三つほど年下であるっていう重大な事実を、確認したかっただけだ」

俺は自分が年長者であることを露骨に示して、警察手帳を脩に返した。「――にしても、なんだ、さっきの挨拶は？　なにが『一日も早くお目に掛かりたいと思っていたんですよ』だ。実際、一日早くお目に掛かってるじゃねーか。おい、昨日はよくも不審者扱いしてくれたな」

「まあ、あの状況なら、どんな警官だって、あなたたちを呼び止めたはずです。実際、怪しい人物としか見えなかったし――おや、ひょっとして不満に思っています?」

「当然だろ。職質されて、喜ぶ探偵がいるか」

憤(いきどお)る俺の前で、脩は肩をすくめながら、「むしろ感謝してほしいところですね。本来なら『我々と一緒に近所の交番まで……』と、ご足労を求めるところですよ。だけど、たまたま僕は『桂木圭一探偵事務所』のことを、今日子さんから聞き及んでいましたからね。それで咄嗟に気付いたんです。『あ、マズい。この人、義理の兄だ』ってね」

「義理の兄が猫を捜してたら、そんなにマズいのか?」

「あなたが猫を捜すのは、べつにマズくないです。でも義理とはいえ、仮にも弟である僕が、いちおう兄であるはずのあなたを交番に連れていくのはマズいでしょ?」

「…………」なるほど、それはマズい。ていうか気マズいな。――あと、《いちおう兄》って何だよ! こんな立派な兄貴を捕まえて《いちおう兄》はないだろ!

憮然(ぶぜん)とする俺をよそに、脩は淡々(たんたん)と続けた。

「あなたがプロの探偵だってことは判っているし、猫を捜しているということも嘘ではないでしょう。そのことが僕には確信できたから、敢(あ)えて短時間で質問を打ち切ったんです。それとも交番に案内してほしかったですか?」

「まさか」俺はブルンと首を振って、「だけど感謝なんて絶対しねーからな」

「そうですか。まあ、べつにいいです」脩は澄ました顔のまま話題を変えた。「ところでトラは見つかりましたか。あなたたちが捜していた白黒のトラは――」

揶揄するような義弟の口調に、俺はムッと口許を歪めながら、

「ああ、今日の昼に見つかった。トラじゃなくて猫だったよ。もう死んでたがな」

厳密にいうと、猫の死骸を自分の目で確認したわけではない。だが詳しい説明は必要ないと考え、俺は適当に話を続けた。「車に撥ねられたらしい。その話をすると、依頼人は涙を流した」

「そうですか。それは可哀想に」――でも所詮は猫一匹の話ですよね。トラ騒動でもなければ、殺人事件の話でもありませんよね？　そんな馬鹿にしたニュアンスを彼の言葉の中に漠然と感じて、俺は顔をしかめた。これって被害妄想だろうか？

「そういうおまえらは、どうなんだよ。独居老人を嚙み殺した凶暴なオオカミを追ってるんだろ。誰か怪しい奴は見つかったのか？」

「いえ、昨夜のあなたがた以上に怪しい人物は、いまのところ誰も……」

義弟の言葉には、ひとつひとつにトゲがある。俺はぐっと堪えて、質問を続けた。

「そもそも、なんで殺されたんだ、その独居老人は？　新聞を読み返しても、あんまり詳

しいことは書いてなかったぞ。ひょっとして、あれか、その老人が実は資産家で、彼の遺産を狙う甥っ子か誰かがいて——とか？」

「へえ、なかなか想像力が豊かですね。でも違います。被害者はそんなに裕福な老人ではなかった。単身者向けのアパートで暮らす年金生活者です。部屋からは、なけなしの現金やカード類が奪われていたから、単なる物盗りの犯行でしょう。犯人は月曜日の昼間、空き巣狙いで老人の部屋に忍び込んだ。そこでカネ目のものを物色していたところ、外出先から老人が戻ってきた。慌てたコソ泥は、老人をナイフで刺し殺して逃走した——」

「居直り強盗ってわけか。でもよ、それなら強盗の仕業に見せかけて、実は甥っ子が——ってパターンも考えられるよな？」

「どうしても甥っ子の仕業にしたいようですね。しかし被害者は天涯孤独の身。家族も親戚もいません。飲み友達はいたようですが、誰かとトラブルになっていた様子もない。あなたの考えるような、面白いパターンの事件に発展する可能性は皆無です。そもそも、あの付近では、ここ最近、空き巣狙いの窃盗事件が頻発していたんです。似たような手口で、ひとり暮らしの老人やバイト青年などが被害に遭っていた。そんな中で、とうとう最悪の事態が起こったというわけです。その意味では、これは難しい事件ではない。いま我々は、過去の窃盗事件に関わった者の中から、容疑者を絞り込んでいるところです」

「ふうん、空き巣のプロの仕業であると、そう睨んでいるわけだな」

「まあ、その可能性が高いでしょうね。玄関扉の開錠のテクニックなどから見ても、ズブの素人の犯行ではない——って、あれ!?」脩はふいに首を傾げると、「なんで、こんな話になったんでしたっけ？　あなたと事件の話など、全然するつもりなかったのに……」

「なんでって？　そりゃあ、おまえが俺に職質するからだ。全部おまえが悪いのさ」

「そうですか。しかし、あの状況なら、どんな警官だって、あなたたちを呼び止めたはず……実際、怪しい人物にしか見えなかったし……」

　こうして俺たち二人の会話はぐるっと一周して、なぜか元に戻った。

　俺は再びムッと口許を歪め、義弟は再び「あれ!?」と首を傾げる。

　間抜けな空気が漂うリビング。そこへキッチンで洗い物を済ませた母が再び登場。興味津々といった面持ちで二人の息子を見やりながら、

「あらあら、随分と会話が弾んでいるみたいねえ。あなたたちの楽しそうな声、キッチンまで聞こえていたわよ。いったい何のお話をしていたの？」

　母の無邪気な問い掛けに、俺と脩は互いに顔をそむけながら、

「トラやオオカミの話をしていただけです！」

「べつに楽しそうになんかしてねーからな！」

6
「……そういえばよ、兄貴、どうも変なんだぜ」

黛真琴がパソコンの置かれたデスクの前から立ち上がり、疑問を呟く。それは猫捜しが不運な結末を迎えた土曜日から、すでに何日かが経過した平日の午後のことだった。

この日に至るまで、『桂木圭一探偵事務所』に新たな依頼人が訪れることはなく、事務所は開店休業状態。俺はお客様用のソファの上に寝そべりながら、「ん、何が変だって?」

するとと真琴はソファや椅子に座ればいいものを、わざわざテーブルの端に尻を乗っけて、俺へと顔を向けた。「実は俺、昨日、仕事が終わった後、例の『胡蝶』っていうクラブにいってみたんだよ。涼子ちゃんに会いにさ」

そういえば、真琴は高森涼子の今後のことを随分と気にかけていた。意外と気に入っていたらしい。ちなみに高森涼子との仕事の付き合いは完全に終わっている。すでに報告書も郵送したし、探偵料も会社の口座に振り込まれた。したがって、高森涼子はもう我が探偵事務所の依頼人でも何でもない。だから真琴が彼女のことを『涼子ちゃん』と親しげに呼ぼうが『高森』と呼び捨てにしようが、はたまた『俺の涼子』『涼子、命』と勘違いした呼び方をしようが、もはや俺の怒りを買うことはない。だが――

「おまえなんかに突然こられて、迷惑したんじゃないか、彼女？」

そのことだけが心配だった。ところが、真琴の口から告げられたのは意外な事実。

「涼子ちゃん、もういなかったんだよ。辞めちまったんだって」

「ん、辞めた⁉」俺はソファの上で、むっくりと上体を起こしながら、「それって、いつごろだ？」

「それがよ、ほら、この事務所で俺たちが涼子ちゃんに、『猫はもう死にました』って伝えた日、あっただろ。そうそう、先週の土曜日だ。あの日の夜、涼子ちゃんは店を無断欠勤したらしい。で、それっきり店に出てこなくなったんだってさ」

「じゃあ彼女、いまは何してんだ？　仕事辞めて、暮らしていくアテでもあるのかよ？」

「うん、俺もその点が気になった。それで彼女のアパートにいってみたんだよ」

――いくな馬鹿、ストーカーかよ！

「で、いってみて、どうだったんだ？　また刑事に職質されたか？」

「んなわけねーだろ」真琴は顔の前で大きく右手を振ると、「それがよ、兄貴、どうやら涼子ちゃん、ずっと部屋に戻っていないらしいんだ。たぶん、ここ何日もだ。ああ、間違いないぜ。俺、彼女の部屋の郵便受け、こっそり覗いてみたから」

――覗くな馬鹿、ストーカーかよ！

俺は横目で真琴のことを睨み付け、自分の顎に手を当てた。

「どういうことなんだ？　可愛がっていた猫が死んだと聞いて、ショックで失踪したとか？　いや、ひょっとして……」

悪い予感が俺の脳裏を一瞬よぎる。それを振り払うように頭を振ると、俺は勢いをつけてソファから立ち上がった。壁に掛けてあるジャケットを手に取って素早く羽織る。

そんな俺の姿を見て、真琴も慌ててテーブルの上から尻を上げた。椅子に掛けてあった派手なスカジャンを手にすると、そそくさと袖を通しながら、「どこいくんだい、兄貴？」

「おまえは、こなくていい。ここで留守番してろ」

俺が右手を前に突き出すと、真琴は「えー、留守番かよぉ」と落胆の声。手にしたスカジャンを丸めて、悔しげにソファに叩きつける。「なんでえ、つまんねー」

「そういうな。留守番も仕事のうちだ。いいな、居眠りとか絶対すんじゃねーぞ」

不満げな真琴にしっかり釘を刺してから、俺はひとり事務所を出ていった。

そうして俺が出向いた先は、高森涼子の自宅だった。それは見た目からして古ぼけた雰囲気のアパート。一階の角部屋が彼女の部屋だ。

いちおう玄関の呼び鈴を鳴らしてみるが、やはり反応はない。ドアノブを回してみると、施錠されているらしく扉はビクともしない。俺は玄関扉の前を離れて、郵便受けを確認する。「——覗くな馬鹿、ストーカーかよ！」

自らにツッコミを入れながら、彼女の部屋番号の書かれた蓋を開くと、そこには少なくはない数の郵便物やチラシが溜まっていた。だが、その多くは保険の勧誘メールなどだ。

「うちの報告書は、もうないみたいだな……」

ノロちゃん捜索の顛末を詳細に書いた報告書は、探偵料の請求書とともに、捜索終了の翌日には郵送したはずだ。その報告書と請求書の入った封筒は、ちゃんと彼女の元に届いている。だから郵便受けに封筒はないし、探偵料はきちんと振り込まれたのだ。

「——てことは、彼女はそれを受け取った後に、いなくなったのか？」

いや、待て待て。いなくなったと決め付けるのは、まだ早い。そう自分に言い聞かせながら、俺は建物の裏へと回った。そちら側には各々の部屋のベランダが並んでいる。俺はキョロキョロと周囲を見回すと、『勘違いしないでくださいね。けっして怪しい奴ではありませんよ。ただ俺は調べるべきことを調べようとしているだけですから』といった雰囲気を全身に漲らせながら、隙を見て勢いよくジャンプ。一階のベランダの手すりを掴むと一気にそれを乗り越え、手すりの内側へと降り立った。

素早くサッシ窓に歩み寄り、透明なガラスに顔を寄せる。カーテンの隙間からは、部屋の様子がよく見渡せた。天井の梁(はり)から伸びる一本のロープ。その先端には、高森涼子の死体が風鈴のようにぶら下がっていて――などという最悪の事態を想像していたのだが、実際には、そのような悲惨な光景はどこにもない。「ホッ、良かった……」とりあえず胸を撫で下ろした俺は、室内の様子をいましばらく観察した。

若い女性の部屋としては簡素なものだ。部屋の角に小さなテレビがある。壁際にシングルベッド。その傍(そば)に猫のベッドも見える。どちらのベッドも寂しいほどにカラッポだ。もう一方の窓辺には二つ並んだカラーボックス。中にはマンガや雑誌などが並んでいる。そのカラーボックスの上に、何やら奇妙な円筒形の物体が置かれていた。白い筒の先端には、丸い目玉のような突起物が見える。

――あれは何だ？

と、懸命に目を凝らす俺だったが、そのとき「ピンポーン」とチャイムの鳴る音がガラス窓の向こう側から響く。高森涼子の部屋に来客らしい。俺は窓辺を離れ、再びベランダの手すりを乗り越えて、地面に着地。『俺、何もしてませんよ。ただ散歩しているだけですから』というような澄まし顔で敷地の周囲をぐるりと回って、建物の正面に出る。見れば、高森涼子の部屋の前に恐い顔のお兄さんたちが三人もたむろしている。チャイムを鳴らしたり扉を足でノックしたり、大きな声で名前を呼んだりと、大変に行儀がよろしい。そんな連中だから、なぜ扉をノックするのに手ではなくて足を使うのか、その詳しい理由を聞きたい気持ちもあるけれど、関わり合いになりたくない気持ちのほうが、当然勝(まさ)る。

俺は何食わぬ顔で彼らの傍を通り過ぎ、高森涼子のアパートを後にした。

それから、しばらくの時間が経過して、伊勢佐木町の賑わいも夜のそれへと変貌(へんぼう)したころ。俺は街の外れに建つ、とある雑居ビルへと足を踏み入れた。途中で止まってしまうのではないかと心配になるような、超鈍足(どんそく)のエレベーターで四階へ。そこにクラブ『胡蝶』があった。

入口を入ると黒服の男性店員が俺を迎え、奥の席へと案内する。安っぽい香水と微かに漂う煙草の匂い。薄暗い明かりの下で黒服の男に対して「可愛い娘、いるかい？」とは聞かずに、いきなり「涼子ちゃんいるかい？」と指名したので、ひょっとすると俺は相当な常連さんだと思われたかもしれない。

だが、その名前を聞いても黒服の男は思い当たる節がないらしく「涼子……？」と首を傾げている。考えてみれば高森涼子が本名で店に出ていたはずはない。彼女の源氏名は何だったのだろうか。

「ええっと、だから涼子ってのは本名で、店で何て名乗っていたか知らないけど、ほら、髪が長くて切れ長の目で、美人は美人だけれど、なんかこう幸(さち)薄そうなタイプの……」

「はあ、ここで働いている女性は大抵、幸薄そうですからねえ」と黒服の男は笑えないジョークを口にしてニヤリ。「でも、たぶんお客様のおっしゃっているのは、アヤカのことでしょう。残念ながら、アヤカはつい先日、急に店を辞めてしまいましたが」

その言葉を聞いて、俺はアヤカこそが高森涼子であることを確信。即座に指を鳴らしながら、「そうそう、そのアヤカちゃんだ。なんだ、もう辞めちゃったのか。じゃあ仕方ないな」といって、俺はあらかじめ用意していた台詞を口にした。「代わりといってはナンだけど、アヤカちゃんと仲の良かった娘、呼んでくれるかい？」

承知いたしました——と頭を下げて黒服の男が店の奥に引っ込む。入れ替わるように姿を現したのは、紫のドレスを身に纏(まと)う長身の女性だった。濃い目のメイク。二重三重になった不自然な睫毛(まつげ)。渦(うず)を巻くようにして纏め上げた栗(くり)色の髪は、まるで巨大な巻き貝を頭上に乗っけているかのようだ。幸薄い女性であるか否かは、見た目からは何とも判断のしようがなかった。

「初めましてー、ユウナでーす」

俺の隣に腰を下ろした彼女に、俺はハイボールを注文。二人で軽く乾杯すると、彼女のほうが先に聞いてきた。「お客さーん、アヤカちゃんのお知り合いなんですかー?」

「え!? ああ、そうそう、知り合いなんだ」俺は咄嗟の機転を利かせて、軽めの嘘をつくことにした。「実はね、僕と彼女は高校時代の同級生なんだよ」

「ふうん、アヤカちゃんって、JKのころは、どんな娘だったんですかー」

「いや、なに、わりと普通の娘だったたな。クラスでも目立たないほうだったっけ。勉強はできる娘だったけどね。まさか、こんな仕事をするタイプには見えなかったな」

「そうなんですかー。ちなみにお客さん、今日は、どちらから?」

「ええと、鶴見(つるみ)方面から」

「へえー、鶴見ですかー。てことは要するにお客さんは、『高校時代に勉強はできたけれど、そう目立つタイプではなかった地味っ娘が、いまは伊勢佐木町でキャバ嬢やってるって噂を聞いて、それを自分の目で確かめようと思い、わざわざ鶴見からこの店までやってきた』ってことですねー」と一連の話の内容を勝手に要約したユウナは、一転して蔑(さげす)むような視線を俺へと浴びせながら、「お客さぁ〜〜〜ん、悪趣味ぃ〜〜〜い!」

——うん、そうだな。実際いまの話のとおりなら、俺は相当気色悪い奴だよな!

なぜ、もっとマシな嘘を思いつけなかったのか。内心で自分を責めながら、とりあえず俺は話を進めた。「ところでアヤカちゃんは、なんで急に店を辞めちゃったんだい？」

「うーん、男と別れたのが、原因のひとつだったのかしらー」

「男と別れた……恋人がいたってことかい？」

「そう、でも一ヶ月ぐらい前に駄目になったの。——え、どんな男かって？　店で知り合った、自称『フリーライター』。といっても単なる遊び人ですよ。その男、遊ぶカネ欲しさにアヤカちゃんのこと利用していたんですー。アヤカちゃんは昼のバイトと夜の仕事で稼いだおカネ、その大半を彼に貢いでいたんだけれど、結局、男のほうは真面目に結婚を考えるタイプじゃなかったし、働こうともしない。それで大喧嘩した挙句、二人は破局。男は借金だけを残して、どこかに雲隠れしちゃったんだってー」

「へえ、そうかい。そりゃあ、随分と男運のないことだな」

そう呟きながら俺は、高森涼子の部屋の前にたむろしていた恐いお兄さんたちの姿を思い出していた。やはりあれは借金取りだったらしい。

「でもさ、男と別れたのは一ヶ月ぐらい前のことなんだろ。その後も彼女はここでの仕事を続けていた。それが、なぜ急に？」

やはり飼い猫の死が、彼女の決断を後押ししたのだろうか。そう勘ぐる俺の隣でユウナは「判んなーい」と首を左右に振った。「だけど、彼女そんなに急に辞めたわけでもないんですよー」

「というと？」

「辞める少し前に彼女、二日続けてお店の仕事を休んだんです。本人は『風邪ひいたの』っていってたけれど、あれは嘘。きっと新しい職場を探してたんだと思いますー」

「その二日間って、何日と何日か、正確に思い出せないかな？」

「うーん」とユウナは頭上の《巻き貝》を傾けながら、スマホを操作。やがてパチンと指を鳴らすと、「あ、思い出しましたー。あれは九日と十日だったはずですー」

その日にちを聞いて、俺はピンときた。アヤカ、すなわち高森涼子が探偵事務所に仕事を依頼したのが、四月十一日水曜日のこと。そのとき彼女は『二日前に猫が逃げて、この二日間は自分で猫を捜していた』というような趣旨のことをいっていた。おそらく彼女が夜の仕事を二日続けて休んだのは、風邪のせいではない。もちろん職探しのためでもなく、それは猫捜しのためだったのだ。それでも飼い猫が見つからなかったので、彼女は探偵を頼ることにした。その調査の結果、飼い猫の死が確認されたのが、十四日の土曜日。そして、その日の夜には、もう高森涼子はアヤカとして店に出ることはなかった。やはり彼女にとって猫の存在は大きかったということだろう。

「ちなみにアヤカちゃんには、君以外に親しい友達とか、いなかったのかな？」

「ええ、いなかったと思います。友達は猫だけですねー」
「猫⁉ 彼女、猫を飼っていたのかい」
と俺は、いま初めて知ったかのようなリアクション。
ユウナは何の不自然さも感じない様子で、「ええ、白黒のブサイクなデブ猫ですー」と
高森涼子が聞いたら激怒しそうな事実を、いとも平然と口にした。「アヤカちゃん、店に
いるときでも暇さえあれば、スマホで猫の動画とか見ていましたよ。よっぽど好きだった
んですねー」
「動画って、自分の飼っている猫の？」
「さあ、ネット上には、いろんな猫の動画が上がっていますからねー。自分の猫のときも
あれば、他人の猫を見ていることも、あったと思いますけど――ねえ、お客さん」
突然ユウナは話を中断すると、警戒するような視線を俺に向ける。そして真剣な目で聞
いてきた。「随分とアヤカちゃんについて、知りたがっているようですけど――ひょっと
して、あなた、刑事さん？」
「え……⁉」
瞬間ドキリと胸が高鳴る。だが考えてみれば、図星を指されたわけでもない。そこで俺
は、やれやれバレちゃ仕方がない――とばかりに頭を掻くと、周囲を憚るように声を潜め

ながら、

「伊勢佐木署の一之瀬って名前、聞いたことないかい？」

するとその名を耳にした瞬間、たちまちユウナは電気に打たれたような表情。『まぁ！』というように目を見開き、両手で口許を覆う。その揺れる眸は『では、あなたが、あの超エリート刑事の『一之瀬』さんなんですね？』と無言で問い掛けている。

俺は黙って頷いてやった。嘘をついたことにはならないはずだ。

7

翌日の午後。俺は黛真琴に事務所を任せて、再び単独行動。向かった先は高森涼子のアパートから程近い、とあるコンビニだ。昨夜、俺のことをエリート刑事であると勝手に信じ込んだユウナの教えてくれたところによると、高森涼子は、夜は『胡蝶』、昼はこのコンビニで働いていたらしい。

昼と夜でまったく別の仕事を掛持ちする人間は、けっして珍しくない。彼女の場合、昼間の仕事だけでは食べていけないので（あるいは男に貢いでいけないので）、夜の仕事を始めるに至った、というのが実情のようだ。

夜の仕事を急に辞めたということは、おそらくコンビニのほうも同様なのではないか。そのように見当を付けながら、とりあえず俺は一般客となって店舗に足を踏み入れ、棚の商品を物色。シリアルバーや缶珈琲（コーヒー）、サラダチキンなど適当に選んでレジへと向かう。

そこには店長らしき眼鏡を掛けた三十男がいて、女子大生風の若い女性相手に、レジの使い方などを指導中のようだった。俺がレジの前に歩み寄ると、若い女性のほうが、慣れない仕草でバーコードリーダーを扱いだした。「新人さんかい？」と、にこやかに話し掛けると、彼女は「い、いえ、そういうわけでは……」と緊張した面持ち。俺は傍らに佇む三十男のほうに顔を向けて、何気ない口調で質問を切り出した。

「そういえば、この店に高森さんっていう女性がいなかったっけ？」

すると眼鏡の男は「その娘なら、もう辞めちゃいましたよ」と予想どおりの答え。

俺は驚愕（きょうがく）の表情を作りながら、「ええッ、なんで？　なんで辞めちゃったのさ」

「さあ、特に理由はいってなかったですね。いきなり『辞めます』っていう電話があって、それっきり店にこなくなりました」

「それって、いつごろのことかな？」

「さあ、いつでしたっけ。ああ、そうそう、先週の土曜日ですよ。その日の昼間までは普通に働いていたんですけれどね。その日の夜になって、辞めるっていう電話があったんです。まったく迷惑な話ですよ。お陰でバイトのシフトもやりくりが大変で……」そこまで喋って、男はハッとした表情。眼鏡の奥から怯(おび)えるような視線を向けながら、「あれ、ひょっとして、あなた、刑事さんですか？　例の殺人事件を調べている、とか？」

「独居老人が殺された事件のことかい？　ああ、うん、調べてるよ」――義理の弟がね！　心の中でペロリと舌を出しながら、俺は何食わぬ顔。すると三十男は勝手に俺のことを刑事と思い込んだらしい。「そ、そうでしたか。でも、まさか高森さんが事件と関係しているなんてことは、ありませんよね？」と逆に質問してくる。

「さあ、詳しいことはいえないなあ」だって詳しいことなんて、何にも知らないもんね――と再び心の中で舌を出し、俺は自分の質問を続けた。「もう一度聞くけど、彼女はなぜ急に辞めちゃったのかな？　心当たりは何もない？」

「そうですねえ。――そういえば彼女が辞める何日か前に、少し妙なことがあったなあ」

「妙なことって？」

「ええ、私たちは昼の休憩時間を交代で取るんですけどね、その日も彼女は店の奥の従業員控え室で休憩していて、ひとりでお弁当か何か食べていたんですよ。ところが、その休憩時間が終わるころになって、突然『お腹が痛い』っていいだしましてね。結局そのまま彼女、早退しちゃったんです」

「へえ、急な腹痛ねえ」なんだか仮病っぽいな――と俺は漠然と感じた。「そういうことって、過去にもあったのかい？」

「いいえ、初めてだったと思いますよ。腹痛も早退も」

「ふうん」頷いた俺の脳裏に、そのとき閃くものがあった。「あッ――てことは、ひょっとして彼女、翌日もバイトを休んだのでは？」

「そう、そうなんですよ。よく判りましたね、刑事さん！」

「…………」残念ながら俺は刑事ではないので、彼の言葉に頷くことはできなかった。

俺は黙り込んだまま、しばし考えに耽る。

高森涼子は昼の休憩時間中に突然早退して、翌日も休みを取った。それは『胡蝶』での仕事を二日連続で休んだ日と重なるはず。すなわち九日月曜日と十日火曜日だ。まず月曜日の昼に、彼女は仮病を訴えてコンビニでの仕事を切り上げて早退した。そして、その日の夜の仕事と、翌日火曜日の昼夜の仕事をすべて休みにした。逃げた猫を捜すためだ。そう考えると、いちおう彼女の不審な行動にも筋が通るように思えるのだが――いや、待てよ。やっぱり、これって変か？

矛盾の壁にぶち当たった俺は、いったん考えることを中断して、また質問に戻った。

「つかぬことを聞くようだけど、彼女は猫のことを何かいってなかったかい？」

「猫ですか。そういや、猫を飼っているって話は、聞いた覚えがあります。でも、それ以上のことはべつに……」

「じゃあ猫以外でも何でもいい。辞める前の彼女の様子に、何か不審なこととか気掛かりな点など、なかったかな?」

ダメモトで尋ねてみると、即座に三十男が反応を示した。「ああ、そういえば彼女、辞める直前に、とあるお客さんのことを妙に気にしていたようでしたね」

「――とあるお客さん?」

「ええ、うちの店にたまにくるお客さんがいましてね。スキンヘッドの太った男性客で、腕に刺青（いれずみ）をした方なんですが、その男性がどこに住んでいる誰なのか、そんなことを彼女、急に知りたがりましてね」

「へえ、それで何と答えたんです?」

「そのお客様のことは私も気に留めてはいましたが、名前とか住所とかは何も知りませんからね。しかしまあ、うちの店をときどき利用するんだから、この近所に住んでいるか、この近所で働いているか、どっちかだろうって、そう答えましたよ。そういや、あれは確か、彼女が店を辞める前日のことだったんじゃないかなあ。――ねえ、店長?」

と眼鏡の三十男は、いきなり学生バイト風の女性に呼び掛ける。

――えぇッ、こっちが店長さん⁉

と目を見張る俺の前で、とっくにレジ打ちを終えた女性店長は、「ええ、そういう質問、私も高森さんから受けたことがあります。ひょっとすると高森さんが急にお辞めになったことと、あのお客様とは、何か関係があるのかもしれませんね」

「そ、そうですか」とぎこちなく頷いた俺は、尻のポケットから財布を出しながら、「店長さんも、その男性客のことは、詳しく知らないのかい？ ていうか、あなた本当に店長さん？ レジ打ちに不慣れなように見えたけど、ホントにホント？」

「まあ、失礼な！ 不慣れなんじゃありません。何度やっても操作を覚えられないだけです！」と可愛く頰を膨らませた女性店長は、あらためて俺の質問に答えた。「そうですねえ。そのお客様はごくたまにいらっしゃる程度ですから、お話ししたことなど一度もありません。まあ、目立つ外見ですから、いらっしゃったときには、ひと目でそれと判るんですけどね。何しろスキンヘッドで腕には刺青が――」

そう口にしかけたところで、なぜか店長はハッという表情。突然、いままでの話を中断すると、「それでは、六百三十八円になりまーす」と、ぎこちない笑みを俺に向ける。

「え、ああ、六百三十八円ね……」なんだか腑に落ちない気分だったが、それでも聞きたいことはほぼ聞き終えたので、俺はおとなしく財布を取り出した。「じゃあスイカで」

電子マネーをタッチして、商品の入ったレジ袋を受け取り、出口のほうを向く。

次の瞬間、俺はピタリと足を止めた。

視界に飛び込んできたのは、まさしくゆで卵を剝いたかのごときスキンヘッドの男だ。入口付近の新聞スタンドで『東スポ』を引き抜いて、見出しを眺めている。擦り切れたようなジーンズに髑髏の描かれた黒いTシャツ。突き出た腹のせいで、イラストの頭蓋骨までがブヨブヨに太って見える。

半袖から覗く丸太のごとき右腕には、紅蓮の炎を描いたらしい刺青が見えた。

レジ袋を手にしてコンビニを出た俺は、さりげなく街路樹の陰へ。買ったばかりの缶珈琲を飲みながら、刺青男の出てくる瞬間を待つ。ところが男は雑誌コーナーで立ち読みでもしているのか、なかなか姿を現さない。アッという間に缶珈琲を飲み終えた俺は、ポケットをまさぐって煙草の箱を取り出すと、一本口にくわえた。だが手にしたジッポーで先端に火を点けようとする寸前、「あら、駄目よ、あなた。路上喫煙は禁止ですよ」と、通りすがりの見知らぬオバサンに注意されて意気消沈。いったんくわえた煙草を渋々ながら箱に戻して、再びポケットに仕舞う。

そのとき、ついに自動ドアが開き、中から問題の男がその特徴的な姿を現した。

男は『東スポ』その他の入ったレジ袋をぶら提げながら、街路樹の傍を悠然と通過。俺の姿には目もくれずに、真っ直ぐ歩道を進む。

俺は少し遅れて黒いTシャツの背中を追った。

男はまるで散歩を楽しんでいるかのごとく、呑気で緩慢な足取り。途中いきなり立ち止まったかと思うと、ガードレールの端に腰を下ろして煙草を一服。だが『路上喫煙禁止ですよ』と注意を与える正義のオバサンは、ここにはいない。仮にいたとしても、あの風貌、あの体格、そしてあの見せびらかすかのごとき刺青では、よほど肝の据わったオバサンでない限り、そうそう注意などできないだろう。

結局、男は煙草を一本吸い終えると、吸殻をきっちり排水溝に捨てて、再び歩き出す素振り。だがガードレールから尻を上げる瞬間、男が一瞬こちらに視線を向けたような気がして、俺は慌てて自販機の陰に身を隠す。数秒待って、恐る恐る顔を覗かせると、男の背中はもう随分と遠くにあった。

「――おっと、ヤバイ！」

俺は歩く速度を上げて、男との距離を詰める。すると視線の先で、男の背中が住宅街の角を直角に曲がる。咄嗟に俺は駆け出して、同じ角を勢いよく曲がった。その先は真っ直ぐ延びる細い路地。だが、なぜか男の姿は影も形もない。

――消えた？　どこに？

周囲を見回しながら、俺は住宅街の路地をウロウロ。すると、いきなり背後に人の気配。ハッと思った次の瞬間、ブロック塀の陰から太い腕が伸びてきて、俺の首根っこをグイと摑む。

「あッ」と声をあげる間もないまま、塀の向こう側へと引っ張り込まれる俺。そこは古いアパートが建つ敷地の中だ。身の危険を覚えて思わず身構えると、その眼前に刺青が見えた。だが、それも一瞬のこと。直後に俺の視界は、巨大な岩のごとき何かで塞がれた。

それが男の握り拳だと気付いたときには、もう遅い。後方に吹っ飛ばされた俺は、後頭部をブロック塀にゴツン。と同時に口からは「うッ」と短い呻き声が漏れる。

そして俺は意識を失い、そのまま天国へと召されていった――

8

それから、どれほど時間が経ったのだろうか。暗闇の中、俺はザラザラした感触を頰のあたりに感じて、ようやく意識を取り戻した。薄く目を開けると、顔のすぐ横に一匹の猫の姿。ザラつく舌で、俺の頰を舐めている。――へえ、天国にも猫っているんだな！

そんなことを思いながら、横目で猫を見やる。なんだか俺は、この猫をよく知っているような気がした。そうだ、ノロだ。車に撥ねられて死んだはずのノロが、元気な姿で俺の頬を舐めているのだ。ということは、なるほど、ここは確かに天国なのだろう。腑に落ちた俺は、猫の額を指先で撫でながら、

「なんだ、ノロ。腹減ってるのか。そうだ、サラダチキンあるぞ。待ってろ……」

俺は上体を起こして、傍に転がっているレジ袋を引き寄せる。その袋の中にサラダチキンのあることを確認して、ようやく俺は「あれ、変だな⁉」と我に返った。「天国に猫はいても、サラダチキンはないはず……」

してみると、ここは天国ではなくて現世か。

そう思って、あらためて周囲を眺めてみれば、そこは古いアパートの敷地内。ただしアパートの各部屋には、ひとつとして明かりの灯った窓はない。どうやら、ここは住人が退去して廃墟と化した建物。そのブロック塀の陰で、いままで俺は気絶していたらしい。どうりで猫以外に誰も起こしてくれないわけだ。

そう考えて、いちおう納得した俺だったが、だとすると逆に理解できないことがある。

俺はあらためて目の前の猫をマジマジと見詰めた。太った身体。白黒の毛色。首に巻かれた赤いリボン。ブサイクな顔。手許に写真はないが、直感で判る。間違いなくノロだ。

俺は溜め息交じりに呟いた。「なんだよノロ、おまえ、死んでなかったのか……」

ノロは「うん」と答える代わりに「にゃ～」と鳴いた。

そう、ノロは生きていたのだ。ということは必然的に、公園の傍で車に撥ねられた猫は、ノロによく似た別の猫。そう考えるしかないだろう。子供たちの証言は嘘ではなかったろうが、真実というわけでもなかったわけだ。

「てことは……俺は依頼人に間違った報告を……」

俺は自分の失策を恨み、それの与えた影響の大きさを考える。そんな俺をよそに、白黒の猫はレジ袋に顔を突っ込むようにして『サラダチキンが欲しいにゃ～』と催促する仕草。仕方なく俺がパッケージを開けてやると、ノロは動物の本性を剝き出しにして、目の前のチキンに猛然とかぶりついた。

――なんだよコイツ、可愛さの欠片もないな！

ノロの獰猛な姿に若干引きながら、とりあえず俺は携帯を取り出した。

――さて、どちらを頼るべきか？

しばし迷った挙句、俺は黛真琴の番号をプッシュ。数秒待つと、呑気そうな舎弟の声が耳元で響いた。『よお、兄貴、どうしたんだい？』

「ああ、真琴、ちょっと頼みたいことがあってな。実はノロちゃんを見つけたんだ」

『ええッ、嘘だろ！』と電話越しに真琴の声が裏返る。『だって、あの猫は死んだはずじゃん！』

「いや、死んでない。いま俺の目の前で鶏(とり)、食ってる」

『鳥、食ってる！　それ、どんな状況だよ、兄貴！』

確かに判りづらい状況かもしれないが、「詳しく説明してる暇はないんだ。とにかく猫を受け取りにきてくれ。籠(かご)か何か持ってこい。——え、場所⁉　そういや、どこなんだ、ここ⁉　廃墟になったアパートだ。『はなぶさ荘』って看板が出てるから、たぶん英町(はなぶさちょう)だろう。高森涼子の住んでるアパートから、そう遠くはない。いいな、待ってるからな。頼んだぞ」

一方的に命じた俺は、とりあえず舎弟との通話を終えた。それから間を空けずに、別の番号をプッシュする。電話に出たのは俺の母親、今日子だ。彼女は驚いたような声で、

『あら、随分と珍しいわねえ。圭ちゃんが私の携帯に掛けてくるなんて。いったい、どういう風の吹き回し？　あ、また私の特製カレーが食べたくなった、とか？』

「いや、カレーは結構」俺は母の期待をバッサリ打ち消して、本題を切り出した。「あのよ、なんていうか俺、その、母ちゃんの再婚相手の息子に連絡を取りたいんだ。そうだよ。脩だよ、脩。いますぐに連絡を取りたい。あいつの携帯番号を教えてくれないか。

――あ、まさか、大事な個人情報だから教えられないなんて、いわねーよな？」

俺の要求は、いささか回りくどくて、あまりに控え目すぎたかもしれない。母はそんな俺のことを笑い飛ばすように、「あら、いうわけないでしょ、そんなこと。もちろん教えてあげるわよ。だって圭ちゃんと脩ちゃんは、同じ家族なんだから」

――そうかな、家族かな？　それとあと、『脩ちゃん』って、あいつのことも《ちゃん付け》なのか？

母の言葉に、若干の引っ掛かりを覚える俺。

その耳元で母は、義弟の番号をスラスラと口にした。

それから数分後――「急な話で悪いが、ひとつ教えてほしい」

俺は左手で携帯を耳に押し当てつつ、右手では太った猫を撫でながら、義理の弟に確認した。

「おまえ、この前、いってたよな。警察はプロの窃盗犯を洗い出しているところだって」

『ええ、確かに、そんなことをいいましたっけね。それがどうかしましたか。――ていうか、なんで、あなたが僕の携帯番号を知ってるんですか？』

「知ってちゃ悪いか？」

『……まあ、べつにいいですけど』と電話の向こうで一之瀬脩は不機嫌そうな声。

俺は構うことなく用件を切り出した。「それでだ、そのおまえらの把握している窃盗犯の中に、スキンヘッドで太った男はいないか。身長はたぶん百八十センチ以上あって、右腕に炎を象ったような刺青がある。——どうだ？」

『どうだ、といわれても困りますね。捜査上の機密事項ですよ。そんなこと、なぜ部外者のあなたに、教えてあげなくちゃならないんですか』

「なぜって——くそッ！　なぜ、とかいってる場合じゃないんだよ。また人が死ぬかもしれないってのに！」

『また人が死ぬ？』脩の声色が微妙に変化した。『それは例の独居老人殺しが、連続殺人に発展するっていう意味ですか？　いや、しかしそんな、まさか……』

「まさかじゃない。充分にあり得る話だ。嘘じゃない。俺を信じろ」

『ちょっと待ってください』電話の向こうの脩は怪訝そうな声で聞いてきた。『あなた、いったい何を知っているんですか。重要な秘密か何か隠し持っているんですか。だったら、すべて警察に話してください。そうすれば後は我々が対処を——』

「いや、駄目だ」俺は脩の言葉を中途で遮っていった。「警察を頼るのはマズい」

『なぜですか！』

「マズいんだよ、警察は！」

『僕だって警察の人間ですよ！』

「でも、おまえは、いちおう俺の弟だろ！」

『…………』いっとき電話の声が途切れた。時間にすれば、ほんの数秒間だったはずだが、それは随分と長い沈黙のように思えた。その間、彼は何を考えていたのだろうか。痺(しび)れを切らして自ら口を開こうとしたころ、再び脩の声が応えた。『……あなたがいうような腕に刺青をした大男には、僕も心当たりがあります。そいつの名前が知りたいんですか？』

脩は俺の話に乗ってきた。俺はホッとした顔を、目の前の猫に向けた。

「いや、名前なんて『刺青デカ太郎』で充分だ。それより奴の居場所が知りたい」

『判りました。ただし、これは取り引きです。あなたが知っていることも、後で必ず話してもらいますよ』そういって脩は俺の望んだ情報を淡々と口にした。『彼の住処(すみか)は野毛(のげ)です。日ノ出町駅のすぐ傍ですが、判りづらいでしょうから、〈美空(みそら)ひばり像〉の前にきてください。そこで落ち合いましょう』

「え、おまえも一緒にくる気か。――ていうか、〈美空ひばり像〉って何だよ？」

『おや、判りませんか。だったら〈ウインズ横浜〉でどうです？』

「ああ、そっちは、よく判る」と頷く俺の耳に、どこからともなく聞こえてくるエンジン音。それはグングンと、こちらへ向かって接近中だ。もうひとりの弟分の到着を予感した俺は「じゃあ、後でな」といって義弟との通話を一方的に終える。

それと同時に一台のスーパーカブが道路の向こうから登場。キーッと派手にタイヤを鳴らしながら、アパート前の路上に到着した。「よお、待ったかい、兄貴！」

そういってカブのサドルから路上に降り立ったのは、スカジャン姿の黛真琴だ。彼はヘルメットを脱ぎながら、後部の荷台に括り付けた四角い物体を顎で示した。

「ほら、籠、持ってきたぜ。――おおッ、すげえ！　まさしく白黒の猫。確かにノロちゃんだ。やったなぁ、さっすが兄貴だ！」

「だろ！」だが、いまは自慢している場合ではない。「それより真琴、籠を貸せ、籠！」

俺は真琴を急かして籠を受け取る。嫌がる猫をその中に無理やり押し込むと、

「次はメットだ。メット貸せ、メット！」

そういって真琴のヘルメットを強引に受け取る。それから次は――

「キーだ。キーを貸せ、キーを！」

俺は真琴の手からキーを奪い取り、自らスーパーカブに跨ると、「じゃあな、真琴」と一方的に片手を挙げた。「おまえは、その籠を持って、歩いて帰れ。――いいな！」

「えーッ、そりゃないぜ、兄貴ぃ」籠を両手に抱えた真琴は、不満げな顔を俺に向けながら、「なんだよ兄貴、そんなに急いで、どこいくんだい⁉」

「どこって——『刺青デカ太郎』のとこだよ！」

大声で答えた俺は、次の瞬間にはアクセル全開。急発進を決めたスーパーカブは、呆気に取られる真琴を後方に置き去りにして、夜の住宅街を猛然と走り出した。

9

スーパーカブを飛ばして、『ウインズ横浜』に乗り着けると、そこにはすでに義理の弟、一之瀬脩の姿があった。例によって、暗闇に溶け込むような黒いスーツ姿。黒縁の眼鏡がカブのヘッドライトを受けて、一瞬妖しい輝きを放つ。俺は停めたバイクに跨ったまま、驚きを露にした。

「ん、おまえ、随分と早かったたな。ここまで、どうやってきたんだ？」

「なーに、あなたと同じですよ。単車です」

そういって脩は建物の脇を指差す。そこに停めてあるのはピカピカに磨かれた大型バイク。黒い雄牛を思わせる精悍なボディは、一目見ただけでドゥカティのディアベルだと判る。俺は無言のまま乗ってきたカブをドゥカティの隣に停めた。そして何か一言いいたくなった俺は「べ、べつにスーパーカブだってドゥカティに負けてねーからな。名車って意味じゃ、むしろカブのほうが勝ってるからな！」

「判ってますよ。誰も比べてませんから」

「あと、これは俺のじゃなくて、真琴の単車だからな……」と、なおもブツブツ呟きながら、俺はようやく本題に入った。「で、『刺青デカ太郎』の住処っていうのは、どこだ？」

「すぐそこです。付いてきてもらえますか」

そういって脩は俺の前を歩き出す。飲食店街の道路から狭い道に入っていくと、間もなく目の前に一棟の古びたマンションが姿を現した。その建物を指差しながら、脩がおもむろに口を開く。

「ここの三階の一室。青柳(あおやぎ)はそこに住んでいます」

「あん、青柳って……ああ、『刺青デカ太郎』の別名か」

「別名じゃなくて、そっちが本名なんです！　青柳精一(せいいち)、三十六歳。あなたの捜している男と見て、おそらく間違いないと思いますが……」そういって脩は捜査官らしい冷徹な視線を俺へと向けた。「それで、いったい、ここで何が起こるっていうんですか？」

「いや、たぶん何も起こらないと思うぞ。起こってもらっちゃ困るしな」

「そうですか」

俺は眼鏡を指先で押し上げると、射るような目付きで俺を見ながら、「しかし、何事か起こる危険性は否定できない。ひょっとすると、それは殺人かもしれない。あなたはそのことを恐れ警戒している。要するに、そういうことなんじゃありませんか？」

「さあな」

俺はとぼけるように義弟から視線を逸らして、「俺はただ人を捜しているだけさ」

「人を捜している？　変ですね。あなたが捜しているのはトラだったはずでは？」

「トラじゃなくて猫だ。最初は確かにそうだった。けど途中で話が変わったんだ」

「どうも話が見えませんね。僕はあなたの要求を呑んだんだ。次はあなたが僕の要求に応える番ですよ。さあ、あなたは何を知っているんですか。何を恐れているんです？」

「そうだな」俺は腕組みして、目の前のマンションを見上げた。「こうして道端に突っ立っていても退屈なだけだ。ひとつ、俺の考えていることを説明してやろうか。――けど、どこから話せばいいんだ？　猫捜しの話は、前にしたよな？」

「ええ、その捜していた猫が車に撥ねられて死んだってこともね」

「ああ、そう話したはずだ。ところが――ん⁉」

俺はふいに言葉を止めて、道端に置かれた自販機の陰に身を隠す。その様子を見て、異変を察知した脩も俺の背後に身を潜めた。「どうしたんです、急に？」

「説明は後だ。――見ろ、奴だ」

自販機の陰から半分顔を覗かせながら、古いマンションの共用玄関に視線を向ける。

いままさにスキンヘッドの男が、その巨体を現したところだ。これから飲みにでも出掛けるのか、男は髑髏のTシャツにグレーのパーカーを羽織っただけのラフなスタイル。玄関を出ると、その場で左右を見渡す素振りを見せる。俺はドキリとしながら、慌てて顔を引っ込めた。

男は俺たちの存在に気付くことなく、フラフラとした足取りで歩きはじめる。

俺は男のほかに、誰か人の姿がないかと思って、キョロキョロと周囲を見回す。だが誰の姿もない。その様子を怪訝そうに見やりながら、脩は俺の背中を押した。

「何してるんです？　奴を追わないんですか。そのために、この場所にきたのでは？」

「う、うん……そうだな、いちおう念のために尾行してみるか……」

「念のためって……まったく、僕にはあなたの考えがサッパリ……」

と困惑を露にする義弟。それを置き去りにするように、俺は自販機の陰から飛び出した。慌てた様子で、脩も後に続く。俺たち二人は前をいくグレーのパーカーの背中を、ある程度の距離を保ちながら追跡した。すると――

男がマンションを出て三十秒も経たないうちに、異変は起こった。

カンカンカン——と、なぜか頭上から響いてくる金属音。何かと思って見上げてみると、目に入ったのは雑居ビルの非常階段。鉄製の踏み板を鳴らしながら、勢いよく駆け降りてきたのは、ひとりの女だ。喪服のような黒いワンピースを着たその女は、路上に降り立つと、そのまま刺青男と同じ方向に歩き出す。結果的に、俺たちと刺青男の中間に女が割り込んだ形だ。俺たちの前方に黒いワンピースの背中があり、彼女の前方に刺青男の背中が見える。と、その直後——

女は歩く速度を徐々に上げながら、ワンピースのポケットに右腕を突っ込み、何かを取り出そうとする仕草。だが一瞬早く彼女の背中に追いついた俺は、背後から彼女の口に手を回す。掌で塞がれた口許から「うぐッ」という女の呻き声。構わず俺は彼女の華奢な身体を、脇道へと無理やり引っ張り込んだ。

そこは車も通らず、人通りもない狭くて暗い路地だ。

「——ちょっと！」俺の手を振り払って、女が低い叫び声をあげる。「何すんのよ！」

「あんたこそ、いま何を……」

「邪魔しないで！」

突き出された彼女の右手。そこには鈍い輝きを放つ刃物が握られていた。

女は威嚇するように、手にした刃物を高い位置で構える。が、次の瞬間、彼女の斜め後方から素早く間合いを詰める男の影。脩だ。その勢い良く振り上げた右足が、彼女の右手を蹴り上げる。女の口から「あッ」と短い叫び声。その直後には、路上に転がった刃物が耳障りな金属音を響かせた。脩は身を屈めて、素早くそれを拾い上げる。それは折りたたみ式の小振りなナイフだった。唯一の武器を失った女は、観念したようにアスファルトの地面に膝からくずおれた。

「なぜ……なぜ、邪魔するの……もう少しだったのに……」

女は嗚咽交じりに問い掛ける。俺は迷わず、その問いに答えた。

「復讐なんて必要ない。あんたの猫は死んでなかったんだから」

「えッ」といって黒いワンピースの女、高森涼子はしゃがみこんだまま顔を上げる。その両目は、信じられない、というように大きく見開かれている。

そんな彼女の傍らで、スーツ姿の義弟が眉間に皺を寄せながら口を開いた。

「復讐って……いったい何のことです……？」

10

高森涼子は地面にへたり込んだまま、放心したような表情。自分のおこなおうとしていた事の重大さ、軽率さを思い知ったように黙り込んでいる。

代わって質問の口火を切ったのは、義弟の一之瀬脩だ。彼は折りたたみ式のナイフをスーツのポケットに仕舞い込みながら、

「どうも、よく意味が判りませんね。復讐って、どういうことですか。死んだ猫のために、彼女が復讐を企てた——ということですか」

「ああ、そういうことだ。だが実際には彼女の飼い猫は死んでいなかった。英町の廃墟になったアパートにいたんだ。いまごろは真琴の奴が事務所に連れ帰っているはずだ」

「そうですか。しかし彼女は猫が死んだものと思い込み、猫のための復讐を目論んだ——あなたはそういいたいんですね？　正直、納得いかない話ですが、まあ、それはとりあえず保留にしておきましょう。しかし仮にそうだとするなら、なぜ彼女はその復讐の相手が青柳だと考えたんです？　青柳と彼女の飼い猫と、何の関係もないでしょう」

「いや、関係はあるんだ。青柳が容疑者としてリストアップされている例の独居老人殺

し、それが起きたのは四月九日の月曜日。それと同じ日に、高森涼子の飼い猫も彼女の部屋から逃げ出している」

「だから、両者は関係があると?」

「そうだ。その日、犯人はその老人の家にだけ盗みに入ったわけではなかった。殺人を犯す直前にもう一軒、別の家に盗みに入ったんだよ。それが高森涼子の住むアパートの一室だった。彼女はそのときコンビニのバイトに出ていて、部屋を留守にしていた。そこに空き巣狙いのコソ泥が侵入したんだ」

「それが青柳だと? しかし、彼女はそのときコンビニで仕事中だったのでしょう? なぜ自分の部屋に侵入したコソ泥が青柳だと、彼女に判るんですか」

「そう、普通は判るわけないよな。だが実際、彼女はコンビニにいながら、自分の部屋の異変に気付くことができたらしい。それが証拠に、彼女はその日の昼休みに急遽、腹痛を装ってバイト先を早退している」

「判りませんね。なぜ、そんなことが可能なんです? 千里眼じゃあるまいに……」

「その謎を解くポイントは、やっぱり猫だ。夜の仕事仲間から聞いた話によると、彼女は暇さえあればスマホで猫の動画を見ていたらしい。それで思い出したんだが、俺が彼女の部屋を窓から覗いたとき……いや、まあ、覗いたっていっても、必要に迫られてのことで、けっして興味本位に覗いたわけではないんだが……」

「いいです、いいです。そんなことで、あなたをパクったりしませんから！」脩は神経質そうに眼鏡のフレームに指を当てて、苛立ちを露にした。「で、あなたが窓から覗いたとき、彼女の部屋に何が見えたんですか」

「カラーボックスの上に奇妙なものが見えた。円筒形の物体に目玉みたいな突起物が付いたやつだ。――なあ、あれってカメラだよな？　留守中の猫ちゃんの様子を見守るためのカメラ。違うかい？」

俺の問い掛けに、高森涼子はしゃがみこんだままでコクンと頷いた。「ええ、そうです……カメラで撮られた映像は、離れた場所からでもスマホで確認することができます。私は仕事の合間に、送られてくる映像を見ながら、猫の様子を気に掛けていたのです……」

その言葉を聞いた俺は、自らの推理に確信を得た。

「その日の昼休みも、あんたは普段どおり、弁当など食べながらスマホで自宅にいる飼い猫の様子を眺めていたんだろう。だが、そこであんたは驚くべき映像を目にした。自分の部屋に見知らぬ男が侵入し、室内を物色する映像だ。――そうだろ？」

俺の問い掛けに、高森涼子は再びコクンと頷いた。「ええ、そのとおりです。男はスキンヘッドで、右腕には刺青が見えました」

「おそらく男のほうは、自分がカメラに撮られているなんて、思いもしなかっただろう。一方、ビックリ仰天したあんたは、腹痛を装ってコンビニを早退し、慌てて自宅へと戻った」

俺の言葉に、脩が横から異議を唱えた。

「それは変ですね。なぜ仮病なんか使うんですか。『自宅に泥棒が入りました』と本当のことをいって堂々と帰宅すればいいでしょうに」

「それができなかったのは、想像するに、その時点で事件を警察沙汰にするべきか否か、彼女自身にも判断がつかなかったからだろう。スネに傷持つ人間は往々にして判断が鈍るからな」

「はあ⁉　彼女のスネに、どんな傷があるっていうんです」

「例えば、『古いアパートの部屋で猫を飼っていること』それ自体が大家さんの定める入居者のルールに反している――とか」

どうやら俺の口にした推理は図星だったらしい。高森涼子は申し訳なさそうに頷いた。

「そのとおりです。警察を呼べば、私がルールを破って猫を飼っていることも、大家さんにバレてしまう。そのことを思うと、その時点で警察沙汰にすることは憚られました。だから私はとりあえず仮病を使い、大急ぎで自分の部屋に戻ったのです」

やはりそうか――と俺は頷き、再び義弟のほうを向いた。

「彼女が部屋に戻ったとき、すでにコソ泥の姿はなかったろう。泥棒に遭った被害額が、どの程度のものか、それは知らない。だが彼女にとって最大の損失が、猫だったことは間違いない。そう、そのとき彼女の猫はすでに姿を消していたんだ。べつにコソ泥が盗んでいったわけじゃない。ただ、そいつが勝手に玄関を開錠し、扉を開け閉めする隙に、彼女の大切なノロちゃんは、部屋の外へと出ていってしまったんだな。これが『独居老人殺害事件』の、もう片方で起こっていた『ノロちゃん失踪事件』の全貌ってわけだ」

俺の説明を聞いて、ようやく脩も殺人事件と飼い猫失踪事件との関連性を理解したらしい。顎に手を当てて何度も頷きながら、

「なるほど。つまり、これは同じ犯人の手による連続窃盗事件だったわけですね。犯人は最初に侵入した部屋で、猫の失踪事件を引き起こし、次に侵入した部屋では老人の殺害事件を起こしてしまった。しかし最初の被害者が警察に被害を届け出なかったため、我々は独居老人殺害事件のみを捜査対象としていた――」

「そうだ。その一方で、飼い猫が見当たらなくなった彼女は、その日の午後と翌日、すべての仕事を休んで、自力で猫を捜そうとした。だが結局、猫は発見できず、仕方なく彼女は猫捜しを『桂木圭一探偵事務所』に依頼したわけだ。そして捜索を開始して数日後、俺

は間違った報告を彼女におこなってしまった」

「猫は車に撥ねられて死んだらしい――と」

「そう、その話を聞かされた瞬間、彼女の中で復讐の意思が固まったんだろう。ただし、復讐の対象は、猫を撥ねた車の運転手なんかじゃなかった。猫の失踪を引き起こした張本人、スキンヘッドに刺青の男だ。彼女はそいつに復讐したいと考えた」

だが、俺の説明にいまひとつ納得がいかなかったのだろう。脩は地べたにしゃがみこむ高森涼子に直接尋ねた。「あなたはコソ泥の姿をスマホの映像で見て、その特徴なども判っていた。そして、その男が同じ日に近所で起こった殺人事件にも関係していると、薄々は気付いていたはずだ。だったら知っていることを警察に話して、男を捕まえてもらおう。そうすることで死んだ猫の弔（とむら）いとしよう。そんなふうには考えなかったんですか」

　脩の問い掛けに、高森涼子は俯（うつむ）きながら首を横に振った。

「いいえ、そうは考えませんでした。私はノロがいなくなったと判ったときから、ある程度は彼の死を覚悟していました。だってノロは一度も外で暮らしたことのない猫でしたから。おそらく生きては戻らないだろう、と。そして、もしも悪い予感が現実のものとなったときには、自らの手でノロの仇（かたき）を討（う）ってやろうと、最初からそう考えていたのです」

「そうですか。それであなたは自分の知ってる情報を隠蔽（いんぺい）したんですね」脩は高森涼子に哀(あわ)れむような視線を投げた。「警察に情報を与えて、それで犯人が逮捕されてしまったら、あなたの復讐は不可能になってしまう。あなたはそれを嫌がった」

「ええ、そのとおりです」高森涼子はうなだれるように首を縦(たて)に振った。

俺は彼女に向かって話を続けた。「復讐を決意したあんたは、勤めていたクラブもコンビニも辞めた。そして自ら刺青男を捜し回った。刺青男はあんたのバイトしていたコンビニに、ときどき客として訪れていたから、あんたはそれを自力で捜し出せると考えた」

「ええ。でも意外に手間取って日数を要してしまいました。やはりプロの探偵さんのようにはいかないものですね……」高森涼子は顔を上げて、力ない笑みを覗かせた。

「ちなみに聞くけど、俺があんたのアパートを訪れたとき、部屋の前にチンピラみたいな男たちがたむろしていたが、あいつらは借金取りだよな?」

「ええ、そうだと思います。借金を作ったのは、私が以前に付き合っていた男なのですが、私が連帯保証人になっていて……」

「やっぱりか」話を聞くほどに、つくづく男運の悪い女だと思わざるを得ない。「あんたは大事な復讐を、チンピラたちに邪魔されたくなかった。それで、あんたは部屋に戻らず、ひたすら刺青男を捜し回ったわけだ」

「はい。それでも探偵さんの報告書だけは、しっかり受け取りました」

「ああ、報酬は確かにいただいたよ。——過ちの報酬をな」

俺は自嘲気味の微笑みを彼女に向けた。

その一方で、疑問を拭いきれない様子の脩は、「ところで……」といって俺へと顔を向けた。「さっきは保留にしましたが、僕にはやっぱり納得し難い部分があります」

「というと？」

「そもそも、死んだ飼い猫の復讐などということが、あり得るのか、ということです。確かに飼い猫を家族のように思う人は大勢いるし、彼女がノロという猫に愛情を注いでいたことも事実でしょう。だからといって、死んだ猫のために復讐だなんて通常はあり得ない。相手は悪党とはいえ人間ですよ。殺せば、彼女だって重い罪に問われる。それなのに、いったいなぜ？　そこまで思い詰める理由が、どうも僕には、よく判らない——」

「確かに、普通はそこまで考えないだろう。考えたとしても実行を躊躇うよな。ところが、彼女はそのハードルを乗り越えて、本気で復讐を果たそうとしたんだ。——なぜだと思う？」

俺の問い掛けに、脩は口を噤んだまま、判らない、というように首を真横に振る。

俺は腰をかがめて、彼女の顔を覗き込む。そして自らの思うところを口にした。

「なあ、高森涼子さん、あんた、自分も死ぬ気だったんじゃないのかい？」

もともと孤独な女だったのだろう。それが散々貢いだ男に逃げられて、借金まで背負って、おまけに愛する猫も失ったのだ。その絶望はいかばかりだったろうか。俺に彼女の悲しみの深さは想像できない。ただ、彼女が後先のことを考えずに仕事を辞め、ひとりで刺青男を捜している。その事実から逆算して、俺はそのように考えたのだ。――ひょっとして高森涼子は刺青男を殺して、自分も死ぬつもりなのではないか、と。

そんな俺の推理は、確かに彼女の痛いところを突いたらしい。その瞬間、彼女はワッとばかりに泣き出した。その様子を見て、脩はようやく腑に落ちたらしい。「ああ、そうか……」と頷き、あらためて俺へと顔を向けた。「つまり、あなたが恐れていたのは、そのことだったんですね。自分の間違った調査結果を元にして、彼女が間違った復讐をおこなおうとしているのではないか。そして、その復讐を遂げた後には、彼女自身も自ら命を絶つのではないか。そう考えたあなたは、僕に電話して青柳の居場所を聞きだした」

「まあ、そういうことだ。彼女の居場所を突き止めるためには、刺青男の住処を見張るのが、いちばんだと思った。そこに彼女はきっと現れるからな」

「そして実際、彼女は現れた。彼女はビルの非常階段から、青柳のマンションを密かに見張っていたんですね。そして、現れた彼を路上で襲撃しようとした――」

そういう脩の手には、いつの間にやら無粋（ぶすい）な鉄製の輪っかが、しっかりと握られている。俺は慌てて彼の前に立ちはだかった。

「馬鹿馬鹿、なに変なもん、持ち出してんだ。――こら、仕舞え！　仕舞えっての！」

「はあ⁉　そっちこそ、なにいってるんですか……」脩は手錠と女を交互に見やりながら、「彼女が今夜おこなおうとしたことは、明らかに殺人未遂ですよ。しかも現行犯だ。彼女は僕の目の前でナイフを手にして、青柳に襲い掛かろうとした」

「おいおい、そりゃ目の錯覚だろ⁉　俺はハッキリ見てたぜ。彼女はポケットに手を突っ込んだ恰好で、青柳って男の後ろを、ちょっと早足で歩いていただけだ」

「そ、そういわれれば、そうだったかもしれませんけど……いや、しかし彼女はあなたに対しては、明らかにナイフを向けて……」

「それは、この俺がいきなり背後から彼女に襲い掛かったからだろ。それで彼女は護身用のナイフを取り出して、凶暴な野獣の毒牙から我が身を守ろうとした。どう見たって正当防衛だな」

「野獣の毒牙⁉　だったら、僕はあなたを逮捕するべき――って話になりますけど」

「馬鹿、そんなことしたら母ちゃんが泣くじゃねーか！」

「はあ、いきなり身内の問題にしないでくださいよね！」

暗い路地で角突き合わせる俺と義弟。あるいは探偵と刑事。二人の関係性を把握できていない高森涼子は、いつの間にか泣き止んで、俺たちのいがみ合う様子を呆気に取られた顔で見上げている。そんな彼女をよそに、俺は義弟の持つ手錠を指差していった。

「いいから、そいつは青柳って野郎のために取っておくんだな。今度はきっと彼女も捜査に協力してくれるはずだ。それによ——彼女にはノロちゃんを受け取ってもらう必要がある。だから、ここで逮捕されちゃ困るんだよ。探偵事務所じゃ猫は飼えないんだから」

な、このとおりだ——と顔の前で両手を合わせて義弟に懇願する俺。

その姿を見て脩は困惑の表情だ。手錠を握った右手と、しゃがみこんだ高森涼子、両手を合わせる俺。その三つを順繰りに見回すと、やがて彼の口から観念したように「ハァ」と小さな溜め息。緩慢な動きで手錠を仕舞うと、脩は「やれやれ」といって首を左右に振った。「まさかあなたと、こんな重大な秘密を共有することになるとは、思いもしませんでしたよ。——あなたも意外と人がいいですね」

「そういうおまえも意外と話が判るじゃんか」

ニヤリとした俺は義弟の肩に手を置き、さりげなく彼の身体を高森涼子から遠ざける。そして彼の耳に小声で語りかけた。「じゃあ話が判るついでに、もうひとつ相談に乗ってくれ。可哀想な彼女が背負わされた借金の話だ。金額がどの程度か正確には知らないが、まあ、たぶん百万レベルの話だろ。確かに大金だ。そりゃあ俺たち庶民からすれば、目が飛び出るほどの額さ。でもよ、横浜が誇る名門『一之瀬家』にとっては、そう大した額じゃないよな？」

「はあッ、嘘でしょ!?」こちらの意図するところを察して、脩の声が裏返る。

俺は彼の肩を叩きながら続けた。「な、頼むよ。借金取りに追われたままじゃ、彼女は猫を連れて自宅に戻れないんだ。なーに、代わりに払ってやれっていってるんじゃない。ちょっとだけ貸してやってくれよ。同じ借金するなら、そっちのほうが安心できる。だって県警本部長殿は、足で扉をノックするような真似は絶対しねーだろ？」

「そりゃそうですけど……足で扉を……？」

脩は訳が判らないといった表情で、また小さく溜め息。やがて顔を上げると、判りました、というようにキッパリと頷く。

眼鏡の奥で切れ長の目が、珍しく笑っているように見えた。

11

後日、あらためて『桂木圭一探偵事務所』を訪れた高森涼子は、離れ離れになっていた愛猫と感動の再会。「ノ〜〜ロ〜〜」と名前を呼んで、太った猫の身体を嬉しそうに抱きしめた。

そんな彼女の姿を見て、真琴も表情を緩めながら、「良かったなあ、涼子ちゃん。その猫、うちの兄貴が空き家になったアパートの前を通りかかって、偶然見付けたんだぜ。ホント、運が良かったよ」と例によって気さくすぎる態度。

俺は今度こそは我慢できず、真琴の後頭部に右手を伸ばす。そして彼ご自慢の茶髪をグイグイと引っ張りながら、「おい、真琴、何度もいわせんじゃねえ。おまえは、この人の親友か。それとも彼氏か何かになったつもりか。——お客様だぞ、お・客・様」

「わ、判ってるよ、兄貴——『探偵は接客業』だろ」

「そうだ。判ってんなら、茶でも淹れてきやがれ」

尻を蹴っ飛ばすようにして命じると、真琴は転ぶような勢いでキッチンへと駆け込んでいく。俺はソファに腰を下ろして、あらためて高森涼子と向き合った。

「すまねーな、毎度毎度、騒々しくってよ」

気さくに語りかけると、目の前に座る彼女は、『あんたこそ、私の彼氏か！』などとはいわずに、「いえ、楽しい事務所ですね」といって柔らかな微笑みを返す。そして何事か気になるのか、キッチンのほうをチラリと見やって、ふいに声を潜めた。「ところで、あの……今回の件について、真琴さんは、どの程度ご存じなのでしょうか」

彼女の心配はもっともだ。俺は彼女を安心させようと、強く右手を振った。

「いやいや、大丈夫だ。あいつは何も知らないから。ほら、見て判ると思うけど、あいつは大事な秘密ほど誰かに喋りたくなる、そんなタイプだろ。だから何も教えてやってないんだ。あんたも、あいつの前では余計なこといわず、普通にしてりゃそれでいいんだ」

「そうですか。本当に、この度は何から何までお世話になってしまって……」

「なーに、礼なんかいいんだよ。俺は自分の尻拭いを自分でしたまで。いただいた報酬の分、働いただけさ。それより今度は、あいつに協力してやってくれよ。あ——『あいつ』っていうのは真琴じゃなくて、もう一方の、あいつな」

「一之瀬刑事ですね。はい、それは必ず」

「だったら、いいや」照れくさい思いで横を向いた俺は、ジャケットのポケットから煙草を取り出し、「あ、吸っていいかい？」と彼女に確認して一本口にくわえる。だが火を点けようとライターを手にした、その直後、テーブルの上で丸くなっていたノロが突然ムクッと起き上がる。そして前脚を伸ばしたかと思うと、次の瞬間、目にも留まらぬ猫パンチが眼前で炸裂。それは俺のくわえていた煙草を、ものの見事に叩き落とした。

「駄目じゃない、ノロ！」高森涼子は慌てて猫を抱き寄せて、「ごめんなさい、探偵さん」

「な、なーに、いいってことよ。きっと、その猫、煙草キライなんだな……」

そう呟いた俺は床に落ちた煙草を拾い上げる。そして結局、吸わないまま箱に戻した。

――あれ⁉　そういや俺、いつになったら、この煙草、吸えるんだろ⁉

そんな疑問を吹き飛ばすように、そのとき背後から真琴の陽気な声が響いた。

「おーい、兄貴ぃ、お茶が入ったぜー」

こうして俺たちは無事に任務を終えた。高森涼子は猫を連れて自宅へと戻っていった。『飼い猫失踪事件』は紆余曲折を経ながら、なんとか解決に至ったというわけだ。

一方、『独居老人殺害事件』について、犯人逮捕の報が流れたのは、それからさらに数日後のことだった。事務所のテレビが映し出すテレビ神奈川のローカルニュース。それを眺めていた真琴の口から突然、「ああッ」と素っ頓狂な叫び声。そして彼は画面を指差しながら、「見ろよ、兄貴！　あいつが映ってるぜ。ほら、あの夜、俺たちに職務質問してきやがった、伊勢佐木署のスカしたインテリ顔の刑事が」

いわれて俺も画面を覗き込む。そこに映るのは見覚えのあるスキンヘッドの大男。もうすっかり名前は忘れてしまったけれど、そうそう『刺青デカ太郎』だ。確か、そんな名前の奴だった。男の腕には手錠を隠すためだろう、青い布がぐるぐると巻かれていた。

そして、その男の背後。画面の端に映り込んでいるのは、確かに黒いスーツ姿の義弟、

一之瀬脩だ。《スカしたインテリ顔》という評価に賛同すべきか否か、なかなか判断のつかない俺は、

「ああ、そうだな。あのときの刑事だな」

と敢えて素っ気ない態度。すると何も知らない真琴は悔しげに拳を握りながら、

「畜生、あの野郎、得意げな顔でテレビなんぞに映りやがって……」

と、ひとり勝手に憤りを募(つの)らせる。しかし不満を口にしながらも、画面を見詰める彼の表情はどこか羨(うらや)ましそう。そんな真琴はニュースが終わると、嘆息(たんそく)するようにいった。

「あーあ、俺たちもよぉ、猫捜しなんかじゃなくて、ああいうデカい事件を、いっぺん解決してみてーよなぁ。――そう思うだろ、兄貴ぃ？」

「ああ、そうだな。いつか、そのうちにな」――でも猫捜しも悪くねーぞ、真琴！

心の中でそう呟きながら、俺はソファの上でゴロンと横になるのだった。

第二話　尾行の顚末（てんまつ）

1

華やかな大通りから一本奥に入ったところに建つ洒落たビル。地下一階にあるイタリア料理店は木の温もりを活かした立派な店構えだった。薄暗い間接照明と高級感のある調度品の数々。イタリア語と日本語の両方で表記された意味不明のメニューは上質なお客様の虚栄心をくすぐり、上質でないお客様を混乱と恥辱の渦へと叩き込む——

そんな中、上質でないほうの俺は、「えーっと……タコのマリネとスズキのカルパッチョ……」などと辛うじて想像の付く料理を注文してからメニューを閉じると、「あとノンアルコールビールを二つね」

すると向かいに座る舎弟、スカジャン姿の黛真琴が茶色く染めた髪を揺らしながら、

「なんだよ、ノンアルかよ、兄貴。せっかく上等な店に入ったんだから、どうせなら美味いやつ飲もうぜ。そうだ、ワインがいい、ワイン。ほら、シャトーブリアンとか！」

「馬鹿、俺たち仕事中だってこと、忘れんなよ、真琴」——それとあと、シャトーブリア

ンは高級牛肉の部位だから、飲んでも喉に詰まるだけだぞ！

　心の中でツッコミを入れた俺は、有能な私立探偵の表情を取り戻して、鋭い視線をカウンター席へと向けた。そこには、くるぶしまで隠れるような花柄ワンピースの後ろ姿。真っ直ぐ背中に流れる黒髪が、照明に映えて眩いほどの輝きを放っている。足許は白いパンプス。カウンターに向かい、ひとり優雅にワイングラスを傾けている。今宵、俺と真琴が尾行する《標的》が、この上杉雅美なのだ。

　その後ろ姿を見やりながら、いまさらのように真琴が感嘆の声を発した。

「にしても、べっぴんだよなあ。仕事以外で出会ったなら、こっちから声を掛けたかも。――なあ、兄貴？」

「ああ、まさしく《いいオンナ》だな」その点は否定しない。上杉雅美の姿は、この俺の目にも充分に魅力的な美人と映る。声を掛けるかどうかは度胸次第だが――「ひょっとすると、勇敢な誰かが声を掛けるかもしれないな。いいか、目を離すんじゃないぞ、真琴」

「ああ、判ってるって。――でも、とりあえず乾杯しようぜ、兄貴」

　真琴はテーブルに届けられたノンアルコールビールのグラスを手に取る。俺は《標的》のほうに視線を向けたまま、「ああ、はいはい、乾杯カンパイ……」と適当に頷きながら、手にしたグラスを真琴のそれとぶつけ合う。弾みでグラスの縁から泡がこぼれた――

間もなく俺たちのテーブルに注文の品が届く。白い皿の上でソースやらオイルやらにまみれているのは新鮮な野菜と魚介類。それらをフォークの先端でブスブスと突き刺しながら、俺たちは油断なく花柄ワンピースの背中を見守った。

雅美が注文したのは、ディナーのコース料理だ。こういう上等な店にひとりで入って食事をするという行為は、俺のような貧乏探偵にとっては結構ハードルが高いことだが、どうやら雅美は慣れているらしい。臆する様子もなくナイフとフォークを黙々と動かしている。——やっぱ、金持ちは違うなぁ！

心の中で呟きながら、酔えないビールをひと口。そのときジャケットの胸ポケットでスマートフォンが着信を報せた。上杉麗香だ。雅美にとっては実の姉に当たる人物。俺にとっては大事な依頼人だ。

「はい、桂木です」

と小声で名乗る俺に、電話の向こうの彼女は心配そうな声で聞いてきた。

『どんな具合ですか、探偵さん、雅美の様子は？』

俺は周囲の耳を気にしつつ、この店に至るまでの尾行の経過を簡潔に説明した。こちらの話を麗香は頷いたり驚いたりしながら、真剣な様子で聞いている。ひと通りの説明を終えた俺は冗談っぽい口調でいった。「なかなかのべっぴんさんだって、ちょうど真琴と噂していたところです。仕事じゃなかったなら声を掛けていたかも――ってね」

『あら、まあ』電話越しに依頼人の呆れたような声が響く。『ところで探偵さんは、いまどちらに？』

「馬車道にある『ベニス』という名のイタリア料理店です。雅美さんは離れた席で食事中。ええ、おひとりですよ。誰かと待ち合わせしているわけでもなさそうですね」

俺はカウンター席に座る雅美の背中を見やりながらいった。すると電話の向こうで麗香が、ひとつの決断を下した。『判りました。馬車道なら私がいる事務所から、そう遠くありません。いまから、そちらに参ります。そして面と向かって雅美にいってやります。馬鹿な夜遊びはおやめなさい――って』

「え、ここに？　いまから？　はあ、そうですかぁ」

――だけど、お姉さん、雅美さんはそんなに派手に遊んでいるわけではありませんよ。ただレストランで食事してお酒を楽しんでいるだけですよ。べつに構わないじゃありませんか。上流家庭の箱入り娘ってわけでもないんだから！

そう言い返したいところだったが、雇われた探偵の立場として依頼人の言葉には逆らえない。仕方なく俺は店の正確な場所を麗香に伝えた。「ただし、雅美さんは食事を終えたら、すぐに店を出てしまうかもしれませんよ」

『そのときは、新しい居場所を私に伝えてください。スマホにメールをいただければ、そちらに参ります。アドレスはご存じですね、探偵さん？』

「ええ、大丈夫です。――では、また後ほど」

そういって俺は依頼人との通話を終えた。こちらの会話が続いている間、雅美の背中をジッと見詰めていた真琴が、声を潜めて聞いてきた。

「麗香さん、この店にくるってかい？」

「ああ、そのつもりらしい。しかし、どうなることやら……」

雅美と麗香が直接顔を合わせる場面を想像して、俺は思わず溜め息。

一方、真琴は何かを期待するかのように、「へへッ、こりゃ間違いなく修羅場（しゅらば）になるぜ、兄貴ぃ」と楽しげな表情で茶髪を掻（か）き上げる。

だが結局、このイタリア料理店が修羅場になることはなかった。依頼人からの電話があってから十分程度が経過したころ、食事を終えた雅美が席を立ったからだ。ひとりレジへ向かい、カードで支払いを済ませる。それを見た俺たちは、皿に残ったタコやスズキを慌てて口に放り込み、ノンアルビールで胃の中に流し込む。後（おく）れを取るまいとして席を立ち、雅美に続いて出入口へ。俺は、ひと足先に店を出ていくワンピースの後ろ姿を顎（あご）で示しながら、

「おい、真琴、会計は俺に任せて、おまえは先に出ろ」

「判った。――ごちそうさま、兄貴！」

だが次の瞬間、店から出ていこうとするスカジャンの背中を俺は呼び止めた。

「おい、待て待て、真琴！　おまえ、千円持ってねーか。すまん、財布の中身が意外にねえ……」

いや、銀行にいけば、あるんだぜ。いま、ここにないってだけで――と言い訳する俺に真琴は「なんだよ、兄貴ぃ、そんぐらい用意しとけよぉ」といって放るように数枚の千円札を寄越すと、ガラス扉を押し開けて階段を駆け上がる。少し遅れて俺も後に続いた。

もたつきはしたが幸い、《標的》を見失うことはなかった。マキシ丈のワンピース姿は、馬車道の歩道をゆっくりとした足取りで伊勢佐木町方面へと向かっている。そうして十分ほど歩いた末にたどり着いたのは、伊勢佐木町にある雑居ビル。地下へと続く入口には『ＣＬＵＢ　ＹＯＫＯＨＡＭＡ』という看板が掲げられている。

ハマの紳士淑女が集う《夜の社交場》だろうか。そう思いながら店に入ってみると、予想は大外れ。そこはハマのパーリィーピーポーが集うほうのクラブだった。ＤＪブースでは太ったお兄さんが金髪のロン毛をなびかせながら、巧みなテクニックで円盤を回している（曲芸を披露している、という意味ではない）。巨大なスピーカーから流れてくるのは、誰が歌っているのか判らないヒップホップ。フロアを埋めた若者たちはウェイウェイ、ヨウヨウいいながら身体を揺らしている。

俺は軽快な音楽に乗せて、隣の舎弟に尋ねた。

「Ｈｅｙ，Ｍａｋｏｔｏ，雅美のやつはどこなんだｙｏ？」

「あそこにいるｙｏ！　Ａｎｉｋｉの目の前だｙｏ！」

《ＤＪ真琴》の指差すほうに視線をやると、そこには確かに雅美の姿。黒髪を揺らしながら身体をくねらせるワンピース姿は、パーリィーピーポーたちの中でひと際、異彩を放っている。俺はスマホを取り出して、先ほど依頼人と交わした約束を果たすことにした。

〈雅美は『ＣＬＵＢ　ＹＯＫＯＨＡＭＡ』に移動。こられますか？〉

メールで伝えると、依頼人から即座に返信。〈十分で参ります〉とのことだった。

実際に、上杉麗香が俺たちの前に登場したのは、それから十五分後。息を切らして現れた彼女は、いかにもお堅い職場から直行したらしい紺色のパンツスーツ。フロアを埋めた連中に対して嫌悪感を露にしながら、「何なんですか、ここは⁉」と目を丸くする。

「Ｈｅｙ，Ｒｅｉｋａちゃん，ｙｏ！　遅かったじゃん、ｙｏ！」

「馬鹿ｙａｒｏ！　いつまでｙｏｙｏいってんだｙｏ！」俺は真琴の茶髪を一発はたいてから、あらためて依頼人へと向き直った。「お待ちしてました。雅美さんなら、ほら、あ

「まあ、雅美ったら……あんな馬鹿な真似を……」

俺が指で指し示すと、麗香の口から唖然とした声が漏れた。

ショックを受けた様子の麗香は、すぐさま行動に出た。屈強な男子、嬌声をあげる女子らを押し退けるようにしてフロアを横切り、真っ直ぐ雅美の前へ。突然の姉貴の登場に、雅美はびっくりした様子。それから二人の間で僅かながら会話が交わされたようだが、話の内容は、俺には全然聞こえない。その直後、麗香は相手の腕を摑むと、強引に雅美を店の外へと連れ出す。

――いよいよ、これは修羅場になるかも！

期待と不安を胸に、俺と真琴も彼女たちの後に続いた。外へ出るなり麗香は、雅美を人けのない狭い路地へと引っ張り込む。雅美の口から「痛いッ、痛いってば、姉ちゃん！」と弱々しい声が漏れる。麗香は薄暗い街灯の下で手を離すと、「雅美ッ、あんた自分が何してるか、判ってるの！　こんなところで、こんな恰好をして――」

いうが早いか、麗香の右腕が雅美の頭上に伸びる。次の瞬間、彼女の手が雅美の黒髪を摑み上げた。そして摑んだ髪の毛を地面にバシンと叩きつける。長い髪の毛は、まるで黒い蛇のように路上でとぐろを巻いた。それは黒髪ロングのカツラだった。

一方、カツラの下から現れた雅美の頭は、まるで陸上選手を思わせるようなスポーツ刈り。女性的なメイクを施した顔と花柄ワンピースのファッションが、たちまち違和感を伴って浮かび上がる。そんな雅美は麗香に対して睨むような視線を向けると、

「なんだよ！　姉ちゃんには関係な……」

「関係ないわけないでしょ！　雅美、あなたは上杉家の長男なのよ」

そう、上杉雅美は男。麗香にとっては妹ではなく弟なのだ。依頼人が『桂木圭一探偵事務所』に頼んだ仕事内容は、弟の隠れた女装趣味を暴くこと――では、けっしてなかったのだが、結果的に、このようなことになってしまった。当然ながら、秘密を暴かれた雅美の怒りは収まらない。彼は実の姉に猛然と食って掛かった。

「僕が何をどう楽しもうと僕の勝手だろ！」

「そうはいかないわよ。こんなことが世間様に知れたら――」

「そんなこと知るか。僕には僕の――」

「何いってるのッ」

麗香の甲高い叫び声が響いた次の瞬間！

いきなり麗香の右の掌が強烈な張り手となって雅美の顔面を捉えた。カウンター気味に決まった張り手は、暗い路地にバシッと乾いた音を響かせる。

俺と真琴はまるで自分がビンタされたかのように、揃って顔を背けた。

直後に「うぐッ」と男の呻き声。恐る恐る横目で見やると、雅美は腰が砕けたかのごとくガクリと両膝を突く。そして彼の身体はアスファルトの地面に向かって、スローモーション映像のごとくバッタリと倒れていった――

2

カウンター席で黛真琴が泡の立つジョッキを傾けながら、ゴクリゴクリと喉を鳴らす。そして彼は「ぷふぁ～～ッ」と幸せ一杯の息を吐くと、「やっぱ仕事の後のビールは最高だなぁ、兄貴」といって、ご満悦の表情を俺へと向ける。

隣に座る俺は適当に頷きながら答えた。

「ああ、そうだな、真琴。サイコーだよな。だって仕事の後のビールはノンアルじゃなくて、ちゃんと酔っ払えるビールだもんな。そりゃ美味いに決まってるよな」

場所は探偵事務所の近所にある大衆居酒屋。今宵の仕事を無事に成し遂げた俺たちは、唐揚げ、串焼き、煮込みの三点セットをツマミにしながら、ささやかな祝杯の真っ最中だった。

そんな中、真琴は思い返すような視線を天井に向けながら、「にしても、凄えビンタだったよな。いや、ありゃビンタとか張り手とかいうより、掌底だな。獣神サンダー・ライガーが得意としていた技だ。俺、見ていてゾッとしたぜ。――なあ、兄貴?」

おどけた様子で小さく肩をすくめる真琴。俺は自分のジョッキに唇を寄せながら、

「ああ、確かにあの依頼人、凄い剣幕だった。よっぽど弟の女装が許せなかったんだな」

そう呟いて、先ほど目撃したばかりの衝撃の光景を脳裏に思い描いた。

ビンタか張り手か掌底か。呼び方はともかく、たった一撃で実の弟をアスファルトのリング(?)に沈めた上杉麗香は、唖然とする俺たちに対して、「お恥ずかしいところをお見せしました」と丁寧に頭を下げてから、「このことは、どうかご内密に」と鋭く釘を刺した。『ご内密』にするべきは、雅美の女装の件なのか、それとも麗香の暴力行為の件なのか。おそらくは両方なのだろうと理解して、俺たちはガクガクと首を縦に振った。

麗香は意識もうろうとした雅美を無理やりタクシーに押し込むと、「報酬については後日、請求書をお送りください」と申し添えて自らも後部座席へ。そして上杉姉弟を乗せたタクシーはネオン輝く伊勢佐木町を後にすると、いずこともなく走り去ったのだった。

「……しっかし、驚きの展開だったよな、兄貴」といって真琴は串焼きのレバーをくわえながら、「エリート会社員の恋人をつきとめるはずがよ……こんな秘密を暴くことになる

なんてさ……」

「ああ、まったくだ。人は見かけによらないもんだな……」

そう呟きながら、俺は依頼人と初めて会った日のことを思い出していた——

上杉麗香が『桂木圭一探偵事務所』の扉を叩いたのは、ゴールデンウイークが過ぎて街が通常モードに戻ったころ。ごく平凡な火曜日の夜のことだった。

仕事帰りに立ち寄ったらしい麗香は、今日と同じ紺色のパンツスーツ姿。その姿からは充分にお堅い職業であることが想像できた。実際に聞いてみると、横浜の官公庁街で、行政書士事務所に勤務する才女であるとのこと。年齢は三十歳。結婚はしておらず両親と同居しているという。そんな彼女は勧められたソファの上で、しばし逡巡するような表情。やがて意を決した様子で「実は弟のことでお願いしたいことが……」といって、ようやく依頼の内容を切り出した。

彼女の話によると、弟の雅美は頭が良くて顔も良く、人望が厚くて仕事ができ、部下からは慕われ、上司からは信頼される。そんな一見して非の打ちどころのない二十八歳男子であるという。「——んな奴、この世にいるのかよ⁉」と本音の呟きを漏らす真琴の爪先を、俺は靴の踵でギューッと圧迫して、無用なお喋りを封じる。そして、これ以上は不自然と思えるほどの満面の作り笑いを依頼人へと向けた。「はは……ちなみに、その弟さん、お仕事は何を？」

「申し遅れました。弟は『京浜商事』という会社の経理部に勤めております」

その社名を聞いて、俺はヒュウと下品な口笛を吹きそうになった。「ほほう、『京浜商事』っていえば超一流の総合商社じゃありませんか。どうやら弟さんはなかなかのエリート社員らしいですね。――で、その弟さんについて、何を調べて欲しいと？」

「はあ、実は弟の雅美に秘密の交際相手がいるのではないかと思いまして……」

といって、麗香はそのような疑念を抱く根拠を説明した。「雅美は私と違って、すでに実家を出て会社に近いマンションでひとり暮らしをしているのですが、その部屋に若い女性が出入りする姿を、同じマンションの住人が目撃しているのです。その住人というのは私の女友達なのですが、彼女の話によれば、雅美の部屋に出入りする女性は背が高くて髪が長く、かなりの美人であるとのことです」

「ほう、例えば、あなたのようなタイプの美女ですか」

率直な感想を口にすると、美人の依頼人は「あら、探偵さんったら……」と恥ずかしそうに頬に手を当てる。俺は安心と信頼の笑顔で尋ねた。

「仮に、弟さんに秘密の交際相手がいたとして、それの何が問題なのですか。どうやら弟さんは好青年のエリート会社員らしい。付き合っている女性の二人や三人、いるのが当然では？」

「いいえッ、二人も三人もいてもらっちゃ困ります！」麗香はピシャリと断言して続けた。「というのも雅美には、れっきとした許婚がいるからです。家柄のしっかりとした立派なお嬢さんで、雅美とそのお嬢さんが一緒になることを、うちの両親も望んでいます。雅美自身も当然そのつもりだと、私はそう思っていたのですが……」

「へえ、許婚かぁ」と意外そうな声をあげたのは真琴だ。「そういうのって、マンガやドラマの中だけかと思ってたな……」

それは俺も同感。上流階級では、そのような慣習が実在するらしい。「ちなみに、弟さんの部屋に出入りしている女性は、その許婚とは違うわけですね」

「ええ、別人です。それとなく許婚の女性に確認しましたから、間違いありません」

そして麗香は、もうひとつ気になる点を告げた。「どうも最近、雅美は週末の夜になると、どこかに出掛けている様子。携帯で連絡を取ろうとしても、なぜか電話に出ません。ひょっとして、誰か他の女性と週末ごとに遊び歩いているのではないかと……」

「判りました。ならば話は簡単。週末の弟さんの行動を、我々が見張ればいいわけですね。それで秘密の交際相手も明らかになるはずです。どうぞ、お任せください。張り込みや尾行は、我々『桂木圭一探偵事務所』の得意とするところですよ。——なあ、真琴?」

話を振ると、真琴はソファから身を乗り出すようにして頷いた。

「そうそう。なんてったって俺と兄貴は、伊勢佐木町界隈で一番の探偵コンビ。だから、お姉ちゃんも、安心して俺たちに任せてくれていいぜ。きっと上手くやるからさ」

そういって真琴は胸に手を当て、自信ありげな表情。だが、あまりに馴れ馴れしすぎる彼の態度に、依頼人は一瞬キョトンだ。探偵事務所に微妙な沈黙が漂う中——

「おい、真琴ぉ。てめえ、いつから、このお方の弟になったんだぁ?」

俺は身の程知らずな舎弟に対して、可能な限り優しい言葉遣いで注意を与える。それから握った拳を見えない角度で脇腹に一発お見舞いしてから、

「勘違いするんじゃねえぞ、こら! 依頼人様を『お姉ちゃん』呼ばわりする探偵が、どこの世界にいるんだよ、ああん!」

忘れんな、探偵は接客業だぜ——と、お馴染みの台詞を真琴の耳に吹き込んでから、あらためて依頼人へと向き直る。再び、にこやかな笑みを取り戻した俺は、強張った顔の麗香に、これ以上ないほどの紳士的な態度で申し出た。

「ところで、弟さんのお写真などありましたら、拝借したいのですが……」

「は、はい。あります、あります……」

麗香は怯えた様子でスマホに指を走らせ、上杉雅美の写真を探しはじめるのだった。

　そうして迎えた週末、金曜日の夕刻。上杉雅美が仕事を終えて会社を出た瞬間から、俺たちの仕事は始まった。雅美は高級スーツを見事に着こなし、手には分厚いビジネスバッグ。いかにも一流企業のエリート社員といった外見だ。

しかし、そんな彼が向かったのは、なぜか繁華街の片隅にある女性向けのブティック。俺と真琴は同じ店に入るわけにもいかず、ショーウインドウ越しに中の様子を窺う。店内の雅美は花柄のワンピースを手にして、女性店員と何やら交渉中のようだった。

　それを見るなり真琴は、「兄貴、あれ、きっと恋人へのプレゼントだぜ」

「ああ、そうらしいな。てことは、この後、雅美はその恋人に会いにいく公算が大ってことだ。ふふん、今回の仕事、意外と簡単にケリが付きそうじゃんか」

　そう楽観視する俺の前で、再びブティックの扉が開く。大きな紙袋を提げて現れた雅美は、満足げな表情。そのまましばらく街を練り歩く。俺と真琴は《雑踏の中を目的もなく歩く街のチンピラ二人組》をナチュラルに演じながら、油断なくスーツの背中を追った。

　やがて雅美は、とある公園に到着。真っ直ぐ公衆トイレに歩み寄って、大きな出入口の前へ。キョロキョロと周囲を見回すと、素早く引き戸を開け放って中へと滑り込む。

その様子を見ながら、俺と真琴は不思議そうに顔を見合わせた。なぜなら、雅美が入った個室は、主に車椅子の人や高齢者などが利用する男女共用のそれだったからだ。

「まあ、若い男が使っちゃいけないって法律はねーけどさ」と真琴が呟く。

「そうだな。きっと切羽詰まってたんだろう」と俺もそれ以上、深く詮索はしない。

俺たちは公園の木立の陰に身を隠しながら、雅美が出てくるのを待った。だが雅美は《大》のほうだったのか、なかなか個室から姿を現さない。痺れを切らした俺はポケットから煙草の箱とライターを取り出し、一本口にくわえる。だがライターの炎を煙草の先端に近付けようとした、そのとき――前方で個室の引き戸が、ようやく開かれた。中から姿を現したのは意外や意外、髪の長い《女性》だ。俺は思わず「えッ」と驚きの声。それと同時に、口にくわえた煙草がポトリと地面に落下した。

個室から現れた《女性》は見覚えのある花柄のワンピース姿。その手には、妙に厚みの失せたビジネスバッグ。果たして個室の中で何がおこなわれたのか。瞬時に理解した俺は、とりあえず落っことした煙草を拾い上げて箱に戻す。それから煙草の箱とライターをポケットに仕舞うと、舎弟の背中を軽く叩いて歩き出す。俺と真琴は、そのまま何事もないかのように尾行を続けた。

それから、しばらくの後。邪魔物と化したビジネスバッグをコインロッカーに押し込んだ雅美は、すっかり女性になりきった様子。イタリア料理店『ベニス』へと、ひとり悠然と足を踏み入れる。

そんな《彼女》の背中を追って、俺と真琴は同じ店に客として潜り込んだのだった――

「けどよぉ、まさかブティックで買った花柄ワンピが、恋人へのプレゼントじゃなくて自分用だなんて、想像もしてなかったぜ。――なあ、兄貴？」

醤油味の唐揚げを齧りながら、真琴が「ひひひッ」と下品な笑みを覗かせる。

「ああ、確かにな」と俺は頷いて、煮込みの皿の中でトロトロになったホルモンを箸で摘み、口に放り込んだ。「だが、俺も前に聞いたことがある。社会的に地位のある人物が、意外に女装趣味だったり、女性の下着を愛用していたりって話。案外、多いらしいぜ」

「それって、見た目は男性だけど、心は女性っていうやつ……？」

「そういうケースもあるかもしれねーけど、それがすべてじゃない。まったくの趣味として、そういうことを愛好する男がいるんだよ。例えば女性アイドルが好きすぎて、そのアイドルと同じファッションをしちゃう熱狂的なファンとか。あるいは変身願望の強いナルシストとか。特別に美意識の高い男とか」

「なるほど。そういや、あのイケメン、《意識高い系》の臭いがプンプンしてたな」

「ああ、確かにな。よく判らないけど一流企業でエリート社員やってると、何かと制約も多いんだろう。上杉雅美の場合、その抑圧された感情を、週末にああいった形で発散させていたんじゃねーのか」

「そうかもしれねえなぁ」と頷いてから真琴は「ん⁉」と眉をひそめた。「けどよ兄貴、だったら雅美のマンションの部屋に出入りしていた若い女性っていうのは、いったい何者だったんだい？ 依頼人の女友達は、確かにその女性の姿を見たんだろ」

「なんだ、真琴、そんなことも判らねえのか」俺はジョッキのビールを一口飲んで説明した。「その若い女性っていうのは、雅美本人だ。彼が女装したまま自宅に戻る。依頼人の女友達がその姿を偶然に見かける。当然、雅美の女装した姿だなんて思わねーだろ」

「そっか。雅美の部屋に誰か謎の女性が出入りしている。女友達は勝手にそう判断したってわけだ。——さっすが兄貴、脳ミソ、冴えまくりじゃんか」

「だろぉ！ なんせ、この桂木圭一様は伊勢佐木町でいちばんの腕利きだもんな！」

一件落着の解放感も手伝って、今宵の俺はすこぶる付きの上機嫌。隣に座る真琴の肩やら茶髪やらをバシバシ叩きながら、ジョッキを一杯、もう一杯。やがてベロンベロンになるまで飲み食いした俺たちは、仲良く肩を抱き合いながら居酒屋を出ると、揃って探偵事務所へと帰還を果たしたのだった。

3

それから半月ほどは何事もなく過ぎた。もちろん《何事もなく》とは何の仕事もないまま、という意味ではない。浮気調査や失せ物探し、家出した不良息子の捜索など、毎日を退屈せずに過ごせる程度の仕事はある。信頼と実績の『桂木圭一探偵事務所』は地元の皆様に愛され、そこそこ繁盛しているのだ。

そんな探偵事務所に予想外の来客があったのは、五月も後半に差し掛かった、とある月曜日のことだった。

無愛想な鉄製の扉を開けて顔を覗かせたのは、黒いパンツスーツを着た若い女性だ。ショートボブの黒髪と少年っぽさを漂わせる童顔のせいで、見た目は女子大生のように映る。たちまち俺はピンときた。

「ああ、悪いけど、うちは新規採用の予定はないんだ」

手を振って門前払いを喰らわせようとすると、女性は俺の冗談を正しく理解したのだろう。地団太を踏むように靴の踵を鳴らしながら、「就活生じゃありません、私、就活生じゃありませんから！」

なぜか同じことを二回いうと、彼女は慌ててスーツの胸元から黒っぽい手帳を取り出し、これ見よがしに顔の高さに掲げた。「こう見えても私は伊勢佐木署の――」

「松本刑事だろ」俺は先回りするようにいって、ニヤリと笑った。「この前、猫捜してる最中に一度会ったじゃんか。――なあ、真琴も覚えてるよな？」

「ああ、いわれてみれば確かに。その女刑事さんはともかく……」といって真琴は松本刑事の背後から一歩遅れて姿を現した、若い男性のほうを指で示しながら、「そっちの眼鏡の刑事さんなら、ハッキリと見覚えがあるぜ」

だが指を差された男性刑事は、端整な顔に皺ひとつ刻むことなく無表情。おもむろにダークスーツの胸元から同じく警察手帳を取り出すと、「眼鏡の刑事ではありません。伊勢佐木署の一之瀬です」と立派に身の証を立てる。そして、それ以上の説明を彼はいっさい省いた。キラリと輝くレンズ越しに涼しげな視線が、こちらへと向けられる。

正直、俺は戸惑った。

確かに、彼は伊勢佐木署刑事課に所属する一之瀬刑事に違いない。だが、それだけの説明では不充分なのだ。なぜなら彼、一之瀬脩は県警本部長の実の息子という超のつくエリート捜査官であり、その県警本部長はつい最近、よりにもよって俺の母親と再婚を果たした。したがって脩は、この俺にとって義理の弟ということになるわけだ。

この際だから、そのことを舎弟である真琴にも説明しておく必要があるだろうと思うのだが、俺がそう考える傍から、もともと警察嫌いの真琴がイケメン刑事への敵対心を露にしながら、「――んで、伊勢佐木署の刑事さんが、探偵事務所に何の用ですかぁ？　迷子の警察犬を捜して欲しいとか、そういう依頼ですかぁ？」と心底アホな台詞を口にするので、俺はもう何もいえなくなってしまった。

――馬鹿かよ、真琴！　兄貴に恥をかかせんな！

だが義弟の脩は真琴の安い挑発などどこ吹く風で、同僚の女性刑事に目配せ。すると松本刑事は俺たちに向かって、おもむろに口を開いた。

「迷子の警察犬なら、うちで捜します。ていうか、そんな間抜けな警察犬は一頭もいませんからご安心を。そんなことより――お二人は半田俊之という男を知っていますか」

その名前なら、よく知っている。俺は苦いものでも飲まされたような顔で答えた。

「半田俊之っていや自称フリーのジャーナリスト。だが実際に記事を書いていたのは、何年も前のことだ。いまの彼は街のゴロツキと変わらない。他人の秘密を調べ上げては、適当な相手からカネを巻き上げる。それが奴の飯のタネ。要はケチで卑怯な強請り屋だな」

「随分と辛辣ですね。彼との間で何かトラブルでも？」

「ああ、以前ちょっとな」守秘義務があるから詳しいことはいえないが――と前置きしてから、俺は説明した。「昔、とあるお金持ちの紳士から奥さんの浮気調査を頼まれたんだ。俺はその奥さんを尾行して、浮気相手を突き止めた。相手は奥さんの子供が通う小学校の男性教師だった。俺は密会写真を撮って依頼人に渡し、探偵としての職責を全うした」

「さっすが。兄貴の仕事は、いつだって完璧だぜ」

「だろ！」俺は真琴の合いの手に気を良くして続けた。「ところが、半田の奴は俺と依頼人が一緒にいる場面を偶然に見かけたんだな。これは何かありそうだ――とハイエナ並みに嗅覚を働かせた半田は、独自に依頼人の周辺を調べたらしい。そうして半田は依頼人とその奥さん、そして男性教師が三者面談して、互いを罵りあう修羅場を目撃するに至った」

「なるほど」と松本刑事が頷いた。「では、そのことをネタにして、半田俊之はそのお金持ちを強請ったわけですね」

「と思うだろ？　ところが、そうじゃない。半田が強請ったのは、しがない男性教師のほうだ。彼にも奥さんや子供がいたんだな。――どうだい、このケチ臭い強請りの手口は？まさに小物感ハンパないだろ？　カネを巻き上げたいなら、金持ちのほうを相手にすりゃいいだろうに、そういう度胸はからっきしねーんだな。でもって俺はなぜか、その男性教師から《浮気の事実を強請り屋に垂れ流した悪徳探偵》みたいに逆恨みされてよ。まったく、思い出しただけでも腹が立つぜ。畜生、あの野郎、ぶっ殺してやりてえ！」

蘇った怒りのせいで、俺の口から思わず不穏な言葉が飛び出す。

松本刑事は意味深な表情で頷きながら、「そうですか。そんなに、ぶっ殺してやりたいですか。半田俊之って人のこと……」

「んー、そうだな。殺しても絶対に逮捕されない完璧な贋アリバイか何か用意できるんなら、そんときゃ俺も考えるかも――ってな、ははは！」

軽口を叩いて乾いた笑みを浮かべる俺。

すると松本刑事は「そうですか……」と頷くや否や、隠し持っていた衝撃の事実を口にした。「実は先週の金曜日、半田俊之氏は何者かに殺害されました」

「――んな！」瞬間、俺は目を剝いて絶句。ふと気付くと、松本刑事はもちろん、義弟の脩までもが疑惑に満ちた視線をこちらに向けている。俺は彼らの疑念を撥ね退けようとするように、激しく身をよじりながら訴えた。「もう、なんだよおぉぉ～～ッ。そんなのズルいじゃんよおぉ～～ッ。だって俺、そんなこと知らなかったもんよおぉぉ～～ッ」

「駄々っ子ですか、あなたは！」子供を叱りつける学校教師のようにピシャリといってから、松本刑事は再び質問を投げた。「ところで先週金曜の夜、あなたはどこで何を？」

「おッ、何だよ松本刑事、今度はアリバイ調べか。よーし、それなら問題ないぜ。金曜の夜なら俺はこの事務所にいて、こいつとずっと一緒だったからよ。——なあ、真琴！」

「ああ、間違いねえや。俺と兄貴、二人でビール飲みながらｔｖｋのベイスターズ中継を試合終了まで見てたもんな。こりゃもう完璧すぎるアリバイだぜ。——なあ、兄貴」

「却下ですね」盛んに頷き合う俺たちのことをいっさい無視して、松本刑事はキッパリ断言した。「残念ながら弟の証言では、信憑性に欠けますので——」

「はあ、弟じゃねーよ！ 俺、こんな奴を弟と思ったこと、一度もねーもん！」

無実の罪から逃れたい一心で、うっかり大変なことを口走る俺。

隣で聞いていた真琴は、たちまち泣きそうな顔になって、「あ、あ、兄貴ぃ！ そりゃ、あんまりじゃんかよぉ……」

「え……いや、なに、そういう意味じゃなくてだな……」

——くそッ、察しろよ、真琴！ こっちの苦しい立場を！

思いがけない展開に、激しく動揺する俺。探偵事務所に舞い降りる妙な沈黙。うなだれる俺の舎弟に対して、義弟の脩はなぜか気の毒そうな視線を送る。それから彼は義兄である俺に対して、抗議するような口調でいった。「私とは関係のない話ですが、それにしても酷い。いまのあなたの発言は、あまりに冷たすぎます。あなた、それでも兄ですか？」

見損ないましたよ、ガッカリですね——そういわんばかりの軽蔑に満ちた視線が容赦なく浴びせられる。『それでも兄ですか』の台詞が脳裏で反響する。堪(たま)らず俺は頭を下げた。

「いや、そういうつもりじゃなかったんだが……とにかく、すまん。謝る」

――しかし、いったい俺は誰に何を謝っているのか。義弟になのか、舎弟になのか？　訳が判らない気分に陥(おちい)りながらも、とにかくここは話題を変えるに限る。そう判断した俺は、義弟に対して自ら質問を口にした。「まあ、アリバイのことは措(お)いておくとしてだ。半田の奴は、なぜ死んだんだ。殺されたっていうのは、間違いないのか。場所は？　凶器は？　どんな死に様だったんだ？」

「あなた新聞とか、読まないんですか？」

社会面に載っていましたよ――という彼なりの皮肉らしい。

俺は堂々と胸を張りながら、

「新聞ぐらい読むさ。主に『神奈川新聞』でベイスターズがらみの記事をな」

「そうですか。じゃあ仕方ないですね」

脩は小さく肩をすくめると、おもむろに説明を始めた。

「事件が発覚したのは、金曜の午後八時ごろのことです。場所は関内駅から少し離れた場所に建つ雑居ビル。その三階に半田俊之の事務所兼住居があるんですがね。その玄関先で、男が血を流しながら倒れているのを、同じビルで働いている飲食店の女性が発見して通報。さっそく警官と救急隊員が駆けつけましたが、すでに男は死んでいました。後の調べで死亡した男は、その部屋の住人である半田俊之、三十七歳と判明。死因は腹部を刺されたことによる失血死。凶器は発見されていませんが、おそらくはナイフか包丁のようなものでしょう。その後、本格的な捜査が始まり、半田俊之に恨みを持つ者を洗い出すうちに、伊勢佐木町の私立探偵、桂木圭一の名前が浮上した——というわけです」

「ふん、何が『というわけです』だよ」俺は吐き捨てるようにいった。「おまえらの捜査はまったく見当違いだぜ。半田が殺されたんなら、まず真っ先に疑うべきは、奴に強請られていた誰かだろう。そいつが口封じのために半田を刺したんだ。そうに決まってる」

「さっすが兄貴ぃ。刑事たちより、全然筋が通ってるぜ！」

「だろ！」舎弟の言葉に機嫌を良くした俺は、得意げな顔を義弟へと向けた。「どうだよ、俺の考え？」

するとと脩は、やれやれ、とばかりに長い髪の毛を右手で掻き上げながら、

「あなたの考えることぐらい、我々だって考えていますよ。すでに他の捜査員たちが、そっちの線を追っています。そこで、あなたにもお聞きしたいんですがね。ここ最近、半田俊之の金ヅルになっていた人物は、いったい誰か。その点、心当たりなどありませんか」

「金ヅル⁉　カモにされていた奴ってことかい。いや、知らねーな。サッパリ見当も付か

ねえ。おい真琴、何か思い当たる節、あるか？」

「兄貴にねーなら、俺だってねーぜ！」

従順なのか馬鹿なのか。真琴のカラッポすぎる発言に、俺は小さく溜め息。そして再び脩へと顔を向けた。「まあ、そういうわけだ。悪いが、お役に立てそうもねーな」

それから俺はパンツスーツの女刑事に向き直ると、

「あんたも他を当たったら、どうだい？　なんなら紹介してあげようか。確か、知り合いの建築事務所が新規に女性社員を募集していたはず……」

すると松本刑事は靴の踵を鳴らして、俺の言葉を無理やり遮る。そして震えるほど凶暴な眸で俺を睨みつけて一言。

「――だから、就活生じゃないって、いってんでしょーが！」

4

刑事たちは聞きたいことを聞き終えると、俺たちに背中を向けた。去り際の玄関で一之瀬脩は端整な横顔を俺に見せながら、「何か気付いたことがあったら連絡してください」と言い添える。すると真琴の口から「大丈夫。何も気付いたりしねーから」と余計な台詞。さらに彼は刑事たちに対して最も下品な指を一本突き立てるという、無謀な挑発行為に及んだ。

これには脩もムッと眉をひそめる。松本刑事の口からは「まあ！」という声が漏れた。咄嗟にマズいと判断した俺は、真琴の突き立てた指をギュッと握って、それを思いっきり真横に倒す。「ギャアッ」と短い悲鳴があがり、その場にうずくまる真琴。俺は何事もないような顔で片手を挙げると、「ああ、何か判ったら連絡してやるよ」と適当な約束を交わして、作り笑顔で刑事たちを見送る。

刑事たちは、うずくまったまま右手を押さえてブルブル震える真琴のことを心配そうに見やりながら、揃って探偵事務所を辞去していった。

やれやれ——と、ひと息ついた俺は、壁に掛けてあったジャケットを手にすると、袖を通して外出の支度。それを見るなり真琴は、「おッ、出掛けるのかい、兄貴⁉」と指を押さえたまま床から立ち上がる。椅子に掛けてあったダサいスカジャンを摑んで、さっそく俺に続く構えだ。

俺は事務所の玄関に向かいながら、「ああ、どうせ暇だし、半田俊之のこと、ちょっと調べてみようと思ってな。降りかかる火の粉は自分で払うのが一番だろ」

「兄貴のいうとおりだ。だったら兄貴に降りかかる火の粉は、俺も一緒に払うぜ」

真琴の熱い言葉を聞き、思わず俺はピタリと足を止めた。——すまん、真琴。おまえの指をへし折ったことを、とりあえず謝る！　それから他にも謝るべき一件があった気がするけど、よく覚えていないから謝ろうにも謝れないが、まあいい。とにかく、おまえはいい奴だ！

心の中で詫びを入れて、俺は事務所を飛び出した。真琴も当然のように後に続く。

月曜日の伊勢佐木町は、地元の買い物客や若者たちで、まあまあの賑わい。外国人観光客らしい姿もチラホラ見受けられる。そんな雑踏の中に飛び込んでいった俺たちは、とりあえず半田の本拠地である関内駅周辺へと足を向けた。

彼が根城にしていたという雑居ビルの入口付近には、私服刑事らしい屈強な男たちの姿が見える。こんな場所をウロウロしていたら、俺はともかく真琴なんかは三分も経たずに職務質問の餌食だろう。なにせ彼のスカジャンの背中で暴れる虎と龍は、街の不良をビビらせる効果はあるが、その一方で職務に忠実な警官たちを磁石のごとく引き寄せるのだ。

「おい真琴、ここは駄目らしい。どこか別の場所を当たろう」

「ああ、それがいいぜ、兄貴。あいつら全員、兄貴のことを見てやがる」

——違うぞ、真琴。奴らは全員おまえを見てるんだからな！

果たして真実はどちらなのか。それはともかく、問題の雑居ビルに一歩も立ち入れなかった俺たちは、その周辺で半田の立ち入りそうな店を巡って、せめてもの情報収集に努める。結果、半田をよく知る数名の人物と会えたものの、決定的な情報は得られなかった。「半田のことを恨んでいた奴は？」と尋ねれば、彼らはおのおの一ダースほどの名前を挙げたし、その一方で「半田の最近の金ヅルに心当たりは？」と尋ねれば、彼らは一様に首を傾げて「さあ、知らねーな」と口を揃えた。

結局、俺たちの調査は半田俊之という男が、いかにも《殺されがちな人物》であることを明らかにしただけだった。

そんなこんなで進展のないまま、やがて迎えた横浜の夜。俺たちは調査を切り上げて伊勢佐木町に舞い戻ると、その足で馴染みの店へと繰り出した。『カトレア』という素敵な名前のスナックだ。メニュー豊富な軽食の数々は速攻で小腹を満たしてくれるし、リーズナブルなアルコール類は喉の渇きを潤すのにちょうど良い。これで可愛い女の子がいれば申し分ないのだが、残念ながら『カトレア』に洋蘭を思わせるような美女などいない。カウンターの向こう側には、収穫の遅れたカリフラワーを連想させるパーマきつめの中年ママさんがいるばかり。お陰で店自体はまったく繁盛していないので、俺たちはいつでも気軽に、この店を利用することができるのだ。

この夜も狭い店内にはママさんの他に、中年男性の酔客が二名いるばかりだった。俺と真琴はカウンターのド真ん中に腰を落ち着けると、

「ママさん、ナポリタンとポテトサラダ、冷奴と生ビールを！」

「俺も兄貴と同じやつねー」

メニューも見ずに注文すると、やがて俺たちの目の前には芳しくも安っぽいケチャップの香り漂うナポリタンが、熱々の鉄板に載って登場。俺たちは焦げかけた麺を箸で摘みながら、冷えたビールを味わう。空腹と喉の渇きが充分に癒されたところで、俺はカラオケのマイクを握って青江三奈の名曲『伊勢佐木町ブルース』を披露。そしてカウンター越しに尋ねた。

「ところでママさん、半田俊之のこと知ってるよな？」

「もちろんさ。ケチな強請り屋だろ。何日か前に、刺されて死んだんだってね」

「へえ、そこまで知ってたのか」

「ああ、『神奈川新聞』読んでるからね」ママさんは、まるでその事実が立派な県民の証であるかのように胸を張った。「それに今日の午前中、うちの店にも刑事が聞き込みにきたんだよ。黒っぽいスーツ着たイケメンの刑事と、新米っぽい女の刑事の二人組さ。『半田とトラブルになっていた人物に心当たりは？』って聞かれたんだけど、これといって思

い浮かばないから、とりあえず、あんたの名前を出しといてあげたよ」

感謝しろ、といわんばかりのママさんの口ぶり。俺はひとつ謎が解けた気分で、「そういうことか！」と舌打ちした。――どうりで俺の事務所に、あの刑事たちがやってきたわけだ！

俺は精一杯の皮肉を込めつつ、「ありがとよ、ママさん」とだけ伝えてビールをひと口飲む。相手が女性じゃなければ、間違いなく胸倉摑んで《特別な感謝の意》を伝えるところだ。

すると隣に座る真琴が、おもむろに口を開いた。「俺たち、半田俊之が強請っていた相手を捜してんだ。ママさんは、そういう奴に心当たりとか、ないかな？」

「いや、ないね。半田なら何回か、この店にも顔を見せたけれど、べつに常連ってわけじゃなかった。あんまり詳しく知らないんだよ」

そういってママさんは自慢のパーマヘアを左右に振った。すると、そのとき――

「そういうことだったら、俺らに心当たりがあるぜ。――なあ、トオル」

「ああ、テツオのいうとおり。――俺たち、そいつのこと、知ってるぜ」

と店の奥から男性たちの低い声。いままでカウンターの端に座って静かに飲んでいた二人組が、いきなり俺たちの会話に口を挟んできたのだ。二人組はどちらも薄汚れたシャツに皺のよったズボン。体格の良いほうの男はビールを、痩せたほうの男はレモンサワーを飲んでいる。

そんな二人を横目で見やりながら、真琴が怪訝そうに口を開いた。

「んーと、誰だい、オッサンたち⁉」

こらこら、初対面の中年男性を『オッサン』呼ばわりかよ。毎度のことだが、口の利き方を知らない舎弟には恐れいるばかりだ。それでも呼ばれた側のオッサン二名に腹を立てる素振りが見えないのは、『カトレア』特有の気安い雰囲気のお陰だろう。

痩せた男はニヤリと笑うと、「まあ、確かに二人ともオッサンだがな」といって手にしたレモンサワーをゴクリ。その一方で大柄な男のほうは、壁に立て掛けたギターケースを親指で示しながら名乗りを上げた。

「俺は鶴橋テツオ。こいつは宮下トオル。この付近の路上でギター弾きながら、ときどき歌っているんだ。もう活動を始めて二十年近くなるかな」

「へえ、二十年ねえ……」

呟く俺の中で《生り損ないの『ゆず』》という言葉が、当たり前のように浮かんだ。

人気のフォークデュオ『ゆず』が伊勢佐木町の路上でパフォーマンスを繰り広げ、松坂屋の前をファンで一杯にしたのが、いまからちょうど二十年ぐらい前の出来事だ。その後、『ゆず』のようになりたいと考える若者が伊勢佐木町界隈に大量発生したのだが、当然、誰ひとり『ゆず』にはなれず、結果として残ったのは《生り損ないの『ゆず』》とか《腐った『ゆず』》、あるいは《『ゆず』っぽいけど、実は金柑(きんかん)》みたいな奴らばかり。鶴橋テツオと宮下トオルの二人組は、まさに典型的な生り損ないに見えた。

「ちなみにコンビ名は？」

恐る恐る聞いてみると、二人は過去に千回ほども名乗ってきたのだろう。

「鶴橋テツオと――」

「宮下トオルで――」

「俺たち！」

「カボス！」

と絶妙のコンビネーションを披露。俺はもうそれ以上、何も聞けない、聞いちゃいけない、いや、聞く必要もない。そう思って黙り込む。そんな俺に成り代わって、度胸満点の真琴が質問の矢を放った。

「で、『カボス』さんたちは半田俊之のことを、よく知ってるってのかい？」

「べつに、よく知ってるわけじゃないけど」と前置きしてから、鶴橋テツオのほうが事情を説明した。「半田って奴は自称フリーライターだろ。それで俺たちが路上ライブをやってると、向こうのほうから近寄ってきてさ。『俺の知り合いに音楽雑誌やってる奴がいるから、そいつに紹介してやるよ』とかいってくるわけ。すると俺たち喜んで、『おおッ、ついにキタ——ッ』って思うじゃんか」

「思うかな？」首を捻(ひね)る真琴に対して、

「思う思う。そりゃ思うさ！」何度も頷いたのは宮下トオルのほうだ。「それで俺たち、半田と一緒に店に入って、三人で食事とかするわけ。支払いは当然コッチ持ち。そういうことが何度か続いた挙句の果てに、『ああ、あの雑誌の件、駄目になったから』——で、お仕舞い。要するに俺たち、あのドケチ野郎に上手い具合にたかられたってわけ」

「そんなわけで半田とは顔見知りなんだけどさ」と鶴橋テツオが相方の話を引き取って続けた。「その半田を俺たちこの前、高級焼肉店『肉三郎(にくさぶろう)』で偶然見かけたんだ。——え、なんで売れないミュージシャンが、そんな店で焼肉食ってたのかって？　違う違う。俺たち、『カボス』だけじゃ食っていけないから、普段その店でバイトしてんだよ」

「なるほど」そりゃ無理だわな。カボスだけ食って生きていくのはよ。深く納得した俺は、鶴橋テツオの話を促(うなが)した。「で、半田はその焼肉店で誰と一緒だったんだい？」

「相手はきちんとスーツを着た会社員風の若い男だ。二人は衝立(ついたて)で仕切られた半分個室みたいな席で、向かい合って座っていた。注文を取ろうとした俺は、すぐピンときた。ああ、きっとこのイケメンも、『音楽雑誌に紹介してやる』とか何とか甘い言葉に乗せられて、焼肉奢らされているんだろうなぁ――って」

半田俊之の強請りやたかりのネタが、常に音楽雑誌絡みであるはずはないのだが、とにかく鶴橋テツオはそう考えたらしい。「それで、どうしたんだい？」

「俺、すぐにトオルを呼んで、二人で衝立越しに隣の席で聞き耳を立てたんだ。いや、もちろん盗み聞きが悪いってことは判ってるけどさ、放っておいたら、また俺たちみたいな被害者が増えるわけじゃんか。そう思って聞いてみたんだけれど、正直いって二人の声が小さすぎて、話の内容はあんまりハッキリとは判らなかった。でも、何だか若い男のほうが、脅かされているような雰囲気だった。――なあ、トオル？」

「ああ、確かに、そんな感じだった。『いいのかい、あんた……』とか『もし、このことがバレたら……』とか、そんな言葉で若い男をネチネチと責めてるような感じだった。若い男がどんな顔して半田の話を聞いていたのか、それはよく判らないけどよ。あれって、若い男のほうが、何か弱み握られて強請られてたんだぜ、きっと」

「本当に？　だったら、その強請られていた若い男、誰か判らないかな？」

俺が身を乗り出すと、二人は記憶の糸を手繰るような表情。やがて鶴橋テツオが自信なげに口を開いた。「確か半田は相手の男を、大杉とか小杉とか呼んでいたような……」

「いや、若杉とか高杉とかじゃなかったっけ……いやいや、違うな……あ、そうだ！」

「ああ、そうそう、思い出した！」

そして『カボス』の二人は声を揃えて同じ名字を口にした。「――上杉だ！」

正解にたどり着いた鶴橋テツオと宮下トオルは、得意げな顔で「イェーイ！」とハイタッチ。一方、俺と真琴は揃ってハッとした表情。互いに顔を見合わせると、

「あ、兄貴……上杉っていや！」

「ああ、真琴……その上杉だ！」

俺はもどかしい仕草で自分のスマートフォンを取り出した。見慣れた男性の画像を画面に表示する。そして二人組の前にそれを突き出しながら、勢い込んで尋ねた。

「あなたたちの見た、会社員風の若い男というのは、ひょっとしてこの男では？」

差し出されたスマホの画面を食い入るように見詰める『カボス』の二人。やがて鶴橋テツオが、しっかりと首を縦に振った。「ああ、確かに、こういう感じのイケメンだった」

その隣で宮下トオルも頷きながら、「ああ、俺もこいつで間違いないと思う」

「そうか……」と呟きながら、俺はあらためてスマホの画像を見詰める。

そこに映し出された男性は『京浜商事』の上杉雅美。半月前に尾行したエリート会社員の姿だ。なるほど、彼ならば強請り屋にとっては恰好の餌食になり得るだろう。なぜな

ら、彼には誰にも知られたくない重大な秘密が、確かにあったのだから——

5

「この前は新しいお父さんを紹介できなかったでしょ。でも今回は大丈夫よ。だから圭ちゃん、今夜こそ、うちへいらっしゃい。おいしい晩御飯を作って待ってるからね——」

と母、今日子から『桂木圭一探偵事務所』に突然の電話があったのは、例のフォークデユオから重大な事実を仕入れた翌日のことだ。そういや、あの二人組のコンビ名は何ていったっけ？　ええっと『ゆず』じゃなく『レモン』じゃなく『スダチ』でもなく……まあ、いいや。とにかく受話器を耳に押し当てた俺は、気が乗らないながらも、「ああ、はいはい。いくよ、いくから……え、何か食べたいもの⁉　んーっと、そうだな……」と、しばし考え込んだ挙句、ようやくピンときた。「そうそう、『カボス』だ！」

「え、カボス⁉　うーん、カボス料理かぁ。随分ハードルが高いわねえ」

「いや、そういう意味じゃねえ。いまのは、こっちの話だ。——とにかく今夜いくよ」

じゃあな、といって母との通話を終える。するとソファの上で漫画を読んでいた黛真琴が、訝しげな視線をこちらに向けながら、「なんだい、兄貴、どっか出掛けるのかい？

だったら俺も付き合うぜ」と余計な気を回す。すぐさま俺は両の掌を前に突き出した。

「いや、おまえはこなくていい。絶対くるな。きてもらっちゃ困る」

なにせ母の再婚相手は神奈川県警のお偉いさん。その自宅はハマのセレブたちが集(つど)うハイソな住宅街、山手町にある。おまけにその屋敷というのが、とにかく立派。真琴が見れば、驚いて腰を抜かすか、もしくは「畜生、兄貴の裏切り者めえ！」と泣き叫ぶに違いない豪邸なのだ。

そんなわけで迎えた夜。俺はひとり車を飛ばして山手町へ。ちなみに俺の愛車は中古車ディーラーで発掘した年代モノのボルボ。最新の車種に比べれば燃費は悪く、操作性もイマイチ。それでもハンドルを握っているだけで「どうだい、スウェーデン車だぞ！」という、お手軽な優越感にどっぷり浸(ひた)ることのできる素敵なマイカーだ。

やがて俺のボルボは何事もなく一之瀬邸の門前に到着。すると巨大な門扉が自動ドアのように開く。駐車スペースに車を停めると、出迎えてくれたのは、ヤクザの高級幹部を思わせる黒服の男だ。前回も会ったが、この人の名前は何といっただろうか。とりあえず俺の中では《凄腕の殺し屋》という設定になっているのだが——とにかく、その黒服の男は俺を暗殺する気配も見せず、西洋式の屋敷の玄関へと案内してくれた。

扉が開かれると、そこは広々とした玄関ホール。待ち構えていたのは母、今日子だ。

ワインレッドのブラウスにベージュのスカート。精一杯に若作りした母は俺の姿を見るなり、「あらあら、よくきたわねえ、圭ちゃん」とまるで、初めてのおつかい大成功、みたいに大はしゃぎ。俺は小さく溜め息をつきながら、

「なにが『あらあら、よくきたわねえ』だよ。俺だって一度くれば道ぐらい覚えるさ」

そういって玄関ホールに足を踏み入れた直後、俺の口から思わず「むッ」と声が漏れる。母の背後に何者かの気配。見ると、ホールの奥から姿を現したのは、スマートな身体つきのイケメン野郎。一之瀬脩だ。帰宅直後なのか、スーツの上着を脱いだワイシャツ姿。黒縁の眼鏡の奥でいっさい笑わない眸が、警戒するように俺のことを見詰めている。

そんな彼は母ほどには歓迎しない口調で、義兄である俺にいった。

「おや、またいらっしゃったんですか?」

「ああ、またいらっしゃってやったぜ。悪かったか?」皮肉を込めて問い返すと、

「いえ、べつに……」と義弟は素っ気ない返事。

「…………」やれやれ、可愛げのない弟だ。ちょっとは真琴を見習ったら、どうだ?

内心そう思ったが、そもそも俺は義弟に会いにきたわけではない。あくまで新しい父親(ていうか母親の新しい旦那)に会いにきたわけだから、脩の態度など、可愛げがあろうが憎たらしかろうが関係ない。それなのに俺を食堂に案内するや否や、母は「ゴメンね、

圭ちゃん」と両手を合わせて、いきなり謝罪した。「実は、あの人、今夜も急な用事ができたらしくて、帰れそうにないんだって。せっかく、きてもらって悪いんだけど……」

「なんだ、またかよ」

不満を口にしながらも、俺は正直ホッとした気分。と同時に、いまさらではあるが、自分の母が県警本部長と再婚した件について、根本的な部分をちょっとだけ疑った。

——本当に二人は結婚して一緒に暮らしてんのか？　ひょっとして全部作り話ってことは、ねーんだろうな？

そんなふうに疑念を膨らませていると、母の無邪気な声が飛んできた。

「ほら、何をボウッとしているの？　座ってよ、圭ちゃん。——ほら、脩ちゃんも」

俺たち二人を食堂の巨大なテーブルにつかせると、母は「今夜はとびっきりのお夕飯を用意したんだからん。きっと美味しいわよん」と変に語尾を弾ませながら、ひとりキッチンへと姿を消した。俺は何だか申し訳ないような気分になって、自ら口を開いた。

「すまんな、母親があんなで……」

「なぜ、あなたが謝るんです？」テーブルの向こうに座る脩は、涼しげな眸を俺へと向けた。「今日子さんには良くしてもらっています。べつに不満はありませんよ。ただ、この歳になって『脩ちゃん』って呼ばれるのが、ちょっとアレですが……」

「なるほど」その気持ちなら、よく判る。どうやら母の《ちゃん付け問題》は、この義兄弟に共通する悩みらしい。俺は脩の前で、ゆるゆると首を振るしかなかった。「残念ながら諦めるんだな。この俺も思春期を迎えて以降、何度も『やめてくれ、母ちゃん』と訴えてきたが結局、駄目だった。おまえもたぶん、これからずっと『脩ちゃん』だ」

俺の言葉に義弟は「そうですか……」といって、肩を落とすばかりだった。

やがて料理が運ばれ、三人での夕食となった。

食卓を彩るのは「カボスと大根の和え物」やら「豚しゃぶのカボス和え」やら「白身魚のカボス焼き」など、見るからにすっぱそうな料理の数々だ。会心の出来映えらしく、母は満足顔。俺は電話口での自らの失言を、いまさらながら悔やむ。脩は露骨に眉をひそめて「なぜにカボス尽くし……？」と呟いた。

酸味の利いた料理のせいではないが、三人で囲む食卓は微妙な雰囲気。特に俺と脩との間には、重たい空気が漂う。すると母は精一杯、気を利かせたつもりなのだろう、まるで実の子供を自慢するかのごとくに口を開いた。「ここ最近、脩ちゃんは殺人事件を捜査中なのよ。圭ちゃんも知ってるでしょ、フリーのジャーナリストが殺された事件」

「ああ、知ってる。新聞で読んだからな」と俺はつかなくてもいい嘘をつく。

母は頷き、義弟へと顔を向けた。「で、解決の目処は付きそうなの、脩ちゃん？」

「さあ、どうですかね。昨日は怪しい人物に直接、話を聞く機会がありましたが……」

「ふうん、犯人じゃなかったの、そいつ？」

――おいおい、母ちゃんが『そいつ』と呼んでいるのは、この俺のことだぞ！

「いえ、まだ犯人かどうか判りません。いちおう、そいつは否認してますが……」

――なんだよ『そいつ』『そいつ』って！　俺のこと馬鹿にしてんのか！

俺は無言のまま口をへの字に結ぶ。何も知らない母は、そんな俺に話を振った。

「ところで、圭ちゃんは最近、どんなお仕事をしているの？」

「俺か？　俺は殺された強請り屋の件を調べてるぜ」

「まあ、圭ちゃんも殺人事件を追っているの？」

凄ぉーい、と母の口から無邪気な歓声があがる。「で、圭ちゃん、解決できそう？」

「ああ、怪しい奴なら約一名、浮かび上がっているけどな」

と、これは母ではなくて、義弟に向けた言葉。それを聞くなり、脩の眉がピクリと反応を示した。眼鏡の奥で輝きを増した眸が、『マジっすか⁉』と問い掛けている。いや、脩はインテリだから、そういう言葉遣いはしないかもしれないが、とにかく何かを問い掛けるような目だ。俺は小さく頷きながら応えた。「ああ、マジだとも」

「そうですか」脩は静かに箸を置くと、目の前の俺を真っ直ぐ見詰めた。「ならば、詳しい話を聞かせてもらいたいところですね。——後で僕の部屋にきませんか？」

いいだろう、望むところだ——と俺は頷いた。


脩の部屋は西洋屋敷の二階の一室。男ひとりが寛ぐには充分すぎるスペースだ。調度品は温かみのある木目調で統一され、室内は落ち着いた雰囲気。ダークブラウンの大きなデスクは仕事用だろうか。天板の上にはパソコンのモニターとキーボード。壁際の本棚には、何やら難しそうな書籍が隙間なく並んでいる。窓際にはひとり掛けのリラックス・チェア（あるいは安楽椅子と呼ぶべきだろうか）。名探偵が優雅に腰を掛ければ、なかなかサマになりそうな椅子だ。

俺は不躾な視線で部屋中を眺めまわしながら、「ふーん、独身男性の部屋にしちゃ、なんか妙にサッパリしすぎてるみてーだな。——ん、この扉は何だよ？」

隣にも続き部屋があるらしい。何の気なしにドアノブに手を伸ばすと、たちまち脩の顔色が一変。電車内の痴漢を現行犯逮捕する要領で、彼は俺の右手を強引に摑んだかと思うと、見た目からは想像もつかないほどの腕力で、それをぐいぐい捻り上げながら、

「——そっちは僕の寝室ですッ、勝手に入らないで・く・だ・さ・い・ね・！」

「わ、判ったッ、判ったからッ」身をよじるようにして、関節技から逃れる俺。痛む右手

を押さえながら、恨みがましい視線を脩へと向けると、「ふん、なんでえ。俺だって義理の弟の生活感あふれる寝床なんぞ、べつに見たくねえっての！」

「生活感あふれてなど、いません。まあまあ綺麗に使ってますから！」

――じゃあ、少しぐらい見たっていいじゃん！

――いいえ、そうはいきません。ダメ、絶対！

と視線で兄弟喧嘩を繰り広げる俺と脩。やがて不毛な争いが馬鹿馬鹿しくなったのか、脩は視線を逸（そ）らすと、部屋の片隅に置かれた珈琲（コーヒー）メーカーへ。二つのマグカップに湯気の立つ珈琲を注いだ脩は、そのひとつを俺に手渡す。そして自らもカップを手にしながらデスクの回転椅子を引き寄せ、そこに腰を下ろした。となれば、必然的に俺が座る場所は一箇所しかない。俺はデスクの天板の端、パソコンモニターの真横に「よっこらせ」と自分の尻を乗っける。たちまち脩が慌てた声をあげた。

「ちょ、ちょっと、なんで僕の机の上に座るんですか！　椅子ならそこにあるでしょ。――ほら、いかにも名探偵の座りそうな椅子が」

窓辺を指差して訴える脩。構わず俺は机の上でマグカップの珈琲をひと口啜（すす）った。

「いや、べつに俺、名探偵じゃねーし。それに俺はこのほうが、話がしやすい」

「僕は非常にやりづらいんですがね」椅子に座った脩は俺のことを見上げながら、「まあ、いいです」と諦めたように首を振った。「とにかく聞かせてもらいましょうか。いったい誰のことです。あなたの知っている『怪しい奴』というのは？」

「そう、その話なんだが」自らの良心にのみ従う俺は、自分の依頼人だった女性、上杉麗香の名前はいっさい出さず、ただ『カボス』の二人組から入手した情報のみを義弟に伝えた。「殺された半田俊之は最近、上杉雅美という若い男を密かに強請っていたらしい。知り合いから聞いた話だ。間違いない」

「上杉……雅美……？」

「ああ、『京浜商事』の経理部に勤めるエリート社員だ。俺はちょっとした経緯があって、その上杉雅美って男のことを多少ながら知っている。詳しいことはいえないが、半田は上杉雅美のとある弱みに付け込んで、彼からカネを搾り取ろうとしていたらしい。——まあ、だからといって、上杉雅美が強請り屋殺しに関わっているとはいえねーけどよ」

慎重に言い添えると、意外にも脩は即座に頷いた。

「ええ、もちろんです。上杉雅美は犯人ではありません」

「はあ⁉　なんで、おまえが、そうハッキリと断言できるんだよ。——ていうか、おまえ、上杉雅美のこと知ってるのか？」

「ええ、知っています。あなたが調べて判るぐらいのこと、警察が知らないとでも？」

「そうか。てことは、情報源はやっぱり『カボス』か……？」

「ん⁉　さっきの夕食がどうかしましたか」と脩は本気で知らない様子。

「いや、何でもねえ。こっちの話だ」俺はとぼけて、再びマグカップの珈琲を啜った。

半田俊之と上杉雅美が密談する場面を目撃したのは、あのフォークデュオの二人組ばかりとは限らない。違うルートから警察が上杉雅美の存在にたどり着いたとしても、べつにおかしくはないだろう。

そう考えて納得する俺に、今度は義弟のほうが探りを入れてきた。

「ところで、あなたは上杉雅美と半田俊之の関係について、どの程度詳しいんですか。上杉雅美のことを多少は知っているとのことですが、彼の握られていた弱みについても、よく判っている――と？」

「ああ、そうだな。だいたい見当は付いているぜ」

おそらく上杉雅美は自らの女装趣味を半田に知られてしまい、それをネタにして強請られたのだろう。だが、これは探偵稼業の中で偶然に知り得た個人の秘密。それを義弟とはいえ警察に漏らすようでは探偵失格だ。そこで俺は余計なことは何もいわず、ただもったいぶって頷く。そんな俺の視線の先で、脩は何やら物問いたげな表情。意外と警察は上杉雅美がなぜ半田に強請られていたのか、その根拠を把握していないのかもしれない。

そう感じた俺は、再び脩に問い掛けた。「話を戻すけど、なぜ上杉雅美が犯人ではないと、そうハッキリ言い切れるんだ。彼に確実なアリバイでもあるのか？」

「…………」

さては図星だったのか。脩は咄嗟に目を伏せると、「僕の口からは、いえませんね」

「えぇ〜〜ッ、なんだよぉ〜〜ッ、べつに、いいじゃんかぁ〜〜ッ、ここまで喋ったんだからよぉ〜〜ッ、俺とおまえの仲だろぉ〜〜ッ、いちおう兄弟じゃねえかぁ〜〜ッ」

「なに急に駄々っ子みたいなこと、いってんですか！」

叫びながら脩は椅子から立ち上がる。そして鼻先の眼鏡を指で押し上げると、冷ややかな視線をこちらへと向けた。「それから念のためにいっときますけど、僕とあなたの仲って、それほど深くもない――ていうか、相当に浅いですよね。義理の兄弟というのも、ついい先月から始まった新しい《設定》ですし」

「ああ、確かに。まだ店を開いて二ヶ月目ってところだな」

そういって俺は机の端から飛び降りると、「でもヒントぐらいくれよ。べつに、いいじゃんか。どうせ上杉雅美は犯人じゃないんだろ？　だったら俺が彼の周辺を調べたところで、おまえらの捜査を邪魔することにはならん。――そうだろ？」

「随分と妙な理屈ですね」

脩は呆れた様子で小さく息を吐いた。「でも、やっぱり僕の口からは何もいえません。あなたは警察関係者ではない、いわば部外者ですから。ただ――」

「ただ――何だよ？」

「事情を知りたければ、『冴島探偵社』を訪れてみたらいかがですか。あなたにとっては同業者だ。何か教えてくれるかもしれませんよ。まあ、冴島探偵があなた並みに口の軽い探偵だったなら――の話ですがね」

脩は揶揄するようにいって背中を向ける。俺はムッと顔をしかめながらいった。

「冴島か。そいつなら昔からよく知ってる。きっと何か喋ってくれるさ。少なくとも二ヶ月目の弟よりは、役に立ってくれるだろうよ」

6

関内駅から徒歩数分。横浜スタジアムと中華街の中間に建つ、真新しいビルの二階に『冴島探偵社』のオフィスはある。黛真琴が「邪魔するぜ」と素敵な挨拶を口にしながら扉を開け、続いて俺が「誰か、いるかい？」といって室内に足を踏み入れた。

オフィスの中は、昭和の香り漂うどこかの探偵事務所とは大違いで、極めて現代的な雰囲気だ。スタイリッシュな革張り（かわば）の応接セット。壁を埋め尽くすキャビネット。機能的なデスクの上は未整理の書類が山積みなどということはなくて、パソコンモニターやキーボードなどが整然と配置されている。デスクの傍には若い男がひとり佇んでいた。濃紺（のうこん）のスーツをスマートに着こなした姿は、探偵社の人間というより一流企業の秘書課の男といった雰囲気。唐突に現れたガラの悪い二人組（俺と真琴のこと）を見やりながら、どこかキョトンとした表情だ。

「よお、久しぶり。遊びにきてやったぜ、聖治（せいじ）クン」俺は気安く片手を挙げた。

「なんだ、桂木さんじゃないですか」男は人懐（ひとなつ）っこそうな笑顔を見せる。

名前を呼ばれなかった真琴が、「おい、俺もいるぞ、聖治」と不満げにいって、自分の顔を親指で示す。冴島聖治は同い年の友人に対して、親しみのこもった視線を向けた。

「ああ、ちゃんと見えてるって。――で、今日はいったい何です。僕に用でも？」

「いや、君に用っていうよりもだな……」俺はキョロキョロと周囲を見回しながら、声を潜めて敵の存在を確認した。「……いるかい？」

するとオフィスの一角を区切る衝立の陰から、「ええ、いるわよ」と尖（とが）った女性の声。現れたのは純白のシャツにグレーのタイトスカート、ベージュのハイヒールで武装した三十女、冴島遙（はるか）だ。栗色の長い髪の毛を右手で掻き上げながら、遙は責めるような視線を俺たちへと向けた。

「他人のオフィスなんだから、ノックぐらいしなさいよね」

「やあ、悪い悪い、忘れてた――おい、真琴!」

俺が目配せすると、真琴は出入口の扉を拳でコンコンと叩いて、「お邪魔しゃーす」

「遅いわよッ!」小馬鹿にされていることに気付いたのだろう、遙は腰に手を当てながら形の良い眉を傾けた。「ねえ、あなたたち、本当に何しにきたのよ。仕事の邪魔をしにきたわけ? あ、待って――」と口にした質問をいったん脇に置いた彼女は、部屋の奥へ消えようとする聖治の背中に向かって、「この人たちにお茶なんか出さなくていいのよ。余計な真似しないで」

「え⁉ でも、お姉ちゃん……」

「いいから、あなたはここにいなさい。あと仕事中は《お姉ちゃん》って呼んじゃ駄目でしょ! まったく、もう何度いったら判るのよ。いまの私は、あなたのボスなのよ!」

「は、はい、ボス」背筋を伸ばしながら、聖治は遙のことを、そう呼び直した。

冴島遙と冴島聖治は、その名が示すとおり血の繋がった姉と弟。仕事の上では探偵社の社長と部下。あるいは探偵とその助手というべきか。そんな二人の関係は俺と真琴によく似ているような気もするが、いや、やっぱり全然別物だろう。少なくとも俺は、この女のように絶対的君臨者として弟を従属させてはいない。――聖治クンは可哀想である。

そんなことを思いつつ、俺は部屋の中央へと進み出て口を開いた。

「実は、ちょっと聞きたいことがあってな。殺された半田俊之のことだ。たぶん、あんたのところにも刑事がきたと思うんだが」

「ええ、きたわよ」

遙が頷くと、真琴が横から口を挟んだ。「あ、ひょっとして、それって死神みたいな黒いスーツ着て、インテリっぽい眼鏡を掛けたイケメン野郎じゃなかった？　一見、真面目そうに見えて、実際はスケベなことばっかり考えていそうな、むっつりタイプ。――違うかな？」

どうやら真琴が描写しているのは、一之瀬脩のことらしい。義弟に対する彼の評価の低さには、慄然(りつぜん)とする思いを禁じ得ない。だが何も知らない遙は「ん、誰のこと⁉」と首を傾げながら答えた。「うちにきたのは中年刑事の二人組よ。揃って臭そうな革靴を履いていたわ」

「そうか」どうやら脩ではないらしい――「その刑事たちに何を聞かれた？　いや、判ってる。上杉雅美っていう男のアリバイだろ。半田が殺された夜、上杉雅美がどこで何をしていたか。そのことを中年刑事たちは、あんたたちに尋ねた。そうだよな？」

「ええ、そのとおりです」聖治が素直に頷くと、

「馬鹿ッ、あんたは答えなくていいの！」と遙の口から叱責の声が飛ぶ。

たちまち聖治は塩をふられた菜っ葉のようにシュンとなる。俺は片手を振って続けた。

「まあまあ、いいじゃんか。どうせ刑事には喋ったことだろ。だったら俺にも教えてくれよ。上杉雅美は事件の夜、どこで何をしてたんだい？」

「刑事には喋ったとしても、商売敵に喋ってやる理由はないわ」

「ふむ、そりゃそうだ」といって俺は小さく肩をすくめた。「じゃあ質問を変えよう。なんで、あんたが上杉雅美のアリバイの証人になれたんだい？」

「どういう意味かしら？」

「判ってるだろ。事件の夜に限って冴島姉弟と上杉雅美が、偶然パーティーの席で一緒だったとか、偶然同じ居酒屋で飲んでいたとか、偶然同じブルートレインに乗り合わせていたとか、まさかそんな出来すぎた話、あるわけないよな」

「そりゃまあ、ないでしょうね。特に三番目のやつは」

「てことは、あんたたち、事件の夜に上杉雅美を見張っていたんじゃねーのかよ？」

「ノーコメントよ」

「やっぱり見張ってたんだな。――で、誰に頼まれた？」

「ノーコメントって、いってるでしょ。聞こえなかったの？」

と、あくまで白を切る女探偵。その隣で半人前の弟が頷きながら口を開いた。

「そうですよ。桂木さんも同業者なんだから判るでしょ。依頼人が誰であるかは、探偵にとってのトップシークレット。簡単に漏らせるわけが、ないじゃありませんか！」

拳を振って正論を訴える聖治。その一方でオフィスには微妙な空気が舞い降りた。

「………………」一瞬の沈黙があった直後、遙の身体が左足を中心にして半回転。振り抜かれた彼女の右足は綺麗なローキックとなって、聖治のふくらはぎに命中した。「馬鹿じゃないの、聖治⁉　あんたいま、事件の夜に私たちが依頼人の指示で上杉雅美を見張っていたことを、こいつらの前で認めちゃったのよ。判ってんの！」

聖治はガクリと床に片膝を突きながら、泣きそうな顔と声で、

「ゴ、ゴメンよぉ、お姉ちゃん……ぼ、僕、ついウッカリ……」

「ゴメンで済んだら、警察いらないわよ！」

それとあと、《お姉ちゃん》じゃなくて《ボス》だからね。——そうキッチリ付け加えてから、遙は再び俺たちを向いた。「何よ。まだ何か聞きたいことでも？」

「んーと」俺は一瞬考えて、「聖治クンは毎日いまみたいな虐待を受けているのかい？」

「聞きたいことって、それ？」

いや、そうではなかった。俺はしばし再考して質問を変えた。「その、あんたたちのやった張り込みについて詳しく知りたいんだけどよ。べつに守秘義務に反するようなことまで教えろとは、俺もいわない。ただ、話せる範囲で話してもらえないかなあ」

　頭を低くしてお願いすると、頑なだった女探偵の態度も多少は軟化した。

「うーん、なぜあなたが上杉雅美の件について、そこまで知りたがるのか、よく判らないけど……まあ、いいわ。じゃあ、刑事たちが私に何を尋ねて、私がそれにどう答えたのか。その概略だけは話してあげる。それでおとなしく帰ってもらえるかしら？」

「ああ、帰る帰る！　聞くだけ聞いたら、こんなところ長居する理由ねーもん！」

　俺の言葉を聞いて、女探偵はハアと深い溜め息。それから慎重な口調で話しはじめた。

「中年刑事たちは、こう聞いてきたわ。『上杉雅美という男を知っているか』『先週金曜日の夜、上杉雅美がどこで何をしていたか、知っているか』ってね。もちろん私は『上杉雅美を知っている』と答えた。とある人から依頼を受けて、金曜の夜に彼を尾行したことも話したわ。もちろん依頼人が誰かなんて、絶対いわなかったけれど」

「尾行⁉　単なる見張りじゃなくて、彼を尾行したのか」

「そうよ。夕方、上杉雅美が『京浜商事』の建物を出て以降、深夜近くまで尾行を続けたわ。私と聖治の二人でね。彼は洋服店に立ち寄り、中華料理の店で食事をして、それから

『マキシマム』っていうライブハウスのオールナイトイベントに客として参加したわ」

「ふうん、洋服店から中華料理店、そしてライブハウスか」

確か半月前はブティックからイタリア料理店、そしてクラブだった。二つの夜の雅美の行動は、なぜか奇妙な相似形を成している。これは偶然だろうか。「——で、その尾行の間、あんたと聖治クンは、一時も上杉雅美から目を離すことはなかったわけだ」

「そういうこと。私たちが彼から目を離したのは、せいぜい彼がトイレに入るときくらいだったはず。刑事たちにも、そう答えたわ」

「なにッ、トイレ……上杉雅美はトイレに入ったのか⁉」

特別な反応を示す俺に、遙はむしろ驚いた様子だった。

「そんなにビックリすること？　誰だってトイレぐらい入るでしょ。私たちが尾行を始めてすぐ、彼はとある公園のトイレに入ったわ。ええ、個室よ。障害者やお年寄りが利用するような大型の個室。そこに一度だけ入っていったの」

——ならば個室から出てきたとき、上杉雅美は女装していたのでは？

そんな質問が口を衝いて飛び出しそうになったが、危ないところで俺はその禁断の問いを飲み込んだ。その質問をすること自体、雅美の女装趣味を他人にバラすことになるからだ。それに、もし尋ねたとしても、遙だって探偵なのだから、雅美の女装趣味には口を閉ざすに違いない。だったら敢えて質問をする意味はないのだ。そう考える俺の隣で——

「だったらさあ、遙さん、その個室から出てきたとき、上杉雅美はジョソ……」

と、頭カラッポの真琴が安易な質問を口にしかける。

咄嗟に俺は真琴の脇腹付近に飛び膝蹴りをお見舞い。それから右手でスカジャンの衿を掴みながら、「黙れ、真琴！　おめえ、何をいおうとしてるか、判ってんのか。おまえのやってることは、俺たちの依頼人を裏切る行為なんだぞ」

「す、すまねえ、兄貴……俺、ついウッカリ……」

「ウッカリで済んだら、探偵いらねーだろ！」

よくよく考えると意味不明の怒声を発して、ようやく俺は真琴の衿から右手を離す。

遙は蹴られた犬コロを眺めるような目で、俺の舎弟を見やりながら、「ああ……真琴クンったら可哀想に……」と真面目な顔で呟いた。

——おいおい、いったいどの口がいってんだ？

俺は呆れて声も出ない。すると遙は俺へと視線を戻して、「刑事たちに話したことは、ざっと以上よ」といって両手を広げた。「これで判ったでしょ。先週金曜の夜、上杉雅美は私たちに尾行されていた。だから彼は半田殺しの犯人ではない。私はそのことを刑事たちの前で証言したってわけ。ええ、もちろん中年刑事たちも納得して帰っていったわよ」

「なるほど、そうか」呟くようにいって、俺は首を捻った。

刑事たちは納得したかもしれないが、どうも俺には納得できない部分が残る。

おそらく冴島姉弟は俺たち同様、上杉雅美がトイレの個室で女装する場面を目撃したのだ。そして、そのまま女装した雅美を尾行したのだろう。ただ判らないのは、なぜ半月前の俺たちと先週の冴島姉弟が、似たような仕事をやらされたのか——その点だ。

半月前の仕事を、俺たちに依頼したのは上杉麗香だった。だが彼女が同じような仕事を、また別の探偵に依頼するとは思えない。雅美の秘密の行動は、俺たちの完璧な仕事によって明らかにされた。麗香は充分に満足したはずだ。ならば冴島姉弟に依頼したのは、また別の誰かということになる。それは果たして誰か。その目的は何か。腕組みしながら考える俺の脳裏に突然、閃くものがあった。

——ああッ、ひょっとして！　いや、しかし、まさか！

「ん、どうしたんだい、兄貴⁉」

俺の表情の変化を見て取ったのか、真琴が怪訝な顔で問い掛ける。

俺は彼の首に腕を回すと、「こい、真琴」といって事務所の出入口へと歩を進めた。「ちょっと調べたいことができた。ここはもういい。結構いろいろと喋ってもらえたしな」

「あら、私は大事なことは何も喋っていないわよ」

と背後から女探偵の不満そうな声。俺は扉の手前で振り返って、

「ああ、そうさ。もちろんだとも。あんたは口の堅い探偵だよ。立派なもんだ」

「はぁ、私のこと馬鹿にしてんの⁉」女探偵はムッと口許を歪める。それから俺の舎弟に視線を向けると、「ねえ真琴クン、こんな野蛮(やばん)な兄貴分のことは見捨てて、いっそうちにきたら？　可愛がってあげるわよ」と誘うがごとき妖艶(ようえん)な笑み。

その背後では、弟の聖治が『やめときな』というように両手で大きな「×」を作り、悲しそうな表情を浮かべていた。

7

『冴島探偵社』を出た俺と真琴は、その足で関内駅方面へ。向かった先は半田俊之が刺殺された雑居ビルだ。先日、二人で訪れた際には、私服刑事らしい男たちがビルの入口付近にたむろしていて、一歩も中に入れなかった。だが今回は様子が違う。街路樹の陰から眺める限りでは、建物の周囲に警官らしい人の姿は見当たらない。「――といっても油断は禁物だ。おい真琴、おまえちょっといって中を覗いてこいよ」

深く考えずに命じると、真琴も深く考えずに親指を立てながら、

「OK、兄貴、いってくる」

街路樹の陰から単身飛び出すと、真琴はたちまち雑居ビルの入口へと消えていく。すると間もなく建物の中から聞こえてきたのは、複数の男性が言い争う声だ。「……ちょっと君……このビルの人間かね」「はぁ……知らねーよ……関係ねーだろ……触んなって、馬鹿」「なに……警察を愚弄する気か……」「うっせー、放せってーの……」

――おいおい、なんだか怪しい雲行きだな！

そう思った次の瞬間、ビルの入口から飛び出してきたのは、真琴のスカジャン姿。その背後から現れて「こら、待ちなさぁーい！」と叫んでいるのは、二名の中年男性だ。揃って臭そうな革靴を履いているから、きっと冴島姉弟のところに現れた刑事たちだろう。真琴と刑事たちは、矢のような勢いでピューッと歩道を駆け抜け、そのまま俺の真横を通り過ぎていく。街路樹と同化して無事に彼らをやり過ごした俺は、

「頑張れよ、真琴、必ず逃げおおせるんだぞ……」

遠ざかる龍虎の背中を見送りながら、そう呟くばかり。そして、やっかいな連中がいなくなった建物の中に、俺はひとり悠然と足を踏み入れていった。

半田俊之の部屋は三階の一室。自称フリーライターの彼は、この部屋を事務所兼住居として使っていたらしい。殺害現場は玄関先だと、以前に脩がそういっていた。そう思って

目を凝らしてみると、灰色のコンクリートの上に黒っぽいシミが確認できる。流れた血液の痕だろう。確かに半田はこの場所で何者かに刺されて命を落としたのだ。

「さてと、これから、どーするかな」

漠然と周囲を見やりながら、階段を上がって四階へ。看板を掲げているのは、台湾式マッサージの店だ。ひょっとするとチャイナ服を着た美女たちが、男の快楽のツボというツボを全身で刺激して極上の癒しの時間を提供してくれる超優良店かもしれない。

そんな淡い期待に逆らいきれず、店の扉を開けると、待ち構えていたのは骨ばった身体をした白衣の老人だ。慌てて回れ右しようとする俺の背中を、白衣の老人はむんずと捕まえて、無理やり固い椅子に座らせた。

「よくきたね、お客さん。三階で殺人事件が起こって以来、暇で暇でしょうがなかったんだよ」

などと愚痴をこぼしながら、老人はさっそく俺の足裏にドリルのごとき指を当て、絶叫のツボというツボを全力で刺激しはじめる。だが高度な職業意識を持つ俺は、このような不本意な状況の中でも、来訪の意図をけっして忘れてはいなかった。

「と、ところで、お、おじさんッ、ひ、ひとつ聞きたいことがッ……」激痛の隙間を縫うようにして、俺は目の前のツボ押し老師に向かって質問を浴びせる。「あ、あのさ、三階の部屋に住んでいた半田って男、知ってるよな……？」

「ああ、知ってるよ。真下の部屋だからね。——ふんッ」

ひと際、強い力で足裏のツボを刺激する老師。堪えきれずに俺の口から「んぐうッ」という苦悶の声が漏れた。「そ、その半田って奴の周りで最近ッ……な、何か変わったことが起きなかったかい？」

「殺されたこと以外でかね？　さあ、何かあったかもしれんが、わしはべつにあの男と親しくしていたわけではないからね。特に喋ることはないよ。——あんた、刑事かね？」

「さあ、それはどうかなぁ」俺がはぐらかすような返事をすると、

「ふッ、ふんッ、ふーんぬッ」老師はツボ押しのバケモノと化して、俺の足裏を容赦なく攻め立てる。堪らず俺は三秒で降参した。

「け、刑事じゃない！　探偵だ、探偵ッ！」

「なんだ探偵さんか。ふうん、半田の事件を調べてるのかね？　でも調べるほどの事件かねえ。所詮あの男は悪党だよ。殺されたって文句はいえないね。——あ、そうそう、そういや、ついこの前だって、あの男、どこかの女と痴話喧嘩をやらかしたんだよ」

「痴話喧嘩⁉」俺は椅子の上で思わず上体を起こした。「それ、どういう話だい？　詳しく聞かせッ……聞かせておくれよッ……ひッ……ひッ……」

俺は椅子の上で再び悶絶。老師は俺の足裏を揉みながら話しはじめた。

「なーに、大した話じゃないさ。わしも、いままで忘れていたよ。あれは、ちょっと前の話だ。とある夜の八時ごろ、真下の部屋から半田の大声が聞こえたんだ。よく聞き取れなかったが『この野郎！』とか『何しやがる！』などと、やけに乱暴な言葉を叫んでいたな。もちろん、わしは争う現場を見たわけじゃない。ただ声を聞いただけだ」

「だ、だったら、なんで喧嘩の相手が、お、女だって判るんだよッ……？」

「ああ、それはな、わしがこの目で見たからだ。階下から喧嘩らしいドタバタという音が響いた後、ふと窓から歩道を見下ろすと、ちょうどそこに玄関を飛び出していく女の姿が見えた。ああ、女だったことは間違いない。白っぽいワンピースを着ていたからな」

「し、白っぽいワンピース！　お、おい、おじさん、それって＃＄℃＠☆％……？」

「え、何だって？　よく聞こえんぞ、探偵さん。もっとハッキリ喋ってくれんかね」

――畜生、無茶いうな！　この状態でまともに喋れるわけが※☆♪＠℃％！

だが悶絶するばかりでは埒が明かない。俺は息も絶え絶えに尋ねた。「お、おじさん、それって正確に、いつの話なんだ？　ちょっと前って、いつのことだよ……？」

「ふむ、そうだな……」そういったきり、老師は俺の足裏のツボを押したまま瞑想状態。

やがて、こちらの我慢が限界に達して、そろそろ正気を失いかけたころ、「ああ、そうだ！」といって、老師はようやく俺の足裏を解放した。「そう、あれは半月ほど前の週末、金曜日のことだ。間違いないぞ、探偵さん……おや、どうした、探偵さん……ちょっと、大丈夫か、あんた……おい、しっかりしなさい、君！」

椅子の上で半失神状態に陥った俺を、心配そうに覗き込む老師。薄れかけた意識の中で、その声はやけに不規則に歪んで響く。だが、その一方で俺は――

「はは……半月前の金曜日……やっぱり、そうか……思ったとおりだぜ……へへ」

事件解決への手ごたえを感じて、無意識の笑みを漏らす。そんな俺の姿を老師は気味悪そうに眺めるばかりだった。

8

真相に思い至った俺は、愛車ボルボを飛ばして、本牧へと向かった。この高級住宅街の一角に目指す上杉家があるのだ。コインパーキングに車を停めて運転席を降りる。そのとき突然スマホに着信。出ると俺の耳に飛び込んできたのは、義理の弟のすました声だ。

いったい何事かと思って話を聞くと、一之瀬脩は『どういう事情か、僕にもサッパリなんですがね』と前置きしてから、困った状況を説明した。『あなたの助手の真琴クンですが、刑事たちとひと悶着あったみたいで、伊勢佐木署に連行されてきましたよ。追いかけっこを繰り広げた中年刑事たちは、揃ってヘトヘトだったようですが』
「ほう、そうか」——よく頑張ったな、真琴！
俺は心の中で『グッジョブ』とばかりに親指を立てながら、「あ、そうそう。おまえの先輩たち、そんなにヘトヘトならよ、足ツボマッサージの優良店、教えてやろうか。最強の名人がいてよ、まさに生き返った気分になれるぞ」
——ま、生き返る前に、いったん死ぬ思いをするけどな！
心の中でニヤリと笑みを浮かべる俺。しかし義弟は『いいえ、結構』と素っ気ない反応だ。『そんなことより、あなたの弟分でしょ。引き取りにきてくださいね』
「だったら、おまえのほうで、よろしくやっといてくれよ。俺の弟分ってことは、おまえにとっても弟みたいなもんだろ」いや、むしろ真琴のほうが兄貴分というべきか？　まあ、それはともかく——「頼んだぞ。俺は忙しい。いまから上杉家へ向かうところなんだ」
『はぁ、上杉家!?　あなた、まだその件に首を突っ込んでいるんですか。上杉雅美は半田殺しの犯人ではないって、前にもそういいましたよね？　おかしな真似をしたら、後々やっかいなことになりますよ』

「心配すんなって。じゃあ真琴のことは頼んだぞ」

じゃあな——といって俺は通話を終える。目の前に上杉家の立派な屋敷が見えた。

インターホンの通話ボタンを押すと、美しい声が応えた。かつて依頼人だった女性、上杉麗香の美貌を思い返しながら、俺は慎重に名乗った。

「ご記憶でしょうか、桂木圭一です。探偵です」

するとスピーカー越しに『まあ』と驚きの声。それから彼女は怯えたような声で聞いてきた。『いったい何のご用ですか。突然いらっしゃって……正直、困ります』

「申し訳ありません。しかし、ぜひ直接会ってお話ししたいことが……実は雅美さんの件なのですが」

瞬間、息を呑むような気配がスピーカーから伝わる。どうやら極秘の話と理解したらしい。『少々、お待ちください』といって通話が途切れたかと思うと、間もなく玄関の扉が開かれる。姿を現すなり麗香は、周囲を憚るような小声で俺にいった。

「ここではナンですので、こちらへどうぞ」

そうして彼女が案内してくれたのは上杉家のガレージだ。停められた国産セダンの後部ドアを開けながら、「ここなら誰にも聞かれずに話ができます」といって麗香は俺を後部座席へと誘う。いわれるままに乗り込むと、彼女も俺の隣に座った。「いったい、どんなお話でしょうか」

問われた俺は、いきなり結論から告げた。

「あなたの弟、上杉雅美さんは重大な犯罪に関わった可能性があります」

「はあ、いきなり何を⁉」と、いったんは動揺を露にする麗香だったが、すぐに本来の落ち着いた表情に戻っていった。「いえ、おっしゃっていることは、私にもよく判っています。半田とかいう男が殺された事件ですね。雅美から直接聞きました。弟にも疑惑の目が向けられているのだとか。ですが、その疑いは既に晴れたと聞きました。アリバイを証明してくれる人物が、偶然にも存在したそうです」

「冴島という姉弟探偵ですね。半田が刺殺された夜、彼らは何者かの依頼を受けて雅美さんのことを尾行していたらしい。結果、彼らは雅美さんのアリバイの証人になった。――でも僕のいう『重大な犯罪』とは、半田が殺された事件のことではありません。それは先週の金曜日の出来事。その件に関しては、僕も正直あまり詳しくはない。それよりも僕がいま問題にしたいのは、半月前の金曜日のことなんですよ」

「半月前の金曜日⁉　その日は確か、探偵さんが雅美のことを尾行した……」

「ええ、その夜です」

「あの夜が、どうしたというのですか。確かにショッキングな事実が明らかになった夜ではありましたけれど、それが何か？　雅美の女装趣味は、犯罪には当たりませんよね？」

「ええ、もちろん女装は犯罪ではありません」

「では、まさか私が雅美をビンタしたことが犯罪だと？」

「ああ、あれは確かに犯罪的かも……」俺は思わず苦笑した。「しかしまあ、あれもいわば姉弟喧嘩の範疇でしょう。そうではなくて『重大な犯罪』は、まったく別のところで起こっていました。僕らの気付かない場所で密かに、そして騒々しく」

「どういうことでしょうか？」

「とあるツボ押しの名人が思い出してくれたことなんですがね。半月前の金曜日の夜、雑居ビルにある半田の部屋で、何やら騒動があったのだとか。ツボ押し名人の言葉によるならば、それは半田と女との間で繰り広げられた痴話喧嘩らしい。――ですがね、その後に起こったことを併せて考えるならば、それが単なる痴話喧嘩だったとは到底思えない。実際には、それは殺人未遂事件だったんじゃないかと、いまの僕にはそう思えるんですよ」

「殺人未遂⁉　確かに『重大な犯罪』には違いありませんが……では、その殺人未遂を犯したのが、つまり……？」

「ええ、雅美さんではないかと、僕はそう疑っています」

「そんな馬鹿な。そんなこと弟には不可能です。それは探偵さんが、いちばんよく判っているはずじゃありませんか。あの夜、雅美はずっと探偵さんたちに尾行されていた。探偵さんたちは、一時も雅美から目を離さなかった。その状態で、彼が誰かを殺しにいくなんてこと、絶対にできっこありません。――そうじゃありませんか？」

「ええ、確かに、そう思えます。僕らが尾行した相手が、本当に雅美さんならばね」

「…………」隣に座る麗香がビクッと身体を震わせた。「本当に雅美ならば？」

「はい。しかし本当にあれは――あの女装した姿は、雅美さんだったのでしょうか」

「もちろんです。私が駆けつけた『ＣＬＵＢ　ＹＯＫＯＨＡＭＡ』。そのフロアから外に連れ出された雅美の姿を、探偵さんも間近でご覧になったはずですよね？」

「ええ、見ました。確かに、あれはあなたの弟さんだった。それを見て、僕らは自分たちが尾行した相手のことを、間違いなく女装した上杉雅美さんだったと信じ込んだわけです。――が、おそらく事実はそうではなかった」

「というと？」

「雅美さんは僕らに尾行されながら、巧みに別の誰かと入れ替わって、一時的に僕らの監視の目から逃れたんです。入れ替わりがおこなわれたのは、あの公衆トイレでしょう。雅美さんは直前にブティックで白地に花柄のワンピースを購入した。その足で公園に向かい、トイレの個室に入り、しばらくした後にその花柄ワンピースを着た人物がそこから出てきた。それを見て僕らは、雅美さん自身が花柄ワンピースを身に着けて、すなわち女装した姿で現れたものと解釈した。まさかあのトイレの中に、あらかじめ別の人物がいて、まったく同じ花柄のワンピースを着て待機していたなんて、誰も思いませんからね」

「別の人物とは……？」

「要するに共犯者です。誰かは特定できませんが当然、雅美さんによく似た女性でしょう。まあ、よく似た男性という可能性もゼロではありませんがね。いずれにせよ、あのとき僕らは、花柄ワンピースの共犯者が出ていった後のトイレを覗いてみるべきでした。そうすれば、個室の中に身を潜めている雅美さんの姿を発見することができたはずです。しかし、すっかり騙されていた僕らは、何も知らずに共犯者の背中を雅美さんだと思い込んだまま尾行を続けた。――というわけです」

「では個室の中に残った雅美は、それからどうしたのでしょうか？」

「雅美さんは結局、女装したのです。購入したばかりの花柄ワンピースを身に着けてね。もちろん化粧もして完全に女になりきります。彼は美形ですから、バッチリメイクを施せば、かなりの《美女》に変身できる。そうして女性の姿になった雅美さんは、その足で関内駅付近の雑居ビルへと向かい、そこで半田を殺そうとした。けれど、この襲撃はどうやら失敗に終わったようですね。雅美さんは半田との間でひと騒動を繰り広げただけで、ビルを飛び出して逃げ去った。おそらく半田にしてみれば、自分がどこの《美女》に、何の理由で襲われたのか、それさえまるで判らなかったことでしょうね」

「ということは、雅美が半田を襲っている間、探偵さんたちは……？」

「ええ、僕らは何も知らずにイタリア料理店『ベニス』で、まったく別人の食事風景を眺めていたってわけです。あなたとスマホで会話など交わしながらね」

「ということは、その別の誰かと弟は、もう一度どこかで入れ替わった？」

「当然そうなります。襲撃が失敗に終わったからといって、計画を途中で投げ出すわけにはいきませんからね。ただし今度の入れ替わりは、正直どこでおこなわれたのか、僕にもよく判りません。僕らが『ベニス』で支払いに手間取っている隙に、店を出た花柄ワンピースの共犯者と、同じ服装をした雅美さんが入れ替わったのかも。あるいは『ＣＬＵＢ　ＹＯＫＯＨＡＭＡ』のフロアを埋め尽くした、あの大勢のパーリィーピーポーの中に、実は花柄ワンピースの人物が同時に二人いて、その場で入れ替わったという可能性も考えられる。いずれにせよ、あなたが『ＣＬＵＢ　ＹＯＫＯＨＡＭＡ』に駆けつけたときには、もう入れ替わりは済んでいた。だから外に連れ出された人物が、正真正銘の上杉雅美さんだったことは、何の不思議もない。お陰で僕らはすっかり騙され、あなたは弟さんの女装趣味にショックを受けた。そして、その女装の裏側にある、もっと重大な秘密に気付くことはなかった。――これが半月前の金曜の夜の真実だったのではないでしょうか」

やんわりと主張する俺の隣で、麗香は身を硬くして尋ねた。

「なぜ、弟はそんな面倒な真似を？　誰かと入れ替わるなんて、いったい何のために？」

「もちろんアリバイを得るためです。仮に、この夜に半田が殺されていれば、その時点で事件は白日のもとに晒されたはず。そうなれば、容疑は雅美さんにも降りかかる。そこで彼は、こう主張するつもりだったのでしょう。『金曜の夜ならアリバイがあります。姉の雇った探偵に聞いてみてください』とね。すると刑事が僕のところにくる。僕は『確かに金曜の夜、私は上杉雅美をずっと見張っていました』と答えるでしょう。しかしおそらく――いや、間違いなく絶対に――雅美さんの女装趣味については、いっさい何も喋らなかったことでしょう。喋れば、依頼人であるあなたを裏切ることになる。それに、そもそも誰かのアリバイを証明するのに、それが女装した姿か否かは関係がありませんからね。こうして雅美さんのアリバイは認められる。雅美さんの許婚も、あなたも、あなたのご両親も、みんな彼の無実を信じることができる。それこそが彼の狙いだったわけです」

「なるほど。そういうことですか……」

「ええ。しかし実際には、半田は襲撃を受けたものの、死にはしなかった。そして強請り屋を本職とする彼は、この事件を警察沙汰にはしなかった。しかも半田は犯人を女性だと思い込んでいたため、雅美さんのことを疑ったり警戒したりしなかった。お陰で雅美さんはもう一度、半田を襲撃する機会を得たというわけです」

「それが先週の金曜日というわけですね」

「そういうことです。雅美さんは、このときも前回同様の入れ替わりトリックを用いようと考えたのでしょう。ただし、前回の犯行の際には僕という恰好の目撃者がいて、それを雅美さんは自分のトリックに巧みに組み込むことができた。でも今回は、同じ探偵を目撃者として使うことはできない。そこで雅美さんは、別の探偵を利用することにした。それが冴島姉弟でした。実際に依頼人の役を演じたのは共犯者のほうでしょう。その依頼に従って、冴島姉弟は会社帰りの雅美さんを尾行した。雅美さんはトイレに入って、女装した共犯者と入れ替わる。冴島姉弟はそれを雅美さんだと信じ込んで尾行を続ける……後はもう説明する必要もないでしょう。前回の繰り返しです。尾行の目を巧みに逃れた雅美さんは再び半田を襲撃した。そして今回はついにその目的を達したのです」

「では雅美は……半田という人を殺したのですね……」

「ええ。後日、警察から疑いの目を向けられた彼は、堂々とアリバイを主張する。冴島姉弟は、金曜の夜に上杉雅美をずっと尾行していたことを証言する。ただし女装の件だけは、絶対にいわない。警察は冴島姉弟の話を信じて、上杉雅美のアリバイに信憑性アリと判断する。──とまあ、今回の事件は、そういうことだったのではないかと思われます」

「そうですか。確かに探偵さんの、おっしゃるとおりかもしれません。──ですが、なぜ探偵さんは、その話を私に？　もう警察には、お話しになられたのですか？」

「いいえ、まだです。警察に話す前に、あなたに話しておくべきだと思ったものですから。だって自分の雇った探偵が、勝手に弟さんの罪を告発したなら、姉であるあなたはきっと不愉快な気分に陥ることでしょう。それは僕の本意ではありません。それに、あなたなら弟さんに自首を勧めることだってできる。だから、まずあなたにお話ししたのです。まあ、依頼人に対するアフターサービスみたいなものです。──あ、もちろん代金はいただきませんよ」

と俺が冗談っぽく付け加えると、

「いえ、そういうわけには……こんな重大な事実を伝えていただいて、何もしないわけには……ちょっとお待ちいただけますか」そういって、ひとり後部座席を出ていく麗香。

俺は慌てて手を振りながら、「いえいえ、どうかお構いなく」と謙虚な探偵を演じながらも密かな笑みを禁じ得ない。──まあ、貰えるものは貰っておくか！

やがてガレージに戻ってきた麗香の手に握られていたのは、大きめのハンドバッグだ。

ご褒美への期待感が俺の中で急速に膨れ上がる。後部ドアを開けた彼女は、再び俺の隣に乗り込んでバタンと強めにドアを閉める。そしてバッグの口を開けると、覗き込むようにして中を掻き回す仕草。隣に座る俺は頭を掻きながら、

「いやあ、本当にいいんですよ、お礼なんて。そんなつもりじゃありませんから……」

すると顔を上げた麗香は「そんなこと、おっしゃらないで」といって俺の前に何やら黒い物体を差し出す。電気シェーバーによく似た形状のそれを見て、俺は一瞬キョトン。その直後には思わず「あッ」と声をあげたが、もう遅い。

麗香がその物体を俺の首筋に押し付ける。瞬間、身体中を電気的な刺激が駆け抜け、俺はその物体の正体がスタンガンであることを、身をもって知った。

そして後はもう何が何やら判らなくなったのだった――

9

混濁(こんだく)した意識の中、朝日が昇(のぼ)るように目の前が明るくなり、やがて俺は覚醒(かくせい)した。

椅子の上に腰掛けている感覚がある。どうやら俺は座った状態で気を失っていたらしい。呻き声をあげながら薄(うっす)らと両目を開ける。真っ先に視界に飛び込んできたのは上杉

麗香の美貌だ。その隣には、なぜか彼女によく似た顔の男が佇み、俺のことを覗き込んでいる。この見覚えのある二枚目顔は……そう、上杉雅美だ。しかし、なぜ彼がここに？

いや、それより何より……

「ををあッ、おおあッ？」

ここは、どこだ？　と問い掛けたつもりだったのだが、出てきた声はまるでおっとせいの鳴き声のよう。

その声を聞いて、ようやく俺は自分が猿轡を噛まされて、身体の自由を奪われているという事実を認識した。

瞬きを繰り返して周囲に視線を巡らせる。見覚えのない部屋だ。モノトーンで統一された家具などから見て、どうやら男性の暮らすリビングらしい。戸惑う俺に、雅美が優しげな声で事実を伝えた。「目が覚めたようだね、探偵さん。ここは僕の部屋だよ」

「ああいおえあ、あえあ……」

「え、なによ？　なに喋っているかサッパリ判らないわ。──雅美、ちょっと猿轡を緩めてあげなさい」

麗香に命じられて、雅美が俺の猿轡を緩める。俺は曖昧な意識の中で問い掛けた。

「……いったい、どういうことだ……なぜ俺が雅美の部屋に……確か俺は足ツボマッサージの激痛に耐えられず、気を失ったはずじゃ……？」

訳が判らず首を捻る俺。その様子を見下ろしながら、雅美も同様に首を捻った。

「えーっと、足ツボって何のことだい、姉ちゃん？」

「さあ、どうやらまだ寝ぼけているようね。これの刺激が強過ぎたのかしら」

そういって麗香は、手にした黒っぽい道具を俺の眼前にかざす。それを見るなり、ようやく俺は正気に返り、混乱した記憶は正常に戻った。――そうだった！　俺を気絶に追い込んだのは足ツボの激痛ではなくて、「スタンガンだ。くそッ、あんた、よくも！」

叫びながら、俺は椅子を蹴って立ち上がろうとする。だが、両手両足を椅子に縛り付けられた俺は、僅かに尻を浮かせることができただけ。次の瞬間には、雅美が構えるナイフと麗香の持つスタンガンが、両側から俺の喉もとへと突き付けられる。

俺は黙り込むしかなかった。

どうやら俺は麗香のスタンガンで気絶させられた直後、車に乗せられたまま、雅美のマンションの部屋へと運ばれたらしい。弟に自首を勧める――そんな考えが麗香にあるのなら、こんな真似は絶対しないだろう。

「畜生、どういうことだ？　あんたの弟は人殺しだって、さっき説明してやったよな。それなのに、なぜだ。あんた、弟を庇うつもりか。弟の罪を隠蔽する気なのか？」

「うーん、何ていうか、ちょっとズレてるのよねえ、探偵さん」

麗香は妖艶な笑みを唇の端に浮かべると、隣に立つ弟に視線を向けた。

「ねえ、この探偵さんったら、とっても面白いのよ。こう見えて案外鋭いところがあってね、あなたの入れ替わりトリックを見事に見破ったわ。でも、その一方でやっぱり鈍いところもあるみたい。私のことを善意の依頼人だと頭から信じ込んでいるの。――ねえ、おかしいでしょ？」

姉の言葉に、雅美は愉快そうに頷く。もちろん俺は、ちっともおかしくない。

「何なんだ、畜生！　あんたが善意の依頼人じゃないってことは判ったが、そうだとすると、あんたはいったい……？」

「あら、まだ判らないの、探偵さん？」麗香は身動きできない俺に顔を寄せる。そして耳元で囁(ささや)くようにいった。「私は弟の共犯者よ。弟と入れ替わったのは、この私なの」

「はあ⁉」俺は一瞬、狐に摘(つま)まれた気分。そして叫んだ。「そんな馬鹿な！」

「あら、どうしてそう思うの？　私と雅美は血の繋がった姉と弟。男女の違いはあるにせよ、背恰好や顔立ちはよく似ているでしょ。入れ替わるには最適だと思わない？」

「それは、そうかもしれないが……いや、しかし無理だ。俺が雅美を尾行した夜、馬車道のイタリア料理店で俺はあんたと電話で話をしたよな。あのとき女装した雅美は――いや、雅美じゃなくて、正確には雅美のフリをした共犯者だったはずだが——その何者かはカウンターの席にいて、ひとりで食事の真っ最中だった。俺は離れた席にいて、あんたと電話で会話しながら、その様子をジッと見詰めていたんだ。仮に、あの共犯者の正体があんただとするなら、あんたは両手でナイフとフォークを動かしながら、俺と電話でお喋りしていたことになる。そんな芸当は……芸当は……ああ、できなくもないな……うん、全然できる……そうか……くそッ」

遅ればせながら真相に思い至った俺は、椅子の上で力なく肩を落とした。

「判ったよ。スマホのハンズフリー機能だな。あんたはポケットにスマートフォン、耳にワイヤレスのイヤホンマイクをして、手を使わずに俺と通話していたわけだ。その一方で、あんたはナイフとフォークを盛んに動かして、いかにも現在食事中というフリをした。その姿を背後から見ていた俺は、いま電話で話している依頼人と、離れた席で食事している人物が、まさか同一人物だとは思わない。だから俺は雅美に共犯者がいることに気付きながら、それがあんただとは、いまのいままで考えもしなかった——」

「そういうこと。やっと判ったみたいね」

清楚な依頼人の仮面を脱ぎ去った麗香は、ゾッとするほどの冷酷な笑みを浮かべる。

俺の脳裏にたちまち悪い予感が湧き上がった。「俺をどうする気だ。殺すのか？」

「悪く思わないでちょうだい」と麗香が申し訳なさそうに目を伏せる。

隣で雅美がナイフ片手に頷いた。「ああ、君は知りすぎたからね」

「なんだよぉ～～ッ、やっぱり、そういう話かよぉ～～ッ、やだよぉ～～ッ、俺まだ死にたくねぇよぉ～～ッ、助けてくれよぉ～～ッ、頼むからさぁ～～ッ」

椅子の上で叫びながら、俺は両手両足を激しく動かしてジタバタ。だが手足を縛るロープのせいで身体はほとんど動かず、代わりに椅子だけがガタガタと揺れた。

「うるさいわよ。黙りなさい」麗香が再びスタンガンを構える。

俺はゴクリと喉を鳴らしながら、「お、おう、殺すんなら殺せ。だが、それで真相が闇に葬(ほうむ)られたと思うなよ。忘れてねーか、俺には真琴っていう頼りない相棒がいるってことを！」

「なに、真琴だと……⁉」と雅美が呟く。

麗香はハッとした顔で、「そういや、忘れてたわ。もうひとりいたこと！」

「…………」おい真琴、おまえマジで忘れられてるぞ！　俺は相棒の哀(かな)しげな姿を脳裏に描きながら、精一杯の強がりを示した。「いいか。俺が変な死に方をすれば、きっと真琴が黙っちゃいねえ。あいつはすぐさま警察に駆け込んで、知ってることを洗いざらい喋るはずだぜ」

もっとも真琴は真相の半分も知らないわけだが、そのことは黙っておく。すると俺のハッタリは少なからず相手の動揺を誘ったらしい。雅美は焦りの色を滲ませながら、

「だ、だったら、その真琴って奴も消すまでさ」

「はん、そいつは無理だな。真琴はいま、公務執行妨害か何かで警察に捕まっているはずだ。あんたらは真琴に指一本、触れることはできねーよ」

これは嘘偽りのない事実に違いないのだが、強気の麗香はそうは受け取らなかった。

「で、でまかせよ。この男は口からでまかせをいってるんだわ！」

「でも、姉ちゃん……」雅美の二枚目顔には、ハッキリと怯えの表情が窺える。

「こら、なに弱気になってるの、雅美。いまさら後には引けないでしょ！」

「で、でも、ひょっとして、こいつのいうとおりだったら……」

「そ、そ、そんなわけないじゃない……」

どうやら上杉姉弟は軽いパニック状態に陥ったらしい。椅子に縛り付けられた俺をそっちのけにして、言い争いを始める二人。殺すべきか殺さざるべきか。二者択一のスリリングな姉弟喧嘩だ。果たして俺は、どちらを応援すべきだろうか。

そんなふうに迷っていると、いきなり玄関にチャイムの音。たちまち上杉姉弟は口喧嘩を中断。麗香は俺の首筋にスタンガンを向けて、『声をあげたらビリビリをお見舞いする

わよ』というポーズ。一方の雅美は、緩めていた俺の猿轡を再びきつく締めなおす。そんな二人は揃って黙り込み、『誰もいませんよ』という居留守の構えだ。

だが二人の願望をよそに、チャイムの音は何度となく鳴り響く。

「ね、姉ちゃん、ひょっとして警察がきたんじゃ……？」

「そんなわけないじゃない」そう決め付けた麗香は、玄関に顎を向けて命じた。「雅美、出てみなさい。いいわね、相手が誰だろうと、適当に誤魔化して追い返すのよ」

「わ、判ったよ、姉ちゃん」

こわごわと頷いた雅美はナイフをテーブルに置いて、ひとりリビングを出ていく。麗香はスタンガンを構えたまま、視線だけで弟の背中を追う。やがて廊下のほうから、ガチャリという玄関扉の開閉音。続けて雅美の声が呼び掛けた。「――どなた？」

応えたのは若い女性だ。「伊勢佐木署の者です。少しお時間よろしいですか」

瞬間、麗香の喉からヒュッという息。その横顔には愕然とした表情が浮かんでいる。

俺はその隙を見逃さなかった。何を隠そう、いままでこの俺は、ただ単に駄々っ子のごとくジタバタしてきたわけではない。そうやって手足を激しく動かすことでロープを引っ張り、手首のいましめを緩める。そんな努力を密かに続けていたのだ。そして、その努力は確かに実を結んだらしい。それが証拠に、縛られた右手を強く手前に引くと、緩んだロープの輪から右の手首がスポリと綺麗に抜けた。続いて左の手首もだ。なんとか自由になった二本の腕で、俺は目の前の麗香に襲い掛かった。

俺の右手が麗香の左の手首をガッチリと掴む。虚を衝かれた彼女は「あッ」と声をあげ、手にしたスタンガンを構えなおす。俺は左手で猿轡を引っ張って口許からずらすと、威嚇するように叫んだ。

「やれるもんならやってみろよ！　こうして手を繋いだ状態でそれを使えば、俺と一緒にあんたの身体もビリビリって感電するんだからな！」

――いや、待てよ。本当に、そうなるのかな？

やってみたことがないので、俺にも正解は判らない。もっともらしい嘘という可能性も充分に考えられるが、とにかく麗香は俺のハッタリを信じたらしい。「ひぃいッ」と怯えた声を発して、麗香は突き出しかけた右手を慌てて引っ込める。震えを帯びた手からスタンガンが滑り落ちて、床に転がった。

玄関先から聞こえるのは、緊張感を滲ませた男性の声だ。

「いまのは誰の声ですか？　感電するとか何とか、叫んでいるようでしたが……？」

その声に聞き覚えがあった。――二ヶ月目の義理の弟、脩だ！

思わぬ援軍の登場に、俄然勇気を得た俺は椅子の上から両手を伸ばす。そして目の前にあった麗香の髪の毛を摑むと――ゴツン！

音がするほどの全力の頭突きを彼女にお見舞い。瞬間、俺の目の奥できらめく星が見えたぐらいだから、きっと麗香には壮大な輝きを放つ天の川が見えたことだろう。彼女は戦意を喪失したかのように、床の上にくずおれた。

俺はテーブルに手を伸ばして、雅美の残していったナイフを摑むと、素早く両足のロープを切断。そして床に転がるスタンガンを拾い上げ、ふらつく足取りでリビングを飛び出した。短い廊下の突き当たりが玄関だ。雅美が金属製のドアチェーン越しに、刑事たちと押し問答を繰り広げている。俺は素早く廊下を進み、雅美の背後に忍び寄る。そして迷うことなく、手にした凶器を彼の首筋へと向けた。

咄嗟に気配を察したのか、雅美が強張った顔で振り向く。

俺は吐き捨てるようにいった。「お姉ちゃんにやられた、お返しだ！」

薄暗い玄関に青い閃光が満ちる。同時に「うッ」という呻き声。次の瞬間、雅美は痺れたように身体を震わせ、膝から崩れ落ちていった。すべては一瞬の出来事だった。

ふう――と小さく息を吐いて、俺は動かなくなった雅美の姿を見下ろす。目覚める気配がないのを確認してドアチェーンを解除。扉が開くと、真っ先に飛び込んできたのはパンツスーツ姿の若い女性。松本刑事だ。彼女は失神した雅美の姿を一瞥。それからその視線を俺と、俺の右手に握られたスタンガンに向けた。すると、いったい何を勘違いしたのだろうか、松本刑事は強烈な手刀で俺の右手を打ち据え、スタンガンを叩き落とす。そしてガラ空きになった俺の手に問答無用で手錠を打った。

凶悪犯を確保――とばかりにパンパンと両手を払う松本刑事。その表情は達成感に満ちている。もちろん、こちらとしては堪ったものではない。

「おいおい、何の真似だよ、こりゃあ！」

繋がれた両手を掲げながら、俺は抗議するような視線を義弟へと向ける。

脩は気まずそうに指先で頭を掻きながら、後輩刑事を見やった。

「あの、松本さん……手錠を打つ相手、その人じゃないと思うよ……」

10

「あなたから電話をもらった後、どうも気になったんで上杉家を訪ねてみたんですよ。ところが家の人は、あなたのことなど知らない、というんですね。それで、あなたのスマホに電話してみると、今度はなぜか繋がらない。それでますます胸騒ぎがしましてね」

事件解決から一夜明けた翌朝。場所は伊勢佐木町にある『桂木圭一探偵事務所』。まだ始業時刻に至っていない事務所には、昨日の経緯について語る一之瀬脩の姿があった。

「屋敷の周辺を探ってみると、付近のコインパーキングには、あなたのボルボが確かに停めてある。いよいよ変だと思った僕は、松本君とともに上杉雅美の住むマンションへと向かいました。いえ、べつに確信めいたものがあったわけではありません。あなたが雅美のことを疑っている様子だったから、とりあえず彼の自宅にいってみただけです」

「それだけか。じゃあ俺はとびっきり運が良かったってわけだ」

ソファに座る俺は、あらためてホッと胸を撫で下ろす。窓辺に佇む義弟は、「まったくです。ひとつ間違えれば、どうなっていたことか……」といって眼鏡の縁に指を当てた。

主犯格の上杉雅美と共犯の麗香。二人の逮捕により『強請り屋殺害事件』は、いちおうの決着を見た。だが、いくつか判らないこともある。その点について、脩はわざわざ説明に訪れたのだ。彼の話によると、伊勢佐木署で取り調べを受けた上杉姉弟は、すっかり観念したらしく、自分たちの犯行について洗いざらいぶちまけたらしい。俺は満足しながら頷くと、義弟に向かって指を一本立てた。中指ではなくて人差し指だ。

「実は、ひとつだけ腑に落ちないことがある。動機のことだ。上杉雅美が半田俊之を殺そうと考えた本当の理由は何だ？　女装趣味をバラされるのが、そんなに怖かったのか？」

「女装趣味⁉」そう呟いた脩は、義兄である俺の前で、なぜか小馬鹿にするように鼻を鳴らした。「ふふん、あなた、まだよく判っていないみたいですね」

「はあ、判ってないって、何がだよ?」

「いいですか。上杉雅美に女装趣味なんて、もともとないんですよ。あれはあなたを騙すためのトリックとして、おこなったことに過ぎません」

「え、そうなのか? 女装趣味はない? じゃあ雅美はなぜ半田を殺そうと……」

「半田が雅美のことを強請っていた。そのことは事実です。ただし強請りのネタは、雅美の女装趣味などではなかった。実は、雅美は許婚の存在がありながら、それとは違う別の女性と交際していた。要は二股です。半田はその事実を突き止め、それをネタにして雅美に口止め料を要求していたんです。許婚の女性の実家は資産家で、上杉家と深い関係にあった。二人の縁談が雅美側の一方的な落ち度で破談になれば、上杉家には大きな損失になる。だから雅美の犯行に、麗香も積極的に協力したんですね」

「雅美が別の女性と交際を? あ、じゃあ雅美のマンションの部屋に出入りしていた若い女性っていうのが、その娘か? あれは雅美の女装した姿じゃなかったわけだ」

「当たり前です。雅美が女性の姿で自分のマンションに出入りするわけがない。何度もいいますが、彼に女装趣味はないんですからね」脩はそうキッパリ断言して続けた。「雅美と麗香が一時的に入れ替わる。そのためには、雅美が女装して麗香の外見に近付くのが最善の策。そのような考えのもとに、彼の女装はおこなわれたのです。まあ、実際に女性の恰好をしてみると、思った以上にサマになっている。鏡に映る自分の姿を見て雅美自身、『満更でもないな』と思ったそうですがね」

ニヤリと笑みを浮かべて脩は説明を終えた。俺にも、もう聞くべきことはなかった。

事件解決の手柄は脩と松本刑事、二人のものとなったのだろう。犯人が逮捕されようとも、殺された強請り屋は浮かばれないだろう。べつに浮かばれて欲しいとも思わない。そもそも、いったい俺は何のために、この事件に首を突っ込んだのか。もはや自分自身でもハッキリしないが、まあ一件落着ならそれでいいか。——いいや、良くない！

俺は忘れかけていた重大な件について、いまさらながら義弟に尋ねた。

「おい、そういや真琴はどうなったんだ？　まだ留置場に入れられているとか……？」

「まさか。そんなことありませんよ。彼ならとっくに釈放されているはず。そのうち普段どおりに姿を見せるでしょ。——それじゃあ、僕は仕事があるので、このへんで」

そういって脩はダークスーツの裾を翻すように背中を向ける。そして事務所の出入口へと歩を進めながら、「そういえば今日子さんがいってましたよ。『今度こそ新しいお父さんを紹介するから、遊びにいらっしゃい』ってね」

「ああ、そうかい。じゃあ、また何か事件があったときに寄らせてもらうよ」

冗談っぽくいって片手を挙げると、義弟は扉の前で生真面目な横顔を覗かせながら、

「そうですか。ならば僕は、あなたが当分の間、うちにこないことを祈るとしましょう」

そういって扉を開け放ち、ひとり事務所を出ていく。俺は高級スーツの背中を見送りながら、心の中で苦々しく呟いた。――やれやれ、冗談の通じない堅物め！

すると義弟が出ていって十秒もしないうちに、再び同じ扉が開かれ、今度は俺の舎弟が顔を覗かせた。スカジャン姿の黛真琴だ。真琴は朝の挨拶も早々に、自分の背後を親指で示しながら、

「なあ兄貴、いまそこの階段で、あいつと擦れ違ったぜ。ほら、あの眼鏡を掛けたスカした感じのイケメン刑事。あいつ、またここにきたのかい？　いったい何の用で？　例の事件は解決したんだろ？」

矢継ぎ早に問い掛けてくる真琴。それに対して俺は適当に答えてやった。

「ん、なーに、頭下げて謝りにきたのさ。『この前は疑ってすみませんでした』ってな」

「へえ、あの刑事に頭下げさせたのかい⁉　凄ぇじゃんか。さっすが俺の兄貴だぜ」

「だろぉ！」――もっとも、いまの俺は、あの刑事の兄貴でもあるんだがな！

心の中で密かにそう呟きながら、俺は何食わぬ顔で窓の外を見やるのだった――

第三話　家出の代償

1

伊勢佐木町とは目と鼻の先。横浜橋通商店街は多くのショップが閉店時刻を迎えて、すでにシャッターを下ろした店舗が目立つ。夕刻には買い物客で賑わうアーケードも、いまは人通りが絶えて閑散とした状態。時折、酔客たちの放つ胴間声が梅雨時の湿った風とともにアーケードを吹き抜けていく。

そんな中、一軒のゲームセンターが昼間と変わらぬ騒々しさで営業中だった。鳴りわたる電子音と明滅するＬＥＤ。その光を浴びながら、ひとりの男が一台のクレーンゲームの前で立ち止まる。

男といっても、まだ若い。少年と呼ぶべき年齢だ。顔立ちは大人びているが、痩せた身体は未完成な頼りなさを孕んでいる。赤みを帯びた唇はまるで女の子のようだ。薄手の長袖シャツはチェック柄。下は綺麗に色落ちしたブルーのデニムパンツで、足許は白いスニーカーだ。特に奇抜なファッションではないが、よく見れば身につけているのは、すべて高級感のあるアイテムばかりだと判る。街の不良っぽく髪を茶色く染めてはいるが、育ちの良さは陶器のごとき色白の肌から滲み出ていた。

　そんな少年は醒めた視線をプラスチックケースの中へと注ぐ。すると、そこには『さあ、獲ってごらんなサイ』とばかりに、サイのぬいぐるみが四本足で立っている。鼻先から生えた太い角は高々と天を向き、まるで客を挑発するかのようだ。少年はいったん通り過ぎようとしてから、再びゲーム機の前へと舞い戻った。「――サイ⁉」

　意外そうな呟きが少年の口から漏れる。挑発に乗った少年は、どうやらサイをゲットする気になったらしい。デニムパンツのポケットから、これまたハイブランドらしき財布を取り出す。そして手にした百円玉を迷わずコイン投入口へ。

　まずは①のボタンを押して、クレーンを横方向に動かす。「よしッ」と満足そうに頷き、次は②のボタン。奥へと移動するクレーンがサイの頭上に達した瞬間、「ここだッ」と小さく叫んで、少年はボタンから指を離す。するとクレーンがスルスルと降下して、カギ形の爪がサイの胴体を見事に摑み上げる。「やった……」

　だが歓声をあげたのも束の間、爪の間からサイの身体がポトリと落下。結局、クレーンは空気だけを摑んで元のポジションに戻る。少年の口からは落胆の声が漏れた。

「あーあ！」

一方、命拾いしたサイは、もはや半分ほど穴に落ちかかった状態だ。その顔は怯えながら『見逃してくだサイ』と命乞いしているようにも見える。もうひと押しすれば確実に景品ゲットだ。

「よーし」といって少年は再び財布を取り出し、小銭を探す素振り。が、そのとき——いきなり黒いジャケットの腕が、背後からにゅうっと伸びてきたかと思うと、

「よし、ここは僕に任せなサイ」

といって少年の細い肩をポンと叩く。「えッ」と叫んで少年が振り返る。目の前に立つのは、伊勢佐木町界隈で最もイケてる三十代と評判の男、すなわち、この俺だ。素敵なお兄さんの登場に、きっと惚れ惚れしているのだろう。少年は言葉もないまま、ただこちらを見詰めてポカンと口を開けている。

そんな彼を押し退けるようにして、俺は自らゲーム機へとにじり寄る。そして影のごとく背後に控える舎弟に右手を差し出した。「おい、真琴ぉ、百円だ。百円貸せぇ」

すると予想外の命令だったのか、真琴は大慌て。「えッ、え、百円……⁉」と呟きながら自分の財布の中を引っ掻き回すと、「あ、あった。あったぜ、兄貴。ほら、ちょうどピッタリ百円！」

だが真琴の差し出す《百円》を一瞥するなり、「バーロー、十円玉五枚と五十円玉一枚

でＵＦＯキャッチャーが動くかよ！　駄菓子屋でラムネ買うんじゃねーんだぜ！」と俺は出来の悪い弟分を一喝。仕方がないので自分の財布を取り出して、自分の百円玉を手に取った。「なんだよ、持ってるじゃんか百円……」と不満げに呟いたのは、真琴ではなくて少年のほうだった。

気にせず俺はコイン投入口に百円玉を全力でブチ込む。

「いいか、よーく見てろよ」といって①のボタンを操作。続いて②のボタンを押して、百点満点の位置にピタリとクレーンを停止させる。「どうだぁッ」と叫んで、すでに勝利を確信する俺。その視線の先、ゆっくりと降下するカギ爪は確かにサイの胴体を摑み、それを高い位置まで持ち上げた。「よっしゃ、サイゲット！」――この世に存在しない新たな単語を発しながら、俺は弓を引くようなガッツポーズ。

だが次の瞬間、歓喜する俺をあざ笑うかのように、爪の間からサイがポトリ。落下したサイはポッカリ開いた穴の縁にぶつかったかと思うと、どういう力学的作用が働いたものか、ポーンと大きく弾んでケースの端っこまで転がった。再び空気だけを持ち帰るクレーン。重苦しい雰囲気と気まずい沈黙が、たちまち俺の周囲二メートル程度を支配した。

「…………」

その悪い空気を振り払うように真琴が叫ぶ。「い、いまのは兄貴のせいじゃねえ！　クレーンが悪い。このクレーンの奴が、あんまり根性ナシでだらしねーから……」

そういって真琴はゲーム機本体を蹴っ飛ばそうとする素振り。そんな彼を押し留めながら、俺はゆっくりと首を振った。

「いや、いいんだ真琴。これがクレーンゲーム、これがUFOキャッチャーさ。誰が悪いわけでもねえ。——あ、ところで君、ちょっと時間いいかな？」

「いいわけねーだろ！」少年は我に返ったように抗議の声をあげる。「いきなり横から出てきて、何だよ、いまの体たらく。あーあ、もう少しでゲットできそうだったのに、あのサイ……」

「いや、そういうけどね、君。実はあれはサイじゃなくて、ただのぬいぐるみ……」

「知ってるよ！」少年は『馬鹿にしてるのかよ、おっさん？』というような目をしながら、堂々と俺に聞いてきた。「馬鹿にしてるのかよ、おっさん？」

「いや、けっして、そんなつもりはないんだ」内心の憤りを押し殺しながら、俺は遥か年下の彼に頭を下げた。「いまの件は確かに僕が悪かった。ぜひお詫びさせてもらいたい」

「え、お詫び⁉」少年は凜々しい眉をピクリとさせて、「なんだよ、飯でも奢ってくれるのかい⁉」と多少は期待する素振り。俺はゆっくり左右に首を振りながら、

「それもいいけど、もっといいことがある。そうだ。お詫びの印に、僕が君を典子さんの

ところに連れて帰ってあげるよ。――それで許してくれないかな、三田園拓也クン？」

その瞬間、少年の整った顔に激しい動揺の色が広がった。

「な、なんで俺の名前を知ってるんだよ。それに母さんの名前まで……あ、あんた、いったい何者だよ。《ゲーセンでクレーンゲームに横から割り込むマナーの悪いおっさん》だとばっかり思っていたけど、本当はそうじゃないな！」

「あ、ああ……」俺って、そういうふうに見られていたのか。《素敵なお兄さん》じゃなくて《マナーの悪いおっさん》って？　密かに衝撃を受ける俺は、あらためて目の前の少年、三田園拓也十六歳の前に進み出る。そして自分の胸に手を当てた。「おっさんではない。俺の名は桂木圭一。典子夫人に頼まれて、君のことを捜していた。ちなみに彼は黛真琴って奴で――ん、おい、何する気だ、真琴？」

傍らに立つ舎弟に目をやると、何を思ったのか、彼は自らクレーンゲームに向かうところだ。ポケットから新たに《発掘》したらしい百円玉が、その指先にある。

「兄貴の仇討ちだ。俺があのサイを捕獲してやるぜ」

そう宣言して彼は百円玉をゲーム機に投入。鬼気迫る表情でボタンを操作しはじめる。

そんな真琴は、この季節にはもはや暑すぎると思えるようなスカジャン姿。ゲーム機に向かう彼の背中では荒ぶる虎と昂ぶる龍が対峙している。その図柄を指差しながら、拓也は眉をひそめた。

「じゃあ、あんたと、この真琴って人が、俺の母さんと知り合いってこと?」

この俺はともかくとして、どう見ても街のチンピラとしか思えない真琴が母親の知人であるという事実が、少年にはどうにも納得しがたいらしい。無理もないことだ。

「まあ、知り合いといっても、べつに親しいわけじゃない。そういう仕事なんだよ」

といって俺は少年の黒い眸(ひとみ)を覗き込む。そして、こう尋ねてみた。

「なあ、君、伊勢佐木町にある『桂木圭一探偵事務所』って聞いたことないかな?」

2

『桂木圭一探偵事務所』は一年三百六十五日、年中無休の二十四時間体制でお客様のご来店をお待ちする、まあ、その点だけ見ればブラック企業みたいな私立探偵事務所だ。依頼人のほうから事務所を訪れるのが基本パターンだが、もちろんお呼びが掛かれば、こちらから出張することもやぶさかではない。相手がお金持ちならば、なおさらのことだ。

そんな探偵事務所に三田園典子と名乗る中年女性から電話があったのは、月曜日の夜のことだった。「お願いしたいことがありますので、自宅へきていただけないでしょうか」

という話なので、いちおう自宅の場所を尋ねると、女性は山手町という地名をサラリと口にした。山手町といえば横浜において格別に高い地位を誇るセレブタウンだ。

――おお、これはまさしくビッグビジネスの予感！

そう考えた俺は「明日お伺いいたします」という旨を速攻で伝えて、その夜は真琴とともにビールで前祝い。充分に英気を養った俺たちは、翌日の午後に伊勢佐木町の探偵事務所を出発。俺の愛車ボルボを真琴が運転する形で、意気揚々(ようよう)とセレブたちの街へと繰り出した。

フロントガラス越しに見える街並みは、やはりどこか上品で綺麗でお洒落(しゃれ)。道の両側に立ち並ぶのは、豪勢な洋館や風格のある日本家屋、最新のデザイン住宅など様々だ。

それらを眺めながら運転席の真琴は、心中穏やかではない様子。いかにも貧乏人らしく羨望(せんぼう)と嫉妬(しっと)、憧(あこが)れとヤセ我慢が渾然(こんぜん)一体となった口調で不満を漏らす。

「なあ兄貴、ここらへんに住んでるカネ持ちって、いったい何して稼いでるんだろ。どの家も馬鹿みたいにデカい門構えして、阿保(あほ)みたいにデカい屋敷じゃんか……ホラ見なよ、この家なんて、まるで要塞(ようさい)か秘密基地みたいな門だぜ。中の建物なんて全然見えねえ……きっと強欲(ごうよく)な資産家がカネの力にモノをいわせて、アコギな手口でもって弱い奴ら相手に濡れ手で粟(あわ)のボロ儲けしてんだぜ。そうに違いないって……なあ、絶対そうだよなあ、兄貴？」

「え、えッ、何だって⁉　ど、どの屋敷のことかな……⁉」

「なんだよ、兄貴ぃ。もう通りすぎちゃったよ。でも相当大きな家みたいだったぜ。このへんでもピカイチの名家だな、きっと。――あーあ、畜生、なんか腹立つ！」

「そ、そうかー？　べつに腹立てることも、ねーと思うけどなー」と、ぎこちなく応じながら俺は慌てて前方を指差した。「それより、あの家だ。ほら、緑色の屋根のお屋敷！」

俺の視線の先、要塞と呼ぶほどではないが、充分すぎるほどに立派な門が見える。

真琴がゆっくりと車を寄せると、巨大な門扉はまるで魔法にかけられたかのごとく左右に開く。それを見てテンションの上がった真琴は「ヒャッホー」と、お馬鹿な奇声を発しながら、ハンドルを切る。

俺たちを乗せたボルボは、三田園邸の敷地へと頭から突っ込んでいった。

「私立探偵の桂木圭一です。こっちは黛真琴。私の有能な助手です」

まさか《無能な舎弟》とはいえないので、俺は隣のスカジャン野郎に、まあまあ高めの下駄を履かせて挨拶する。《有能な助手》は神妙な顔で「どうも……」と頭を下げた。

場所は三田園邸の応接室。目の前に立つのは、容姿の優れた中年の夫婦だ。

女性のほうは、いかにも良家の夫人らしくシックなグレーのブラウスに濃紺のスカート。栗色に染めた巻き髪が妖艶な印象だ。整った目鼻だちは、若いころなら相当な美女だったろうと思わせる。そんな彼女は上品に頭を下げながら、

「昨日お電話いたしました、三田園典子です。——こちらは主人です」

「三田園康彦です」と隣の中年男性が頭を下げる。

三つ揃いの高級スーツを着た長身の男だ。綺麗に撫で付けた髪。彫りの深い顔だちは、ダンディな舞台俳優のようだ。年齢的には典子夫人よりいくらか若いのではないか。挨拶する順番から見ても、この夫婦は奥方上位であるように思われた。

そんな三田園夫妻は値踏みするような目で俺と真琴を一瞥。真琴のファッションセンスについては何か思うところがあったようだが、いまはそれどころではないと判断したのだろう。俺たちにソファを勧めると、雑談は抜きにして即座に依頼の件を切り出した。

「実は息子を捜していただきたいのです」

そう告げたのは、やはり夫人のほうだ。「息子の拓也は市内の私立高校に通う十六歳。ですが、この日曜の朝から急に姿が見えなくなってしまいました。クローゼットの中を見たところ、息子が普段よく着ているチェック柄のシャツとジーンズが見当たりません。それと愛用のボディバッグもです。どうやら息子は私たちが寝ている間に身支度を整えて、

家を出ていったらしいのです」

「なるほど。つまり息子さんは家出してしまって戻らない。そういうことですね」

「え、ええ、その……家出なら良いのですが……」

と夫人は奇妙なことをいう。俺は当然ながら首を傾げざるを得ない。

「どういうことでしょうか。『家出なら良い』とは？」

家出人捜しは探偵事務所にとっては、ありふれた仕事。俺も過去に何度か経験がある。家出した娘、家出した旦那。そういえば家出した猫（？）を捜して、危うく大失敗しそうになったのは、ついこの春のことだ。だが、いまだかつて息子の家出を喜ぶ母親には、お目に掛かったことがない。

すると典子夫人は俺の疑問に答えて、重い口を開いた。

「ニュースにもなっていましたので、ご存じかもしれませんが、ここから少しいった家で、男性が死亡する事件がございました。亡くなったのは天馬耕一といって……」

「天馬⁉」珍しい名字にピンときた。「ああ、その話なら僕も知っていますよ。確か、ひとり暮らしの老人が自宅で刺されて死亡した事件ですよね。遺体が発見されたのは日曜日でしたが、実際に亡くなったのは土曜日の夜だとか」

「俺も知ってる。強盗の仕業だって聞いたぜ。カネ目の物が奪われていたってさ」

やはり、ご存じでしたか——と静かに頷く典子夫人。その前で俺と真琴は胸を張って、

「ええ、神奈川新聞、読んでますから！」

「ええ、ｔｖｋ、見てますから！」

と神奈川県民らしさを猛烈アピール。ちなみに新聞を読んでいるほうが俺で、テレビを見ているほうが真琴だ。大事なことなので、この点は敢えて強調しておく。「——で奥様、その事件が何か？」

そう尋ねると、返ってきたのは意外に重い答えだった。

「天馬耕一は私にとって実の父。拓也にとっては祖父になります」

「え⁉　ああ、そうでしたか……それはそれは……」

このような場面では何と声を掛けるのが正解なのだろうか。よく判らない俺は、とりあえず『ご愁傷様です』とか『お悔やみ申し上げます』といった言葉をゴニョゴニョと口の中で呟いて頭を下げる。

「で、そのお父様のお亡くなりになった事件と、息子さんの家出と何か関係が……ん、そうか……お父様が亡くなったのが土曜の夜で、息子さんが出ていったのが日曜の朝ってことは……」

「ええ、タイミング的には関連を疑われても仕方のないところです。それに息子の不在に

気付いたのは日曜の朝のことですが、実際には土曜の夜のうちに、息子はもう家を出ていたのかもしれません」

「だとすれば、二つの出来事は同じ夜に起こったことになりますね。――ふむ」

天馬耕一が殺害された夜に、近所に住む高校生の孫が失踪を遂げた。ちゃんと服を着替え、愛用のバッグを持って失踪したということは、当然それは彼自身の意思によるものだろう。祖父殺しの疑惑が、いなくなった拓也へと向けられるのは必然的な状況だ。

「ちなみに警察は何といっていますか。天馬氏を殺害した犯人について、プロの犯行だとか素人くさいとか……」

「粗雑な犯行だ、ということは聞きました。犯人はガラス窓を叩き割って、父の自宅に侵入。父を刃物で刺し殺して、室内を物色したのです。財布の現金やキャッシュカード、あるいは戸棚の中の手提げ金庫など、カネ目の物がことごとく奪われていました」

「なるほど、確かに強盗殺人事件のようですね。だが仮にそうだとしても、それに拓也君が関係しているとは限らない。拓也君の家出と天馬氏の殺害が、たまたま同じ夜に起こっただけという可能性も、あ、あ、あり得る」――少ない可能性ですがね！

心の中でそう付け加えてから、俺はあらためて典子夫人のほうを向いた。

「ちなみに、拓也君の失踪が単なる家出だった場合、理由として何か思い当たる節などは？」

「それは正直いって、あります」と答えたのは、いままで沈黙していた父親、康彦のほうだ。端整な顔に苦渋の色を滲ませながら、彼は打ち明けた。「実は私と妻は、数ヶ月前に再婚したばかり。拓也君にしてみれば、それが面白くなかったのではないかと。私に遠慮する部分もあったでしょうし、かなりの居づらさを感じていたのだと思います」

「ん、ということは、拓也君は奥様と前のご主人の間にできたお子さん？」

「ええ、そうです」と典子夫人が答えた。「前の夫、三田園照也は通信関連の事業で成功を収めましたが、三年ほど前に病気で急死。残された私と拓也が会社と資産を引き継いだのです。その結果として私が急遽、社長の座に就くこととなったのですが、そのとき慣れない社長業で悩む私を支えてくれたのが、彼でした」

　そういって典子夫人は隣に座る康彦を信頼に満ちた目で見詰めた。「彼は亡くなった前の夫の親戚筋で、三田園家の親類縁者たちも、私たちが一緒になることを後押ししてくれました。私としては、彼との再婚はベストの選択だったと思うのですが……」

「しかし拓也君だけは、なにせ立場が違います」康彦は、やるせない表情で首を左右に振った。「昨日まで赤の他人だった男が、いきなり今日から義理の父親だといわれても、彼としてはなかなか受け入れづらかったのでしょう。無理もないことです」

「うんうん、判る、判るぜ」

俺はソファの上で腕組みしながら何度も頷いた。「拓也君の気持ちも、あんたの気持ちも、俺にはよーく判る……お互い、やりづらいもんだよなあ……」

「は……『あんた』って⁉」キョトンとした顔で康彦が首を傾げる。

「ハッ⁉」我に返った俺は自分を指差しながら、「え、俺……いや、僕、いま何かいいましたか」

「どうしたんだい、兄貴ぃ⁉　いま、なんか変だったぜ」

真琴も不思議そうな目で俺を見やる。俺は自らの失言によってドンヨリ澱んだ場の空気を変えるため、「ゴホン」と大きな咳払い。そして有能な私立探偵の顔を取り戻すと、重々しく頷いた。「判りました。では拓也君の家出は、母親の再婚に対する抗議行動である。そう考えることも、いちおう可能なわけですね。――なるほど」

しかし、祖父を殺害してカネ目の物を奪った上での逃走とも当然考えられる。あるいは違う形で事件に巻き込まれたのかもしれない。先ほど典子夫人が口にした『家出なら良い』という発言の意図は、そこにあるわけだ。果たして拓也は家出中なのか逃亡中なのか。ぜひ拓也本人に聞いてみたいところだが――「でも待ってくださいよ。先ほどの話からすると、すでに警察は拓也君を容疑者と見なして、横浜中を捜し回っているはず。おそらくは大勢の捜査員を動員して」

「ええ、おっしゃるとおりです」と典子夫人が頷いた。「だからこそ探偵さんの力に頼るのです。どうか拓也を警察より先に見つけてやってください。そして私たちの前に連れてきてほしいのです。きっと何か私たちの知らない事情があるはずですから」

「ふむ、そういうことですか。お話はよく判りました。しかし相手は警察です。物量では太刀打ちできない。彼らを出し抜くためには、こちらに何か材料がなくては……」

「ええ、判っています」典子夫人は声を潜めていった。「実は拓也の居場所について、私に多少の心当たりがあります。もちろん警察には教えていません。そんなことをすれば、彼らは問答無用で息子を逮捕してしまうでしょう。そのことを私は怖れたのです」

なるほど、それは耳寄りな話だ。そういうことなら警察相手に一矢報いるチャンスも無くはないかもだ。

「で、その心当たりというのは？」

「拓也は岩本修二さんという人のところに、いるのではないかと思います」

「岩本修二⁉　誰ですか、その男は」

「息子が高校受験の際、うちにきてもらっていた家庭教師です。拓也は岩本さんとは気が合うらしく、まるで実の兄のように慕っている様子でした。受験が無事に終わって、家庭教師と生徒という関係ではなくなった後も、二人は互いに連絡を取り合っていたようです。何かあったとき拓也が真っ先に頼りにするのは、岩本修二さんだと思います」

そのとき隣に座る真琴が「ふうん」と能天気な声を発した。「でもさ、そこまで判ってるなら、さっさとその岩本センセのところに捜しにいけばいいんじゃないの?」

なるほど、それは実にもっともな意見だ。俺は真顔で「ああ、それもそうだな」と頷きながら、テーブルの下にある舎弟の足を、中からアンコが飛び出すほどにムギューッと踏みつけた。

——黙れ、真琴、依頼人にタメ口を利くな! せっかくのビッグビジネスを台無しにする気か!

無言でそう訴えると、真琴は歯を食いしばりながら、「んー」と口を噤む。

典子夫人は一瞬「?」という表情を浮かべただけで、残念そうに首を振った。「ええ、自分で捜したいのは山々なのですが、実はその岩本修二さんの居場所が判らないのです。家庭教師時代は市内の有名大学に通う学生さんでしたが、いまはすでに卒業しているはず。以前の住所にも住んでいない様子ですし、当時の携帯番号に掛けても繋がりません」

「なるほど。そうなると一般の方だと、なかなか捜しようがありませんね」

そういって《一般の方》とは異なる自分を強調した俺は、自らの力量を誇示するように胸を張った。「でも、ご安心を。我々、そういった人捜しには慣れています。まずは、その岩本修二という男を捜してみるとしましょう。そこから息子さんに繋がる可能性は充分あります。どうぞ、お任せください。けっして悪いようにはいたしませんから」

　こうして俺は典子夫人の依頼を正式に引き受けた。それから応接室の会話はさらに細かい、けれど最も大事な相談事、すなわち報酬の話題へと移行したのだった。

　報酬を巡る生臭い攻防はさておくとして、すべての話が纏まったころ、もう横浜はすっかり夕暮れどきだった。四者会談の成功を喜びあうかのように、俺と真琴そして典子夫人と康彦がソファから立ち上がり、互いに大袈裟（おおげさ）な握手を交わす。

「それでは、よろしくお願いいたしますね、探偵さん」

　といって丁寧に頭を下げた典子夫人は、自ら応接室の扉を開ける。

　するとそのとき、たまたま廊下を通りかかる、ひとりの若い女性の姿があった。白いブラウスに紺色のスカート。小ぶりな顔にショートヘアーがよく似合う女子大生風の彼女は、一見したところ、拓也のお姉さんとしか思えない。彼女は俺の姿を見るなり廊下で立ち止まり、はにかむような笑みを浮かべた。初対面ながら、この俺のことを《素敵な方》と認識したのだろう。俺はふと気になって尋ねた。

「おや、拓也君はひとり息子ではないのですか？　お姉さんがいらっしゃる？」

「いいえ、この方は塚原詩織さんといって、私の親戚の娘さん。大学院生なんですよ」

紹介された彼女は落ち着いた声で「塚原です」と名乗る。そして典子夫人と俺たちのことを交互に見やりながら、「あ、こちらの方々は、ひょっとして典子さんが昨日、お話しになっていた探偵さんたちですか。——ああ、やっぱりそうなんですね。どうか探偵さん、拓也君のことを、よろしくお願いします」

塚原詩織は三田園夫妻に成り代わるようにして、俺たちの前で頭を下げた。

「もちろんですとも。だって僕ら探偵ですから」

「そうですとも。人捜しは仕事の基本ですから」

突然現れた美女を前にして、俺たちは揃って根拠のない自信を示す。

傍らに立つ典子夫人は苦笑いを浮かべながら、彼女にいった。「ちょうどいいわ。詩織さん、お客様を門までお送りしてさしあげて——」

俺たちは玄関で三田園夫妻に別れを告げると、塚原詩織とともに屋敷を出た。広い庭を横切りながら、俺はさりげなく彼女に尋ねてみる。

「塚原さんは、この家にお住まいなんですか」

「ええ、実家は地方なんですが、大学に通うために、この家でお世話になっています。拓也君の勉強を見てあげるという条件付で」

「へえ、じゃあ家庭教師みたいなものですね。だったら、岩本修二という人と面識はありますか。拓也君が高校受験をする際に、見てもらっていた家庭教師らしいんですが」

「ええ、拓也君から話を聞いたことは何度もあります。ですが、お目に掛かったことはありません。どこにお住まいなのかもサッパリ。拓也君との会話の中にも、それらしい地名は出てきませんでしたし……」

「そうですか。まあ、そうでしょうねえ」

だからこそ、三田園夫妻はわざわざ探偵を雇ったのだ。俺は話題を変えた。

「さっき本人たちに聞きそこなったんですが、要するに康彦さんは典子さんと結婚して、三田園の姓を名乗ったということなのですね？」

「そうです。そのほうが、何かと仕事もやりやすいのでしょう。三田園家は名家ですから、康彦さんは敢えてその名を引き継がれたんですね」

「では、典子さんが務めているという社長職も、そのうち康彦さんが引き継ぐことに？」

「ええ、そうなると思います。典子さんはべつに好きで社長の座に就いたわけでは、ないみたいですから」

「なるほどねえ。では当分の間は康彦さんが社長を務めて、ゆくゆくは成人した拓也君がその座を受け継ぐ。それが典子さんの描く青写真ってところですかね？」

「さあ、典子さんの考えは、私には判りかねますので……」

　そういって塚原詩織は曖昧(あいまい)に首を振った。

　そんな会話を交わすうち、駐車スペースに到着。俺はボルボの助手席に乗り込み、「では、私はこれで」と塚原詩織に頭を下げる。運転席の真琴が車をスタートさせると、前方で全自動式の巨大な門扉が再び開く。真琴はやってきたときと同じテンションで「キャッホー」と歓声をあげながら、開いた門から公道へ向けて車を走らせた。

「おいこら、真琴、いちいち子供みたいに、はしゃぐんじゃねえ！」

「ははは、それもそっか」真琴は屈託(くったく)のない表情で自らを笑い飛ばしながら、「で、これからどうするんだい、兄貴？　まずは岩本修二って男を捜すんだよなあ」

「ああ、大学時代の知り合いを何人か当たれば、簡単にたどり着けるんじゃないか。べつに岩本って奴は身を隠すような立場じゃないんだから。問題はその岩本のところに、拓也君が本当に転がり込んでいるか否(いな)かだが——おっと、待て待て！　悪いな、真琴、ここで止めてくれ」

「え、ええッ⁉」と慌てた声を発しながら、真琴は急ハンドルと急ブレーキ。暴れるボルボを無理やり路肩に止めると、「なんだよ兄貴ぃ、こんなところで急に止めろなんて」「まあ、そう怒るなよ」助手席のドアを開けた俺は、素早く車から降りると、「おい真琴、おまえは、ひとりで帰れ。俺はちょっと寄るところがあるからよ」

「え、寄るところ⁉　どこだよ、兄貴。このあたりってお金持ちのお屋敷ばっかりだぜ。安い飲み屋とかないぜ。安いフーゾクとかは、なおさら一軒も……」

「そんなんじゃねーや、馬鹿！」

俺は助手席のドアをバシンと閉めて、それ以上の質問を一方的に遮断する。真琴はまだ何かいいたげだったが、纏わりつく犬を追い払うように「さっさといけよ、ほら、シッシッ」と邪険に手を振ると、ようやく彼も諦めた様子で車を再スタートさせる。

ボルボのテールランプが夕闇に消え去るのを待って、俺はあらためて前を向いた。

《要塞か秘密基地》――数時間前に真琴がそう表現した厳つい門が、眼前に聳えている。

フーッと溜め息をついた俺はスマートフォンを手にすると、できるだけさりげない感じで中の住人に連絡を取った。「あ、もしもし、俺、圭一だけど、母ちゃんか……実はいま母ちゃんの家のすぐ傍にきてるんだけど……え、わざわざ？　違うよ、わざわざ俺が、こんな場所にくるわけねーだろ。たまたまだよ、たまたま近くまできたから電話しただけ……なあ、これから寄らせてもらっていいか？」

スマホの向こうで母の歓声が聞こえた。

3

それから、しばらくの後。無事に《要塞か秘密基地》の門をくぐった俺は、一之瀬邸のリビングにて母親と久方ぶりの対面を果たした。

突然の息子の来訪に母、今日子は感激しきりの面持ちだ。「ホント珍しいわねえ。圭ちゃんのほうから、わざわざ会いにきてくれるなんて。母さん、嬉しい！」

「だから何度もいってるだろ、『わざわざ』じゃなくて『たまたま』だって」

「あら、そんなに照れなくたっていいのに。ここはもう圭ちゃんの実家みたいなものなんだから」

と、やはり何か勘違いした様子の母は、俺の顔をジッと見るうち何か思い出したらしい。唐突に話題を転じた。「――あ、ところで昨日、近所の奥様から妙なことを尋ねられたのよ。『一之瀬さんのお宅は警察関係のお仕事ですよね？』って」

「実際そのとおりじゃんか」母は数ヶ月前に再婚を果たして、一之瀬家の人間になったのだが、お相手はなんと神奈川県警の本部長。その息子も現職刑事だから、まあ正直いって一之瀬家は、どこへ出してもこっぱずかしいほどの警察一家である。「それが何だよ？」

「でね、『そうですよ』って答えたら、『だったら、ひょっとして腕利きの私立探偵の噂など知りませんか？』ですって。だけど私、そんな心当たり全然ないでしょ。だから、とりあえず圭ちゃんの探偵事務所を紹介しておいたんだけど、いけなかったかしら？」

「い、いや、べつに、いけなくはねえけど」——ていうか、あんたの息子は《腕利き》には含まれねーのかよ！　畜生、聞き捨てならねーな！

密かにショックを受ける俺だったが、しかしこれで山手町のセレブ夫人、三田園典子がなぜ伊勢佐木町の貧乏探偵を呼んだのか、その理由が判った。まさか実の母親が一枚噛んでいるとは想像もしなかったが、「まあいいや。ひとつ大きな疑問が解けたよ。——ところで脩の奴はいるか？」

「あら、圭ちゃんったら駄目よ、自分の弟のことを『脩の奴』なんていっちゃ。そこは『脩ちゃん』って呼んであげないとね」

「はあ!?」弟といっても義理の弟だ。なぜ俺が《ちゃん付け》で呼ぶ必要があるのか。『脩の奴』もしくは『脩の字』で充分だと思うのだが、「ああ、はいはい、判った、判りました。では『脩ちゃん』は、まだお帰りではありませんか、どうですか？」

「もう帰ってるわよ、ほら、そこに」といって、いきなり母は俺の背後を指差す。

「え、えぇッ⁉」と慌てた声をあげて、恐る恐る振り返ると、目の前には今日もダークスーツでバッチリ決めた脩ちゃん――いや、違う、『脩の字』だ。義理の弟、一之瀬脩の姿がそこにあった。俺は錆びついたロボットのように、ぎこちなく片手を挙げて、「よ、よお、なんだよ脩、いたのか……」

「ええ、いま戻ったところです」と低いテンションで答えた脩は、怪訝そうに眼鏡のブリッジを指先で押し上げながら、「――で、誰が『脩ちゃん』ですって？」

とにもかくにも義理の兄弟二人が顔を揃えたということで、母の今日子は大喜び。その一方で「ああ、これであの人がいれば、一家勢揃いなのに……」と肩を落として、県警本部長殿の不在を嘆く。

だが正直いって、俺は最初からそんなこと期待していなかった。なにしろ向こうは超多忙な人物らしく、俺はまだ一度も彼の姿を拝んだことがない。今日みたいにフラリとやってきてバッタリ会えたら、むしろ有り難味に欠けるというものだ。

「とにかく晩御飯作るから、食べていってねー」と言い残して母はひとりキッチンへ。

こうして俺は、だだっ広いリビングに義理の弟とともに放置された。

普段なら『いったい何を話せば良いのやら……』と頭を抱えて途方に暮れる場面だが、

今日の俺にとって、この展開はむしろ好都合。L字形ソファに座った俺は、さっそく義弟に質問の矢を放った。

「この近所で強盗殺人事件があったそうだな。そのことについて聞きたいんだが」

脩は俺を斜めに見る位置に腰を下ろしながら、「はあ、教えられるわけないでしょ、そんなこと……」と戸惑いの表情を浮かべる。俺は軽く手を振りながら、

「そう硬いこというなよ。俺たち家族じゃないか。ハマで一番の警察一家だろ？」

「ど、どうしました、急に⁉」脩は気味悪そうに眉をひそめて、「仮に家族だとしても、あなたは警察とは無関係のはずですよね」

「無関係ってことはねーだろ。まああの貢献ぶりだぜ。特にここ二ヶ月ほどは充分役に立ってるだろ」といって俺はソファの上で、これ見よがしに脚を組む。そしてポケットから煙草の箱を取り出すと、唇の端に一本くわえてジッポーのライターをカチャカチャやりながら、「そういや君ぃ、伊勢佐木署における君の株も、随分と上がったんじゃないのかい？　きっと署内は君の噂で持ちきりだよ。『今度、赴任してきたエリート刑事、所詮はカネ持ちのボンボンが親の七光りで恰好つけているだけかと思ってたけど、結構やるじゃねーか。見直したぜ、さっすが県警本部長の息子さんだけあるなぁ』――ってね」

「誰が『カネ持ちのボンボン』ですかッ」

叫ぶや否(いな)や、脩は俺の顔に真っ直ぐ右の拳を伸ばす。一瞬ギョッとなって目を見張る俺。その眼前で脩は拳をピタリと止め、俺の口許にある煙草を指先で摘みあげた。

「申し訳ないですが、うちのリビングは禁煙なんですよ。――それとあと、あなたから『君、キミ』って呼ばれるのは、絶妙に不愉快ですね。見下されてる感が凄くって」

「わ、判った。もう、いわねえ。――あ、その煙草、返してくれないか？」

といって煙草を取り戻した俺は、それを丁寧に箱の中へと戻してポケットに仕舞う。そして再び頭の固い義弟に訴えた。

「なあ、とにかく頼むよ。おまえの悪いようにはしないって」

「あなた、今度は山手町の殺人事件に首を突っ込む気ですか。しかし残念ながら、この町は伊勢佐木署の管轄(かんかつ)じゃない。僕はその事件には直接タッチしていないんですよ」と、脩はこちらの期待を裏切る台詞(せりふ)を口にしてから、「しかし、まあ……」と多少ながら表情を緩めた。「そうはいっても、うちの近所で起こった事件ですからね。普通に暮らしていたって事件の話は耳に入ってくる。こういう仕事をしてれば、なおさらです」

「そうそう、そりゃそうさ。おまえのほうが俺よりか絶対に詳しいって」

「で、何が知りたいんですか」

声を潜めて、ようやく前向きな態度を示す脩。俺は一瞬考えてから口を開いた。

「そうだな、とにかく事件の概要を知りたい。殺されたのが天馬耕一って人だってことは聞いたよ。じゃあ発見した人物は誰だったんだ？　遺体発見時の様子は？」

「第一発見者は天馬雄太さんという四十代の男性。殺された耕一さんの甥に当たる人物です。この雄太さんが日曜日の朝に、耕一さんの自宅を訪ねていったところ、どこか様子がおかしい。玄関は施錠されておらず、呼び掛けても返事はない。耕一さんはいわゆる独居老人ですから、雄太さんは心配になったんでしょう。中に入って、様子を見てみることにした。ところが寝室のベッドはもぬけの殻。リビングにも誰もいない。いよいよ心配になった雄太さんは、奥の和室を覗いてみた。そこで血まみれの状態で畳の上に倒れている耕一さんを発見。驚いた雄太さんは、その場で自分の携帯から緊急通報をおこなった。そういう経緯らしいですね。後に判ったところによると、室内には荒らされた形跡があり、カネ目の物が奪われていたのだとか……」

「なんだよ、結構詳しいじゃんか。管轄外の事件なのに」

「ええ、もともと被害者の耕一さんとは知り合いです。昔から同じ町内ですからね。いまの話は被害者の弟さんから、直接聞きました。天馬礼二さんという方で、やはりこの近所に住んでいます。第一発見者である雄太さんのお父さんですね」

「ふーん、そうか」殺された耕一は典子夫人の父親。ならば礼二は夫人から見て叔父に当たり、雄太は従兄弟ということになる。頭を整理しながら俺は質問を続けた。「殺された耕一さんって人は、どういう人なんだ？　やっぱり資産家だったのか。きっと、そうだよな。だって、そうだろ。この町の住人は全員セレブなんだよな。違うのかよ？」

「とんだ偏見ですね。全員がセレブの町なんて、あり得ないでしょ。耕一さんは年金と現役時代の蓄えをもとに暮らす、平凡なお年寄りですよ。現役時代は一流企業でかなり活躍された方ですが、いまは悠々自適のひとり暮らしでした。もう七十を超えていましたが、かなり大柄で……というか、かなりの肥満体形で、それでも随分と元気な様子でしたね。近所をウォーキングする姿を僕もよく見かけました。性格は明るくてお喋り好き。周りの人からは親しまれている印象でした。その人が、まさかこんな形で命を落とすことになるとは……」

「まさか、高校生の孫に刺されて命を落とすとは――ってか？」

「むッ！」義弟は唖然とした様子で、両の目を見開いた。「なぜ、そのことを？」

「さあな、神奈川新聞で読んだんだったか、ｔｖｋニュースで見たんだったか……」

「そんなわけありません。まだ公には報道されていないはず。少年が事件に関与している可能性があるという話は、まだどこにも……。あなた、いったい誰からそんな情報を？」

「なーに、いまや山手町はその少年の噂で持ちきりだぜ。耳を塞いでたって、噂のほうから飛び込んでくるってもんよ」といって義弟の質問をはぐらかした俺は、ソファの上で身を乗り出しながら、「で、実際のところ、どうなんだ？　少年がおじいちゃんを刺し殺して、カネ目の物を奪って逃走中って話は、どの程度の信憑性があるんだよ。少年が失踪した件は、強盗殺人とは全然別の話。そういう可能性はまったくないのか？」

「さあ、その点はまさに担当している者でないと、何とも判断がつきませんね」

「おまえは、その少年……いや、面倒くせえ、拓也だ。三田園家の拓也。そいつとは知り合いじゃないのかよ。すぐ近所に住んでるんだから、顔ぐらい合わせるよな」

「ええ、拓也君のことなら、よく知っています。それこそ彼がまだヨチヨチ歩きのころからね。元来は真面目で明るくて、いい子ですよ。ただ三年ほど前に実の父親を亡くしてからは、少し塞ぎがちなところが見えていましたね。道で擦れ違っても暗い顔で、全然挨拶してもらえなくなりました。きっと母親との関係も上手くいっていなかったんでしょう。母親の再婚相手の男性とは、なおさらだったはず……」

「そうか。じゃあ、精神的にすさんだ状態にあるいまの拓也なら、祖父殺しも充分あり得る。それが、おまえの見立てってことか」

「いえ、そこまでいうつもりは……」

倏は慌てて両手を左右に振りながら、「しかし周囲の人が『まさか、あんないい子が』って驚くような少年が、凶悪な事件に手を染める。そういうケースは山ほどありますからね。いまはまだ何ともいえません。ただ現に彼が失踪しているという事実。これは拓也君にとって何よりマズい。逃げ隠れしていることが、捜査員の心証を決定的に悪くします。だから早く姿を見せてほしいと、僕もそう願っているんですがね……ん、あなた、ひょっとして……」

「あん？」俺はとぼけるようにアサッテのほうを見やって、「な、なんだよ？」

「ひょっとして拓也君のことを捜しているんですか？」

「違うよ、馬鹿！」図星を指された俺は、いきなりソファを立ちながら、「違うって。俺は強盗殺人事件の犯人のほうを追ってるんだよ。もちろん三田園拓也が真犯人なら、当然それを追うことになるがな。――え、誰に頼まれたかって？　んなこと、いえるかよ。適当に察してくれや。――おっとマズい、もうこんな時間か。それじゃ、悪いけどな倏、俺はやり残した仕事があるんで、これから事務所に戻る。母ちゃんには、おまえからよろしくいっておいてくれ」

「ちょ、ちょっと何ですか、急に！」倏は泡を食ったように立ち上がると、「晩御飯は、どうするんですか。今日子さんは僕ら二人の分を作っているはずですよ」

なるほど、それもそうか。一瞬考えた俺は、兄としてベストの指示を義弟に与えた。

「判った。じゃあ、ひとり分はおまえが食え。──で、もうひとり分は、これから帰ってくる本部長殿に食ってもらうんだな」

4

「はあ、『桂木圭一探偵事務所』って⁉　え、じゃあ、プロの探偵ってこと⁉」

閑散とした夜のゲームセンターの片隅にて。三田園拓也は俺と真琴を交互に指差しながら、唖然とした表情を浮かべる。俺は「そういうことだ」と低い声で頷くと、「とにかく、ここじゃあ人目につく。場所を変えよう。──おい、いくぞ、真琴」

「判った、兄貴。それなら俺、いい店知ってるぜ」

振り向きざまに真琴が応える。

その姿を見るなり、俺はドキリとした。いつの間にゲットしたのだろうか、彼の小脇には角を生やしたサイが、しっかりと抱えられているではないか。

──負けた。初めてこいつに負けた。いや、べつに悔しくはない。なーに、所詮ぬいぐるみじゃねーか！

そう自分に言い聞かせながら俺は、「よし、じゃあ案内しろよ、真琴」

こうして俺は拓也を連れてゲーセンを出ると、真琴の案内する店へ。そこは地下にある秘密めいた喫茶店。奥のボックス席に腰を下ろした拓也は、注文したアイス珈琲がくるのを待って口を開いた。

「なあ、俺の居場所、なんで判ったんだよ？」

「なんでかって？」真琴は珈琲カップ片手に答えた。「んなこと、決まってるじゃんか。うちの兄貴が優秀な探偵だからよ。――なあ、兄貴？」

「ま、そういうことだな」と俺は余裕で頷いた。真琴の答えは簡潔にして充分すぎる。

だがまあ、敢えて多少の説明を加えるならば、要するに俺たちは典子夫人から聞いた岩本修二という男を捜し出すことに成功したのだ。岩本が少し前まで在籍していた某大学。その同級生を洗い出し、数件の聞き込みをおこなった結果、彼の現在の住所が判明。岩本は横浜橋通商店街のすぐ傍のアパートに住み、塾の非常勤講師を勤めて生計を立てているという話だった。

そこで俺たちは、さっそく彼の部屋を見張った。だが一日目は空振り。部屋を出入りするのは岩本ばかりで、少年の姿は見えない。ただし、玄関を出入りする際の岩本には、何かを警戒する素振りが見える。その様子から、彼が自室に何者かを匿っていることは明白。そんな確信を得た俺たちは、粘り強く張り込みを続けた。なにせ相手は高校生の男子。狭い部屋の中でそうそうジッとしていられるわけがない。そんな読みが、こちらにはあった。

すると案の定、今夜になって岩本の部屋から若い男がひとりで出てきた。岩本はまだ勤務先から戻っていない。男の正体を確かめるべく、俺たちは彼の後を静かに追った――というわけだ。

「しかし、まさか堂々とゲーセンに入っていくとはな」

俺はカップのカプチーノをひと口啜（すす）って続けた。「俺たちが声を掛ける前に、ひょっとして補導されちまうんじゃないかと思ってヒヤヒヤしたよ。それで慌てて声を掛けさせてもらった。けっしてクレーンゲームの景品を横取りしようと思ったわけではない。――そうだよな、真琴？」

「ああ、兄貴のいうとおりだ。なんなら、これ、おまえにあげてもいいぜ」

ほらよ、といって真琴は戦利品のぬいぐるみを拓也に手渡し、意外に太っ腹な一面を覗かせる。戸惑いがちにそれを受け取った拓也は、不安げな視線を俺に向けた。

「なあ、俺って警察に追われているのかな？」

「当然だ」と俺は声を潜めていった。「君の祖父が殺害された事件は知ってるな？」

「うん、スマホのニュースで見た。けど俺とは全然関係ないんだ。信じてもらえないかもだけど……」

「まあ、状況が状況だしなぁ。信じろっていうほうが無理。――そうだろ、兄貴？」と同意を求める真琴の隣で「いいや、俺は信じるぜ」と強めにいって、俺は少年を見やった。「君は人殺しじゃない。人殺しは自分からゲーセンをほっつき歩いたりはしないだろう。確かに君は普通の家出少年らしい。少なくとも俺の目には、そう見える」

「俺にも、そう見えるぜ、兄貴ッ！　確かに、どっからどう見ても家出少年だッ！」

「だろ！」俺は自信満々に胸を張る。

　拓也は嬉しそうな視線を俺に向けながら、「そ、そうなんだよ。俺はただ家を出たかっただけなんだよ」

「じゃあ本当に事件とは無関係なんだな」俺は念を押して続けた。「だったら逃げ隠れしないで、堂々と姿を現して事実を喋ったほうがいい。実際この期に及んで、なんで君が姿を隠しているのか、俺にはよく意味が判らない。何か特別な理由でもあるのか？」

「ああ……」拓也はしょんぼりと肩を落とすと、重そうに口を開いた。「本当のことをいうけど、俺、土曜日の夜に、じいちゃんの家にいったんだよ。じいちゃんにひと言いっておこうと思ったんだ。『家出するけど心配すんな』って」

「………」孫にそういわれて心配しない祖父など、どこにもいないような気がするが、それはともかくとして――「天馬耕一さんの家を事件の夜に訪れたわけか。そのとき耕一さんは、どうしてた？　生きてるおじいちゃんと会えたのか？」

「いや、会ってない。窓には明かりがあって、玄関の鍵は開いていたけど、扉を開けて呼んでも返事はなかった。それで俺、勝手に家の中に入ったんだ。家の中はガランとしていて、寝室にもリビングにもじいちゃんの姿はなかった」

「そのとき奥の部屋は覗いたか。その家って、畳敷きの部屋があったはずだよな？」

そして、そこには血まみれの死体があったはず。だが少年はゆるゆると首を左右に振りながら、

「いいや、そこまでは見なかった。誰もいないのは、何となく判ったから」

「そうか。それで君はどうしたんだ。――あッ、まさか！」嫌な予感がして、思わず俺はテーブル越しに身を乗り出した。「君、耕一さんの姿がないのをいいことに、財布のカネとか戸棚の手提げ金庫とかに手を付けてないだろうな。家出に掛かるカネを調達しようとか思って……」

「し、してないよ！　そんなものは盗んでないから」

「ん、『そんなものは』って？」少年の言い回しに引っ掛かりを覚えて、思わず俺は眉を

ひそめた。「じゃあ、何か違うものを盗んだのか？」

「ち、違うよ。盗んじゃいないって……ただ……」

「ただ？　何だよ？」

「じいちゃんの寝室の枕元に携帯型の音楽プレイヤーがあったんだけど、それを……」

「それを盗んだのか」——この、泥棒猫め！

「ぬ、盗んだわけじゃない。返してもらっただけさ」

「返してもらった？　それって、君の物なのか？」

「そうさ。もともと俺がじいちゃんに貸しておいたやつだ。以前、じいちゃんが俺の使っているのを見て、貸してくれっていってきたんだ」

「へえ、珍しいな」と呟いたのは真琴だ。「耕一さんって七十代なんだろ。それぐらいの人って、音楽プレイヤーに曲をダウンロードして聴くとか、あんまりやらないイメージだけど」

「さあ、詳しくは聞かなかったけれど、たぶん、じいちゃんはラジオが聴きたかっただけだと思う。そのプレイヤーはラジオも聴ける機種だったから。きっと寝るときに枕元で『ナントカ深夜便』でも聴いてたんだろ。よく知らないけど」

「なるほど、そうか」と頷いた俺は、いままでの話を簡潔に纏めた。「要するに、耕一さんにとっては携帯型のラジオみたいなもんだな。それが彼のベッドの枕元にあった。で、土曜日の夜に、たまたま彼の家を訪れた君が、それを見つけて持ち出した――と」

「そうそう、そういうこと」と嬉しそうに頷く少年に対して、

「この、泥棒猫め！」と今度こそ俺は、容赦(ようしゃ)のない罵声(ばせい)を浴びせて、少年の行為を断罪した。「いいか。たとえ自分の所有物だとしても、他人に貸したものを勝手に家に入り込んで持ち帰って良いという法律は、この横浜にはないんだからな！」

「いや、まあ、それは全国的にそうだろうけど……でも、いいだろ。じいちゃんと俺の仲なんだから……」

そういって拓也は不服そうな表情。もらったばかりのサイのぬいぐるみを、胸の前でこねくり回している。俺は少年にさらなる《余罪》がないかを追及した。

「他には何も盗んでないな？」

「ああ、盗んでない。ただ書置きを残して、じいちゃんの家を出た。それだけだ」

「ん、書置きって、何のことだ？」

「ベッドサイドのテーブルに、じいちゃん宛の書置きを残したんだよ。『家出するけど心配すんな』って。それとあと『岩本さんの家で世話になる』とも書いておいた」

「なんだよ、そりゃ⁉」と真琴はすっかり呆(あき)れ顔だ。「家出しといて、わざわざ自分の居

場所を紙に書いて残してきたのかよ。『迎えにきてね』っていってるのと同じじゃんか」

「まあ、そうだな」と頷く俺。だが元来、家出する青少年の心理は複雑なもの。片方で身を隠そうとしながら、もう片方ではちゃんと捜してもらえるようにと、手掛かりを残しておく。そんな話は典型的な《家出あるある》だ。拓也の場合も、そういった心理が働いたのだろう。「だけど変だな。警察は君の書置きを見なかったのか？　もし見たなら、とっくに岩本修二の部屋に捜査員が現れて、君を逮捕しているところだ」

「逮捕って、そんなぁ……」といって拓也はゲンナリとした表情。だが、すぐに真顔に戻ると、「でも実際、岩本さんの部屋には誰もこなかった。俺の書置きって、誰も読まなかったのかな？　なんか腑に落ちないんだけどさ」

「さあ、どうなんだろうなあ。脩の奴は、書置きのことなど何もいってなかったが」

と、うっかり俺が口を滑らせると、隣で聞いていた真琴が「――ん、シュウって誰だい、兄貴？」

「いや、何でもない」俺は適当に義弟の存在を誤魔化(ごまか)すと、「まあ、いいや。べつに俺たち、殺人事件の犯人捜しを依頼されたわけじゃない。要は、家出息子を母親のもとに連れて帰れば、それでいいんだからよ。――おい、そういうことだから君、悪いがそのアイス珈琲を飲み終えたら、一緒についてきてもらうからな」

有無をいわせぬ俺の言葉に、拓也は小さく溜め息をついて諦めの表情。そしてグラスに残ったアイス珈琲を、たっぷりと時間を掛けて飲み干すのだった。

そうして、ようやく地下の喫茶店を出た俺たちは、再び岩本修二のアパートの方角へと足を向けた。俺の愛車ボルボが、そこに駐車中だからだ。拓也の足取りは重く、ときどき背中を押してやらないと、そのまま立ち止まって地面に根を生やしそうな気配だ。

「おい君、そんなに嫌か、あの家に帰るのが？」

ボディバッグを背負った少年の背中を押しながら、そう尋ねると、

「いいや、べつに……」と拓也は強がるようにいって、あとはもう『話す必要はない』とばかりに無言で歩き出す。その横顔が暗く悲しげに映るのは、まあ無理もない。

親の再婚に抗議して後先考えず行動した結果、状況はさらに悪化した。彼は母親から厳しく叱責（しっせき）を受けるだろう。新しい父親とは、より気まずくなるだろう。おまけに祖父殺しの容疑を掛けられて、彼は警察から取り調べを受けるのだ。この状況で明るい顔ができるなら、そいつの神経は極太のワイヤー製に違いない。ひょっとすると真琴がそのタイプかもしれないが、見る限りでは拓也はそうではない気がする。

ふと俺は自分と少年の似通った境遇を思い出して口を開いた。

「そういえば、俺の母ちゃんも最近いきなり再婚しやがってよ。俺にも新しい父親ってやつが、できたんだぜ」俺は暗い路地の角を直角に曲がりながら、「まあ、実際やりにくいもんだな、この歳になって、新しい家族なんてよぉ……」

「あ、その話、俺も聞きたかったんだよ。兄貴の新しい父親って、どんな人だい？」

「馬鹿、おまえに喋ってんじゃねーっての。俺はこの少年に……あれ⁉」指差す先に、なぜか少年の姿はない。俺は目をパチクリさせながら、「おい、真琴、あの子は？」

「ん、あいつなら……ありゃ⁉」と真琴の口からも素っ頓狂な声が漏れる。

次の瞬間、「シマッタ！」と同時に叫んだ俺と真琴は、先ほど曲がった路地の角までダッシュで引き返す。二人揃って角を曲がると、その直後、前方から飛んできたのは、何やらとんがった部分を持つ黒っぽい塊だ。ハッと目を見張った俺は、その場で地べたにしゃがんで難を逃れる。だが、そんな俺の背後では、真琴が「ぶはッ」と情けない声。彼の顔面で大きく弾んだ塊は、ポトリと転がって綺麗に四本足で地面に立った。軽いパニックに陥った真琴は、顔面を押さえながら、「さ、刺さった……サイの角が目に……角が……サイの角が……」

「落ち着け、あれは角じゃねえ」――ぬいぐるみだぞ、布だ、布！

俺はダメージ甚大な真琴を残して、ひとり立ち上がる。前方で拓也が、くるりと踵を返して逃走を開始するのが見えた。もちろん俺も全力で後を追う。だが痩せた少年は、思いのほか俊敏で足が速い。見る間に俺を引き離して、前方の角を右に曲がる。さらに追い駆けると、今度は次の角を左へ。それを何度か繰り返すうち、俺は少年の背中を完全に見失った。だが諦めたら試合終了。俺は疲れた足で、闇雲に目の前の角を曲がる。

すると次の瞬間――

「うわあッ」

「ひゃあッ」

俺は走ってきた男と鉢合わせ。あやうく頭と頭で挨拶しそうになる。「――な、なんだ、真琴かよ！」

目の前に立つのは、パニックを脱して追跡に加わった相方だ。その右手には、しっかりと例のぬいぐるみが握られている。「あ、兄貴ぃ、あいつは？」

「駄目だ。見失った。おまえ、見かけなかったか？」

「ううん、全然だ。――畜生、あのガキめ！」

憤りを露にしながら、真琴は手にしたぬいぐるみにパンチをお見舞いする。だが八つ当たりしても仕方がない。いまや追跡の道は完全に絶たれた恰好だ。

荒い呼吸を繰り返しながら、途方に暮れる俺と真琴。すると、そのとき入り組んだ路地

の、どこか遠くのほうから、

「——ぎゃあぁッ」

という短い悲鳴。おそらくは男性の声だ。どこか少年っぽくもある。俺と真琴はハッと息を呑み、互いに緊張した顔を見合わせた。

「あ、兄貴、いまの声、ひょっとして……」

「いや、まだ判らん。——いくぞ、真琴！」

悪い予感を抱えながら、俺は漠然とした直感だけを頼りに、声のした方角へと駆け出す。真琴も俺の後に続いた。そうして暗い路地の角を二つほど曲がった、その先。車も通れないようなビルとビルの間の狭い路上に、倒れながら苦しげな声をあげる男の姿があった。チェックの長袖シャツにデニムパンツ。痩せた身体は、やはり先ほど見失ったばかりの少年に間違いなかった。

「だ、大丈夫か、おい！」

叫びながら駆け寄った俺は、拓也の身体を両手で抱える。瞬間、伸ばした右手に、生温いような液体の感触。恐る恐る右手を見やると、それは鮮やかな血の色で染まっている。

俺は傍らで呆然としている相方に命じた。

「おい真琴、救急車だ。こいつ、刺されてる！」

判った——と素早く頷いて、真琴は自分の携帯を取り出した。

俺は少年の震える身体を抱きながら、「しっかりしろよ。すぐに救急車がくるからな」

だが、呼びかける俺の声が彼の耳に届いているのか否かは、まったく判らない。俺の脳裏を、いくつもの疑問が瞬時に駆け巡る。——いったいなぜ？　誰がこんな真似を？　しかも、この場所、このタイミングで？

すると激しく混乱する俺の脳が、そのとき奇妙な事実を認識した。

少年の背中に回した俺の手に、あるべき感触がない。先ほどまで彼が背負っていたはずのボディバッグが、なぜかなくなっているのだ。咄嗟に周囲を見回しても、やはり見当たらない。では逃走の途中で邪魔になって、どこかに放り捨てたのか。しかしボディバッグは普通の鞄ほどには、走りの邪魔にならない。実際それを背負った状態でも、拓也は俺よりずっと速く走ることができたのだ。彼が途中でバッグを捨てたとは考えにくい。

ということは、考えられる結論はひとつ。

少年を刺した何者かが、彼のボディバッグを奪って逃げたのだ——

5

寒気を覚えてクシャミをすると、その音で目が覚めた。開いた両目に映るのは、見知らぬ白い天井。どうやら俺は『桂木圭一探偵事務所』ではない、別のどこかで目覚めたらしい。これが美女の寝室ならば結構な話。だが背中に感じるのはベッドの温もりではなく、むしろ冷たくて硬くて成人男性が身体を横たえるにはちょっと寸足らずで幅も狭くて随分と窮屈(きゅうくつ)な……そう、これはベンチだ。通常、美女の寝室にベンチは置いていないはず。

残念な事実に思い至った俺は、むっくりと身体を起こす。俺は壁際に置かれた硬いベンチをベッドやはりというべきか、そこは病院の白い廊下。俺は壁際に置かれた硬いベンチをベッド代わりにして寝入っていたらしい。

——しかしなぜ、こんなことになったのか?

瞬間、脳裏に蘇ったのは、昨夜の光景。暗い路上に倒れた少年の姿だ。黛真琴が救急車を呼び、それから面倒ではあったけれど、この俺が一一〇番に通報した。少年は刃物か何かで腹部を刺されている。事件性があることは明らかだった。

数分後、駆けつけた救急隊員により、少年は救急車に運び込まれた。

俺と真琴も一緒に乗り込もうとしたが、「ご家族の方ですか」と聞かれて「いえ、探偵です」「探偵助手だぜ」という答えでは、まあ乗車拒否に遭うのも無理はない。結果、現場に残された俺たちは事件の第一発見者として警察の質問に答えることとなった。被害に遭った少年が三田園拓也十六歳であることを告げると、警官たちはまるで百万ドルの賞金が懸かったお尋ね者の名前でも聞かされたように、その顔色を一変させた。それから彼らは「ちょっと近くまで、いらしていただけますか」と丁重な態度でもって、俺たち二人を別の場所に案内。連れていかれた先は、ちょっと近くの交番だ。そこで俺たちは制服巡査や私服刑事から、警官嫌いになるほど繰り返し質問を浴びせられた。

――おいおい、まるで容疑者扱いだけど、いいのかい、それで？　俺たちが見つけてやらなけりゃ、拓也は暗い路地であのままお陀仏だったのかもしれないんだぜ。それとあと、俺の母ちゃん、県警本部長の奥さんだぜ。なあ、本当にいいのかい？

そう尋ねてみたい欲求を覚えたものの、何かと波紋が広がりそうなので自重する。結局、答えられる質問に答えるだけ答えて、後はノーコメント。ようやく質問地獄から解放されて交番を出たのは、もう真夜中過ぎのことだった。

そこでようやく俺は依頼人である典子夫人と電話会談。拓也が運び込まれた病院を教えてもらうと、さっそく真琴の運転するボルボで駆けつけた。そこは市内の有名総合病院。

俺は車を降りるや否や、運転席の舎弟に命令した。

「おい真琴、おまえは、このまま歩いて帰れ」

「ええッ、そんな、兄貴……」

「嫌か。じゃあ、このまま車で帰れ。——依頼人には俺から詫びを入れといてやるよ」

「ちょ、ちょっと待ってくれよ、兄貴」俺のいわんとするところを察したのだろう。真琴は血相を変えて車から飛び出した。「気持ちは嬉しいけど、そりゃあ駄目だ。兄貴にばかり頭を下げさせたんじゃ、弟分としての俺の立つ瀬がねえ。俺も兄貴と一緒に土下座して謝るぜ！」

「……え、ど、土下座⁉」

正直、俺は土下座する気など更々なかったのだが、仕方がないので話を合わせることにした。「いいや、土下座するのは俺ひとりで充分だ。おまえが一緒だと、俺の渾身の謝罪が軽薄に見えるだろ」——それこそ俺の最も危惧するところだ。「こういうことは責任ある人間がひとりでやるほうがいいんだよ。判ったら口ごたえするな」

有無をいわせず命じると、どうやら真琴も聞き分けたらしい。「すまねえ、兄貴」と、うなだれるように頭を下げた真琴は、涙を拭ってボルボの運転席に乗り込むと、ゆっくりと車をスタートさせる。名残り惜しそうに病院を後にする真っ赤なテールランプ。その光を見詰めながら、俺はボソリと呟いた。

「……おい真琴、そこは『車で』じゃなくて『歩いて帰ります』じゃねーのかよ。なんなら『走って帰る』でもいいんだぜ……」

だが文句をいっても始まらない。とにかく俺は深夜の病院へと足を踏み入れる。

集中治療室のフロアに三田園夫妻の姿があった。典子夫人と夫の康彦は揃って心配そうな顔。為す術もなく、ただ廊下に呆然と立ち尽くしている。俺は一目散に彼らのもとへと駆け寄ると、

「申し訳ありませんでした。私がついていながら、こんなことになってしまって……」

土下座こそしないものの、腰を九十度に折り曲げて最大級の謝罪の意思を示す。

そんな俺を、典子夫人は責めるでもなく許すでもなく、ただ虚ろな眸で見詰めている。

一方の康彦は絞り出すような声でいった。「拓也君は集中治療室の中です。いまはまだ予断を許さない状況だそうで……」

「そうですか」と俺は力なく頷くしかなかった。それから俺は少年の回復を祈りつつ、ひとり廊下のベンチに腰を下ろして朗報を待ちわびていた。そのはずだったのだが――

「いつの間にか寝ちまったわけか」昨夜の回想を終えた俺は、ベンチの上で溜め息をつ

く。だがまあ、仕方がない。人間は睡魔と空腹には勝てないようにできている。俺だって、そうだ。

気を取り直した俺は、立ち上がって集中治療室の前へ。開いた扉越しに中を覗いてみると、昨夜は拓也が寝ていたはずのベッドが、今朝はもうもぬけの殻だ。——おいおい、嘘だろ⁉　まさか俺が寝ている間に逝っちまったとか⁉

だが看護師に聞いてみると、拓也は別の病室に移ったとのこと。ホッと胸を撫で下ろしつつ、さっそく教えられたとおりに廊下を進む。目指す病室は廊下の端からでも、ひと目でそれと判った。入口の前に屈強な制服巡査が門番のごとく仁王立ちしているからだ。

俺は巡査と敬礼を交わして、入口の引き戸に手を掛ける。すると一拍遅れて「ちょ、ちょっと、君ッ」と慌てて巡査が俺を制止した。「部外者は立入禁止だ！」

部外者ではない。探偵だ。事件の第一発見者でもある。ちゃんと敬礼もしたから、いいじゃんか。そう思ったものの状況は圧倒的に不利。だが、そこに意外な助け舟が現れた。

「どうかしましたか。騒々しいですよ」

聞き覚えのある声にハッとなる。振り向くと、病室の入口から顔を覗かせているのは見覚えのあるスーツ姿。義弟の一之瀬脩が眼鏡の奥から訝しげな視線を、こちらに向けているではないか。

俺は一瞬ドキリとしたが、考えてみれば、拓也が刺された事件は伊勢佐木町からそう遠くない横浜橋界隈の出来事。今度こそ伊勢佐木署の管轄だから、被害者の病室に一之瀬刑事の姿があっても不思議ではないのだ。

「よ、よう……」と俺はぎこちなく片手を挙げて挨拶する。

隣で制服巡査が直立不動で状況を説明した。「不審者であります、一之瀬刑事！」

「そうですか、判りました。では僕が調べてみましょう。——とりあえず中へ入って」

こうして義弟は俺を病室に招き入れた。実に有難い配慮だが——しかし倚よ、俺が不審者であることは否定してくれないのか？　俺はあの巡査から誤解を受けたまんまだぞ！

横目で不満を訴えながら、俺は病室へと足を踏み入れる。白いベッドに拓也の姿。傍らに置かれた椅子に腰を下ろしているのは、義父の三田園康彦だ。ワイシャツにノーネクタイ。疲れた横顔は初対面のときのダンディな印象とは、まるで別人だ。心配そうな視線を傷ついた息子へと注いでいる。

「どうですか、拓也君の容態（ようだい）は？」

俺がベッドに歩み寄ると、康彦は拓也から視線を逸らして、こちらを見やった。

「お陰さまで、一命は取り留めたようです。ただし、まだ意識は戻りませんが……」

「そうですか」俺は素早く病室を眺め回してから、「——奥様は？」

「典子には家に戻って寝るようにいいました。酷く疲れているようでしたし、いまここで倒れられても困りますからね」

それは賢明な判断だと思われた。実の父親である天馬耕一氏が殺害されてから間もないうちに、今度は息子の拓也が重傷を負ったのだ。典子夫人の心労は察するに余りある。

俺はあらためて昨夜の不手際を康彦の前で詫びた。「私のせいです。モタモタしないで見つけ次第、無理やりにでも連れ帰っていれば、こんなことには……」

頭を下げる俺を見て、脩は密かに驚きの表情。眼鏡の奥のクールな眸が『へえ、あなたも素直に謝ることがあるのですね』といっている。『当然だろ。探偵は接客業だぜ』と俺は視線で答えたが、付き合いの短い義弟に上手く伝わったかどうかは判らない。

俺の謝罪の言葉を聞いて、康彦は力なく片手を振った。

「いえ、べつに探偵さんが悪いわけでは……この子が自ら逃げ出して、こうなったのですから」そういって彼はベッドの上の拓也に視線を戻すと、「よっぽど、あの家に戻るのが嫌だったんでしょうね」と自嘲気味の呟きを漏らす。端整な横顔に寂しげな影が差した。

確かに昨夜の拓也は、自宅に戻ることを喜んではいなかった。いかにも嫌々ながらという歩き方だったし、隙を見て逃げ出したことも事実だ。が、しかし——

「いや、そうじゃないでしょう。拓也君だって本当は家に戻りたがっていたはずです」

「なぜ、そう思うのです？」気休めはやめてください——というように康彦が語気を強める。だが、これは気休めではない。そう信じるに値する根拠を、俺は捲し立てた。

「書置きです。拓也君がいっていました。彼は家出した直後に、天馬耕一さんの家に立ち寄った。そして書置きを残したそうです。『岩本さんの家で世話になる』——とね。つまり彼は家出しながらも、ちゃんと捜してもらえるように手掛かりを残していたんですよ。なんだかんだいっても、やっぱり見つけてほしい、家に戻りたいというのが、彼の本音だったわけです」

「そうなのですか⁉」僅かな希望を見出したように、康彦の顔が一瞬明るくなる。だが即座に彼は首を傾げると、「しかし変ですね。そんな書置きの存在は、いままで誰からも聞いたことがない。——刑事さんは、ご存じでしたか？」

「いいえ、私も初耳です」脩も怪訝そうに首を横に振った。

「そうだ。そこが、おかしい！」

昨夜、拓也から話を聞いたときにも不審に思った。拓也が何者かの襲撃を受けたいまとなっては、なおさら見過ごすことはできない。ジッとしていられなくなった俺は、

「あの、私はこれで失礼を。——また必ずきますから！」

康彦に頭を下げるや否や、ひとり病室を飛び出す。さっきの巡査が「あッ、君、逃げる

のか！」と、やはり何かを誤解したような叫び声。直後に病室を出てきた脩が、「いや、いいんです。ここは僕に任せて！」と巡査をなだめる。俺は構うことなく長い廊下を大股で進んだ。やがて小走りの脩が俺に追いつく。俺は前を向いたままで義弟に尋ねた。

「母ちゃんの料理、残さずちゃんと食べてくれたか」

脩と顔を合わせるのは、俺が自ら一之瀬邸を訪れ、母親の手料理をドタキャンした、あのとき以来だ。脩は一瞬、何の話かと訝しむように眉根を寄せてから、「ええ、美味しくいただきましたよ。あの直後、あなたと入れ違いに戻ってきた父と一緒にね。あともう五分いれば、あなたも父に会えたのに。今日子さんが随分と残念がっていましたよ」

「そうか、まあ仕方ない。きっとそういう運命なんだ。――で、俺に何か用か？」

「どこへいく気ですか、そんなに慌てて？」

「どこってこともないが。――とにかく犯人を捜す」

「天馬耕一氏の殺害事件ですか。それとも拓也君の傷害事件のほう？」

「同じことだろ。二つは同じ犯人だ。拓也が天馬耕一氏の寝室に残した書置き。それは耕一氏には届かず、かといって遺族や警察にも届いていない。おそらく、その書置きは犯人の手に渡ったんだ。それを見て犯人は拓也が岩本修二の部屋にいることを知った。そいつは俺たちと相前後して岩本の家を突き止め、そして僅かな隙に乗じて拓也を刺した」

「なるほど、いちおう筋は通るようですね。仮にそうだとすると、犯人の目的は？」

「犯人は拓也のボディバッグを奪っている。その中に重要なものがあったのかもな。犯人の欲しがる何かが。あるいは他人に渡したくない何かが」

「その何かに、心当たりがありますか」

「んー」何かあったような気がするが、咄嗟には思い浮かばない。「いや、判らん。いまからそれを調べにいく。――そういや、おまえ、今日はひとりなのか？　いつもコンビを組んでいる、あの、ほら、何ていうか、メチャクチャ気が強そうでプライドが高そうで、底意地の悪そうな、それでいてデキる女の雰囲気を撒き散らしながら、俺や真琴のことを心底見下したように振る舞う、ほら、あの新米美人刑事、何ていったっけ？」

「松本刑事ですよね！　それって、松本刑事でしょ！」

「ああ、そうそう、その刑事さんだ」俺は義弟の慧眼に感服するしかなかった。「おまえ、いまのヒントでよく判ったな。さっすがエリート捜査官だぜー」

「やめてください。まるで僕が彼女の悪口をいってるみたいじゃありませんか！」

脩は迷惑そうに手を振ると、「で、松本刑事がどうしました？」

「なーに、彼女がいないなら、ちょうどいいと思ったんだ。――おい、脩、おまえ、車あるよな？」

「はあ⁉」といって義弟はピタリと立ち止まる。そして、訳が判りません、というように鼻先の眼鏡を指で押し上げていった。「え、僕の車を、どうする気です……？」

6

「……ったく、なんで僕があなたの運転手を務めなくちゃならないんですか……」

運転席でハンドルを握る脩の口からは、不満の声が漏れ続けている。助手席の俺は革張りのシートに深く腰を沈めて、背中から伝わる心地良い振動を堪能する。総合病院をスタートした脩の車は、軽快なエンジン音を響かせつつ、横浜の街を我が物顔で疾走中だ。

俺は義弟の不満に答えていった。

「仕方ないだろ。俺のボルボは真琴の奴が乗っていっちまったんだからよ」

まあ、電話一本で舎弟を呼ぶことも可能なのだが、近くに義弟の車があったから、そちらを利用したまでのこと。正直どっちでも良かった。だが駐車場に停められた脩の愛車を見た瞬間、俺は思わず「ひゅう！」と口笛を吹いた。ピカピカに磨き抜かれたその車は、なんとＢＭＷの7シリーズだったのだ。もともと高価なＢＭＷの中でも7シリーズは特に高級なカテゴリー。さすが一之瀬家といったところだ。

走る車の中、俺はシートに背中をくっつけながら目を閉じる。

「……にしても、さっすがドイツ車だなあ。排気音までドイツ語喋ってるみたいじゃんか。ああ、永遠に聞いていられるぜ……」

「ふうん、あなた、変わった耳をしてるんですね」

と皮肉を呟く脩は名車の味わいをまるで解さない。実にもったいない話だ。こっちは型落ちのボルボを有難がって、もう何年も酷使しているというのに――いや、まあボルボだって名車には違いないか。なにせスウェーデン車だもんな！

などと余計なことを考えているうちに、車は山手町のお屋敷街に到着。一之瀬邸を通り過ぎ、三田園邸を横目に見ながら、さらに車を走らせる。やがて脩が車の速度を緩めて前方を指差した。「ここですよ。天馬耕一さんがひとり暮らしをしていたご自宅は」

「てことは、彼が殺害された現場ってことだな」

それは平屋建ての民家。豪邸とは呼べないものの、独居老人の終の棲家としては充分すぎるほどの立派な家だ。脩は車を徐行させながら、「どうします？　降りてみますか」

「いや、必要ない。どうせ、いまは空き家なんだろ。それより第一発見者の男に会いたい。天馬雄太って名前だっけ？　確か天馬耕一氏の甥っ子だよな」

「ええ、天馬礼二さんの息子さん。二人が暮らす家も、この近所ですよ」

そういって脩は再びアクセルを踏み込み、ドイツ車の速度を上げる。すると一分もしないうちに、車は目指す家に到着。それは小さな門と小さな庭を持つ二階建て。門柱に掲げられた表札には天馬礼二と雄太、二人の名前が記されている。どうやら男所帯らしい。

俺はBMWを降りると、運転手を務めてくれた義弟に心からの感謝の意を伝えた。

「ありがとよ。お陰で助かった。じゃあ、おまえはさっさと仕事に戻れ。きっと、いまごろ松本刑事が寂しがってるぞ」

「馬鹿いわないでください。僕だって、ここまできて、ただで帰る気はありませんから」

そういって脩もまた車を降りる。「そもそも、どこの馬の骨かも判らない私立探偵が、アポも取らずに押しかけて、向こうが笑顔で相手してくれるとでも思っているんですか」

「はあ、誰が『馬の骨』だって⁉ これでも伊勢佐木町では、よーく知られた顔だぜ」

「そうですか。でも山手町で、その顔を知っているのは、僕と今日子さんと、他は……」

「そ、それもそっか」急に俺の中から弱気の虫が顔を覗かせた。「じゃあ、悪いが警察手帳だけ貸しといてくれるか。それさえあれば、たぶん何とかなる」

「馬鹿いってないで、素直に僕の力を借りたらどうです？　前にもいいましたが、天馬礼二さんとは互いによく知る仲なんですから」そういったときには、すでに脩の指先は門柱にあるインターホンの通話ボタンを押していた。

数秒後、スピーカー越しに聞こえてきたのは低くて野太い男性の声だ。

『――はい、どなた？』

「あ、礼二さんですか。一之瀬です。先日はどうも……」

『やあ、脩君か。待っててくれよ、いま玄関を開けるから……』

なるほど、確かに二人は旧知の間柄らしい。「いったい、どういう関係なんだよ？」

「礼二さんは父の囲碁仲間なんです。昔はよくうちにきて、父と碁盤を囲んでいました。父が本部長になる前の話ですがね」

ふうん、本部長殿の趣味は囲碁か――と俺がひとつ情報を仕入れた直後、玄関の扉が開かれて、ポロシャツ姿の男性が顔を覗かせた。いかにも人が良さそうな白髪の老人だ。

脩は軽く会釈をしながら門の中へと足を踏み入れる。俺も義弟の後に続いた。

礼二氏はにこやかな表情で脩を迎える。その一方で、初対面の俺に対しては露骨に怪しむような視線を向けた。「こちらの方は？　ひょっとして同僚の刑事さん？」

問われた脩は当然ながら困り顔。「ああ、この人は、その……」といって口ごもる。

この緊張する場面、果たして義弟はどんな嘘をつくのだろうか。そう思って気を揉んでいると、脩は意外にも「この人は……あ、あ……兄です」と直球ド真ん中の答え。

予想外のことに、俺は思わずドキリとなる。そうだった。こいつが俺にとって義理の弟ということは、俺はこいつにとって義理の兄ってことなのだ。いや、もちろん判っていたことだが、何しろ兄として紹介されるのは初めてのことなので、俺の動揺は並大抵ではなかった。

「……え、あ、はい、そうです……私、こいつの、いや、この人……じゃない、脩君の……いや、違うな……えーと、要するに私は、この弟の兄なんですよ」

突然のパニック状態は、俺の日本語を支離滅裂なまでに崩壊させた。ところが礼二氏は、むしろ腑に落ちたような表情。深々と頷きながら、「ああ、あの噂の名探偵さん。では、例の事件の話ですね。判りました。さあ、どうぞ中へお入りください」

「はあ⁉」――いま『名探偵』といったのか⁉

今度は俺が腑に落ちない顔をする番だ。そんな俺の耳元で脩が囁く。

「言い忘れてましたが、あなたのことは『腕利きの探偵』だと、かなり盛った話をしてあります。お願いですから、それっぽく振る舞ってくださいね」

「え……腕利きの探偵って……まあ、いいけど……」

それのどこが《盛った話》なのか、俺にはサッパリ判らない。

とにもかくにもリビングに通された俺と脩は、ダイニングテーブル越しに天馬礼二と息子の雄太に相対した。息子といっても雄太はすでに四十代。立派な中年太り体形で、その顔は饅頭に目鼻を付けたような印象だ。雑談の中で入手した情報によれば、結婚が一度で離婚が一度。結果、またこの家に戻って父親と暮らすようになったらしい。いわば出戻り息子だ。そんな雄太に対して、俺はさっそく質問の口火を切った。

「天馬耕一氏が殺害された事件ですが、あなたが遺体の第一発見者だそうですね？」

「ええ、そうですよ」すでに何度も同じ質問に答えてきたのだろう。雄太の顔には、早くもウンザリといった表情が浮かんでいる。「あの日は、伯父のところに届け物がありましてね。早朝に僕が伯父の自宅を訪問したんです。すると、どうも様子がおかしくて……」

雄太は遺体発見に至る経緯について、簡潔に説明した。その話は以前に脩から聞かされた内容と完全に一致するものだった。俺は彼の話が一段落するのを待って尋ねた。

「そのとき、あなたは耕一氏の寝室を覗きましたか」

「ええ、もちろん。ベッドはカラッポでしたね」

「では枕元に何かありませんでしたか」

「はあ、枕がありました」

「…………」ひょっとして馬鹿にされているのだろうか。若干の不安を覚えながらも、俺は粘り強く質問を続けた。「ああ、枕ね、なるほど……それ以外には？」

「ええっと、目覚まし時計がありましたね。あとティッシュの箱とか、文庫本とか老眼鏡とか、それから小さなラジカセも……ええ、昔から伯父貴が愛用しているやつです」

「ふうん、ラジカセねえ」脳裏に引っ掛かるものを覚えつつ、俺は質問を続けた。「そういうんじゃなくて、何かこう、紙っぽいものはありませんでしたかねえ？　こう、紙の上にペンか何かで慌てて書かれたようなものが、ベッドサイドに広げてあるっていうか置いてあるっていうか、その、要するに……」

「書置きです、書置き！」痺れを切らした脩がズバリとその単語を口にした。「雄太さん、そのとき寝室に書置きなどは残されていませんでしたか？」

「はあ、書置きですって!?」記憶を手繰(たぐ)るように、雄太は天井を見上げた。「いや、気付かなかったなあ。ていうか、そんなものは全然なかったと思いますよ」

「本当に？」俺が念を押すと、

「疑うんですか？」といって雄太はムッと口許を歪(ゆが)めた。「あ、まさか探偵さん、第一発見者の僕が、その書置きを見つけて密かに握りつぶした――なんて思ってません？」

「え!?　いやいや、そんなことは」――充分あり得ることだ！

正直そう思っているが、いまは相手の機嫌(きげん)を損ねるわけにいかないので、「まったく思っていませんよ。ええ、これっぽっちもね」と俺はキッパリと嘘をついた。「そうですか、あなたが寝室を覗いたとき、すでに書置きはなかったわけですね。とすると……」

　雄太が耕一氏の遺体を発見するより先に、犯人が書置きに目を留めて、それを持ち去ったのか。あるいは雄太自身の犯行か。そのいずれかだろう。だが雄太の声や表情をどれほど慎重に観察しても、彼が真実を語っているか否かはサッパリ判断がつかない。目鼻の付いた饅頭から感情を読み取るのは、やはり至難の業なのだ。

　俺は質問を変えることにした。

「枕元にあった小さなラジカセ、それは何をするためのラジカセなのでしょうか」

「はあ、そりゃあラジオを聴くためのものなんじゃありませんか？　きっと寝床に入って『星宮キラリの虹色ドリーミング！』でも聴いていたんでしょう。ラジカセといっても、いまどきカセットテープは滅多に使わないでしょうからね」

「うむ、そういえば」と口を挟んできたのは礼二だ。「そのカセットデッキは壊れていたはず。つい最近、兄がそんなことをボヤいていました。いま思い出しましたよ」

「そうですか。ということは……」耕一氏が『ナントカ深夜便』を聴いていたのか、それとも『星宮キラリ～』を聴いていたのか、そもそも星宮キラリとは何者なのか、そういったことはともかくとして、「では、やはりそれはラジオとして使われていたわけですね。けど変だな。それなら携帯型ラジオは何のために……？」

「ん、ラジオがどうかしましたか?」脩が怪訝そうに首を傾げる。

「いいや、何でもない」俺は素っ気なく首を振ると、あらためて礼二に尋ねた。「生前の耕一氏について、何か他に思い出すことなどはありませんか。何でも構わないのですが」

「ふむ、そういえば寝室の話を聞いて思い出したんですが、近ごろ兄は睡眠障害で悩んでいたようです。やはり私の前で盛んにボヤいていましたよ」

「睡眠障害⁉ というと不眠症ですか」

「いや、兄は鼾が酷いんですよ。まあ、それは私も以前から知っていたこと。なにしろ兄の鼾は子供のころから凄かったですからね。ところが、ここ最近は例の『睡眠時ナントカ症候群』ってやつにも悩まされていたらしい。医者にも診てもらっていたようですね」

「はあ、『睡眠時ナントカ症候群』って……⁉」

「それ、『睡眠時無呼吸症候群』ですね」とアッサリ正解を口にしたのは脩だ。「夜中、眠っている間に呼吸が止まって、最悪の場合は突然死に至るというやつです。肥満体形の人や鼾をかく人に多く見られるようですね。でも変だな……」

「ん、何だよ、脩⁉ その『ナントカ無呼吸ナントカ』がどうかしたか」

「いえ、何でもありません」

まるで先ほどのお返しとばかりに、脩は左右に首を振った。

7

俺たちは天馬礼二と雄太の親子に別れを告げて、彼らの家を出た。再びＢＭＷに乗り込み、脩の運転で再スタート。助手席の俺が次なる指示を飛ばす。

「岩本修二に直接会って話を聞きたいな。彼は塾の非常勤講師だ。昼間ならアパートの部屋にいるか職場にいるか、五分五分だろう。――連れてけ」

「『どうか連れていってください』でしょ？」不満げにいって脩はアクセルを吹かす。車はその進路を横浜橋方面へと向けた。「五分五分なら、とりあえず彼のアパートへいってみましょう」

助手席の俺がナビゲート役を務め、脩はそれを頼りに車を走らせる。やがて車は横浜橋通商店街から程近い住宅街に到着した。その一角に建つ老朽化したアパートの角部屋が岩本修二の住処。昨夜まで三田園拓也が身を隠していた部屋だ。

俺は助手席の窓から、問題の部屋へと視線を向ける。サッシ窓が半分ほど開いていて、薄いカーテン越しに室内の様子が窺える。どうやら岩本は在宅中らしい。そのことを確認した俺は助手席から降りながら、義弟に対して今度こそ心からの感謝の意を伝えた。

「ありがとよ。本当に助かった。じゃあ、おまえは今度こそ仕事に戻れ。きっといまごろ松本刑事がカンカンになってるぞ」

「また、そんなことを……」呆れたように呟いて、脩は自分も運転席を降りようとする。だが、そのとき彼の携帯に着信音。慌ててスマホを耳に当てると、端整な彼の顔が面白いほどに強張(こわば)った。「あ、ああ、君か……いや、すまない……病院にはいたんだが、ちょっと思いついたことがあってね……単独行動というか、いや、べつに単独でもないんだが……え、ひとりだよ、もちろん僕ひとり……と、とにかく判った、すぐ戻るから……」

そう答えて脩は無理やりのように通話を終了。ホッと溜め息をつくと、

「確かに、あなたのいったとおりでした。彼女、カンカンです」

やはり松本刑事だったらしい。

「じゃあ仕方ない。おとなしく帰るんだな。なーに心配するな。何か収穫があったら、教えてやるか教えてやらないかは、この俺が判断するからよ」

じゃあな——とばかりに俺は助手席のドアを強く閉める。運転席の脩は不服そうな顔。その唇は『きっと教えてくださいよ』と動いたようだった。そして脩は静かな憤りをアクセルにぶつける。BMWは見事な加速を披露して、俺の前から一瞬で走り去っていった。

車を見送った俺はさっそく角部屋の玄関へ。鉄製の扉に向かって呼び鈴を鳴らす。すぐ

さま中から「はい」という返事。扉が開かれると、現れたのは長身の男。短い髪と精悍な顔立ちに見覚えがある。拓也を匿っていた男、岩本修二に間違いなかった。

脩が警察手帳を貸しといてくれなかったせいで、俺は随分と不審な人物のように思われたらしい。自分が拓也の味方であるということ、なんなら命の恩人と呼ばれても良いくらいの存在であるということ。それを理解してもらうのに、結構な時間が掛かった。

やがて納得したらしい岩本修二は、「判りました。では、そこの店で話しましょう」といって部屋に簡単な戸締り。デニムパンツにサマージャケットを引っ掛けた姿で玄関を出た。向かった先は彼の行きつけの喫茶店だ。

奥まったテーブル席で、俺は岩本と相対した。

「で、何ですか、聞きたいことって？　もう警察にも随分とお話ししたんですがね」

迷惑そうな顔の岩本が珈琲カップ片手に聞いてくる。俺は自分の珈琲を啜りながら、

「んーと、そうだな。とりあえず、拓也君が君の部屋に匿われていた、その間の様子が知りたい。誰か君の部屋を見張っていた奴がいたはずだ」

「ええ、いましたよ」といって岩本は真っ直ぐ俺のことを指差した。「もっとも、僕も拓也君も、あなたの見張りに気付いていませんでしたが」

「そうか、そりゃ嬉しい話だな」どうやら完璧な張り込みだったらしい。そのことに俺は満足した。「じゃあ、僕ら以外の誰かに気付かなかったかい？」

「判りません。誰かいたかもしれませんが、全然気付きませんでした」

「そもそも拓也君が家出をして、君のところに世話になることは、予定されていた行動だったのかい？　それとも彼のほうから一方的に転がり込んできたのかな？」

「予定の行動ではありません。いきなり拓也君のほうから訪ねてきたんです。『家を出てきた。何日か泊めてくれ』ってね。彼が家庭環境で悩んでいることは知っていましたから、無慈悲に追い返すわけにもいきません。とりあえず泊めてやりました。それに家出といったって、思春期にありがちな親への反発。そう長いものになるわけはないって、高を括っていたんですよ。僕はもちろんのこと、拓也君だってそのつもりだったはずです」

「ところが、拓也君が家出をした同じ夜に、思いがけず彼の祖父が殺害された。疑いは失踪した拓也君へと向けられる。君も相当に困惑したことだろうと想像するんだが……」

俺はテーブル越しに岩本の眸を覗き込みながらいった。「あのね、べつに君を責めるつもりはないけれど、その事件を知った時点で、君は拓也君を自宅に帰らせるべきだったんじゃないのかなあ。だって、拓也君が身を隠していることが、どれほど捜査員の心証を悪くしたことか。いや、もちろん悪いのは拓也君本人であり、君を責めるつもりはまったくないよ。でも、やっぱり君がもうちょっと賢明な判断をしてくれていたらなあって、正直そう思うんだよ。といっても、もちろん君を責めるつもりは、まったく……」

「ありますよね！　あなた、僕を責める気マンマンじゃないですか！」

気色ばむ岩本は目の前のテーブルを拳でドン！　それから自らを落ち着けるようにカップの珈琲をひと啜りした。「ええ、僕も探偵さんと同じように考えましたよ。実際、自宅へ戻るように拓也君を説得もしました。ですが、彼はそういう状況になって、逆に帰りづらくなったんでしょう。『もう少し居させてくれ』と懇願されて、ついズルズルと……」

「ひょっとしたら自分は殺人犯を匿っているのかも。——そんなふうには思わなかったのかい？」

「まさか。拓也君は殺人事件とは無関係ですよ。そんなの近くで見ていれば判ります」

「うむ、その点は僕も同感だ。しかし事件と無関係であるはずの彼が、何者かに刺されたのも事実だからね。君は拓也君を刺した犯人や、その動機などに心当たりはないかな？」

「いいえ、まったく」岩本はキッパリと首を真横に振る。

俺は知っている事実を彼に告げた。「拓也君を刺した犯人は、彼のボディバッグを奪って逃げたらしい。君は彼のボディバッグの中を見たことがあるかい？」

「いいえ、見ていません。でも、そう大したものは入っていなかったと思いますよ。拓也君もあのバッグを、それほど大切に扱っている様子ではなかったですしね」

「君の部屋に転がり込んできたとき、彼は何か他の荷物を持っていた？」

「いいえ、荷物と呼べるのはボディバッグがひとつきりでした」

「そうか」俺は質問を変えた。「ところで拓也君は君の部屋に閉じこもっている間、いったい何をしていたのかな？　さぞかし退屈だったろうと思うんだが」

「でしょうね。よくイヤホンで音楽か何か聴いているようでしたよ」

「イヤホンで!?　というとアレかな。携帯型の音楽プレイヤーで……」

「はあ!?　違いますよ。スマホで聴いていたんです。拓也君、音楽プレイヤーなんて持っていたかな……？」

「持っていたはずだ。彼自身がそういっていたから、間違いはない」

「そうですか。少なくとも僕は気付きませんでした。それこそ彼のボディバッグの中に、そういうものがあったのかもしれませんね」

確かに岩本のいうとおりだ。ならば、ひょっとして犯人の狙いはボディバッグの中にある携帯型音楽プレイヤーだったのかも。そんな考えが一瞬、頭をよぎった。なぜなら、その音楽プレイヤーは拓也が事件の夜に被害者宅から持ち出した唯一（ゆいいつ）の品なのだから。

――しかし、少年に重傷を負わせてまで、それを奪おうとする理由って何だ？

考え込む俺の前で、岩本が「もういいですか、探偵さん？　僕そろそろ仕事に出掛ける時間なんですけど」と、じれったそうに腰を浮かせる。

俺は礼をいって質問を切り上げた。

俺と岩本は揃って喫茶店を出た。別れたのは、彼が住むアパートの前だ。

「ありがとう。参考になったよ」本当のところ何が何の参考になったのか、自分でもよく判らないのだが、とにかくそういって俺は片手を挙げる。岩本は「どうも」と小さく頭を下げると、踵を返して自分の部屋へと戻っていった。その後ろ姿が扉の向こうに消えるのを見届けた俺は、ふと煙の匂いが恋しくなってアパートの敷地の片隅へと移動。ポケットに手を突っ込み、煙草の箱とライターを取り出す。一本摘んで口にくわえてから、ジッポーのライターを点火。揺れる炎を煙草の先端に近付けようとした、まさにそのとき！

「わああッ」と突然響き渡る男の叫び声。「――ど、泥棒ッ、ドロボーッ！」

釣られて俺も「わあッ」と声をあげる。弾みで、唇にくわえた煙草がポトリと地面に落ちた。「え、なんだ、なんだ⁉　ドロボーって……⁉」

焦って周囲を見回す俺。叫び声は岩本の部屋から聞こえてきたようだった。俺はとりあえずジッポーをポケットに仕舞うと、次には落ちた煙草を拾うべきか、岩本の部屋に駆けつけるべきかの難しい選択を迫られる。だが煙草と建物とを交互に見やる俺の背後に、そのとき何者かの気配。咄嗟に身の危険を感じて、くるりと後ろを向く。瞬間、俺は目を見張った。黒っぽい服を着た大柄な男性が、薄暗い建物の側面を駆け抜けて、猛スピードでこちらへと向かっている。アッと思ったときには、もう遅い。全力疾走の男は棒立ちになった俺に強烈な体当たりをお見舞い。後方に吹っ飛んだ俺は、敷地を囲むブロック塀に後頭部をゴツン。衝撃は全身を駆け巡り、頭の中は瞬く間に混濁した。

体当たりしてきた男は何者なのか。なぜ俺がこんな目に遭わなくてはならないのか。なぜ俺はゆっくりと煙草を吸わせてもらえないのか。――あ、そうそう、落っことした煙草を拾わなくちゃ！

大事な思考とそうでもない思考が俺の脳裏で二重螺旋の渦を巻く。薄れゆく意識の中で、なぜか俺は岩本修二の声を聞いた。「……あッ、探偵さん、泥棒はどっちに……あれ、大丈夫ですか、探偵さん……わッ、しっかりしてください……た、た、探偵さぁーん！」

8

目が覚めると、そこは見知らぬ白い部屋――というより見知った白い部屋だ。そこが総合病院の病室だと気付くのに、そう長い時間は掛からなかった。どうやら俺は拓也と同じ病院に運び込まれたらしい。恐る恐る頭に手をやると、額には分厚く巻かれた包帯。その感触が体当たりを喰らった瞬間の恐怖を、まざまざと脳裏に呼び起こす。俺は布団を撥ね除けて、ベッドの上で上体を起こした。

「そ、そういや煙草は⁉　俺が落っことした、あの煙草はどーなったんだ⁉」

「目覚めて最初に気にすることが、それですか？」と傍らから聞き覚えのある男の声。

「ん⁉」と眉をひそめて横を向くと、一之瀬脩のスーツ姿がそこにあった。呆れ果てたような視線が、眼鏡のレンズ越しに俺へと注がれている。「よお、なんだ、脩――」と気安く呼ぼうとした次の瞬間、俺は義弟の背後に控えるパンツスーツ姿の美人刑事の存在に気付いて、「い、いや、なんだ、一之瀬刑事じゃねーか。そ、それと松本刑事も……」

ギリギリセーフのタイミングで呼びなおす俺を見て、脩は密かに胸を撫で下ろす。

一方の松本刑事は一瞬「ん？」という表情を見せながらも、普段どおりの強気な態度と口調で俺にいった。「あら、やっと目覚めたようですね。あなたは気を失った状態で、この病院に運び込まれたんですよ。いまの状況、理解していますか」

「ああ、なんとなく……確か岩本修二の部屋に泥棒が入ったんじゃ……？」

「ええ、そのとおり」と頷いたのは脩だ。「岩本さんはあなたと別れて部屋に戻った直後、異変に気付いたそうです。閉めたはずのサッシ窓が開いているし、部屋には荒らされた形跡がある。それで慌ててあたりを見回したところ、突然ベッドの陰から大柄な男性が飛び出してきて、彼を突き飛ばしたそうです。賊はまだ部屋の中に潜んでいたんですね。そいつは開いた窓から外へと逃げ出したそうです」

「そうか。それで岩本は悲鳴をあげたんだな。その声を聞いた直後に、俺は逃げてくる泥棒と鉢合わせした。そいつは体当たりで俺を吹っ飛ばして……ええっと、それから、どうなったんだ……？」

首を傾げる俺に対して、松本刑事が淡々とした口調で答えた。

「泥棒はまだ捕まっていません。現在も逃走中です。岩本さんは泥棒を追いかけようと玄関から飛び出したところで、傷ついたあなたを発見。仕方なく追跡を諦めたそうです。ちなみに彼の話によれば、あなたは意識朦朧（もうろう）とした状態にありながら、なぜか地面に落ちた煙草を拾い上げ、それを煙草の箱に戻すと力尽きたようにパッタリ倒れて、そのまま気を失ったそうです。驚いた岩本さんは、その場で救急車を呼んだのだとか……」

「そ、そうか」煙草一本に対する執着が凄すぎて、我ながら唖然とするばかりだ。俺は赤面しながら話題を転じた。「で、岩本の部屋からは何が盗まれたんだ？」

「正確なところは、まだ判りません」と脩が答えた。「岩本さん自身は、特に何も盗まれたものはないと、いっているようですがね」

「しかしタイミング的に見て、岩本の部屋に侵入した誰かと、拓也を刺した誰か、これがまったく無関係とは考えにくいよな。むしろ同一人物の可能性が高いはず……」呟くようにいった俺は、自らの胸にきざしたひとつの考えを口にした。「なあ、ひょっとして犯人が捜しているのは、携帯型の音楽プレイヤーじゃねーのか？」

「はあ、音楽プレイヤー⁉　何のことですか」といって脩は眉根を寄せた。

――おいおい、何とぼけてるんだよ、脩⁉　天馬親子の前で話題にしただろ⁉

そう思った直後に、ふと気が付いた。そういえば俺はあのとき『携帯型ラジオ』とはいったが『携帯型音楽プレイヤー』とはいわなかった。俺が脩の前で、この言葉を口にするのは、実は初めてなのだ。そのことに気付いた俺は、問題の音楽プレイヤーの出所、それに纏わる経緯などについて、あらためて刑事たちに説明した。

だが、それを聞いても松本刑事は、さほど関心を惹かれなかったらしい。「それがどうしたのです？」と呟くと、腑に落ちない表情で聞いてきた。「なぜ、そんなものを犯人が必死で奪おうとするのですか。理由がないでしょう？」

「いや、理由はあるかもしれないよ、松本さん」そう答えたのは脩だった。彼は俺へと向きなおりながら、「その音楽プレイヤーはラジオも聴けるのですね？　だったら、録音機能も付いているのではありませんか。ラジオの音声を録音して、後から聴けるようにね。仮にそういう機種だとすれば、ラジオだけではなく通常の会話も録音できるんじゃありませんか。マイクで拾った音声を録音できる、つまりボイスレコーダーとしても使える機種なのでは？」

「さあ、『なのでは？』っていわれても、俺はその実物を見たことはないんだ。機能について詳しく教えてもらったわけでもない。――でも待てよ。ひょっとして、それにボイスレコーダーの機能が付いていた場合、何か重要な音声が録音されている可能性はあるかもだ。だったら犯人がそれを躍起になって捜しまわるのも判る」

「そうでしょうか」と松本刑事が否定的な意見を口にした。「その音楽プレイヤーは天馬耕一氏の寝室の枕元にあったのですよね。だったら、やはり耕一氏はそれをラジオとして用いていたのでしょう。寝る間際にベッドで『ナントカ深夜便』を聴くとか……」

「いや、そうじゃないと思うよ、松本さん」

「違いますか？　では星宮キラリの『虹ドリ』のほうかしら……？」

「は、『虹ドリ』って⁉　いや、違う違う。そういう意味じゃないんだ」

脩は困惑した表情で、眼鏡の縁に指を掛けた。「耕一氏はそれをラジオとして用いたんじゃないと思う。なぜなら彼のベッドの傍らにはラジカセがあったからだ。そのラジカセはカセットデッキとしては壊れていたらしいけれど、ラジオとしては使用可能だったはず。だったら、わざわざ孫から借りた音楽プレイヤーをラジオとして使う必要はない。使い慣れたラジカセのほうが便利だろうからね。……そう、そうだ……カセットデッキは壊れていた……それに、そう、睡眠障害のことがある……」

急に閃くものでもあったのだろうか。何かに取り憑かれたかのごとく、脩は独り言を呟く。その様子を唖然として見詰めながら、松本刑事がこわごわと尋ねた。

「どうしました、一之瀬さん？　何の話ですか、睡眠障害って……？」

「睡眠時無呼吸症候群。被害者の弟、天馬礼二氏から聞いた話だ。最近、耕一氏はその症状に悩まされていた。医者にも診てもらっていたらしい」

「そうですか。それが何か？」

「その話を聞いたとき、少しだけ引っ掛かったんだよ。耕一氏はひとり暮らしだ。彼は自分が睡眠時無呼吸症候群だということに、どうやって気付くことができたのだろう？　一緒に寝る相手がいるなら、話は判るよ。隣で寝ている耕一氏の鼾を聞いているうちに、それがピタッと止まる。『ひょっとして無呼吸症候群なんじゃないの』って、本人に教えてあげることができるだろう。だけど、そういうパートナーが耕一氏には、もういないんだ。では、どうやって彼は自分の症状を自覚することができたのか？」

「そっか。いわれてみれば、そうですねえ」

小首を傾げる松本刑事をよそに、俺はパチンと指を弾いた。

「判った。カセットテープだ！　耕一氏はカセットテープに自分の鼾を録音することで、その症状に気付くことができた。無呼吸ナントカって、よくテレビの健康番組なんかで取り上げられるやつだろ。もともと肥満体形で鼾が酷いといわれていた耕一氏は、それを見て気になったんだな。それで自分の鼾を録音してみたところ、まさに心配したとおりだった。そういうことなんじゃないのか」

「ええ、僕もそう思います。そうして症状を自覚した耕一氏は、医者に掛かりながら、その後もときどきラジカセで自分の鼾を録音して聴いていたのでしょう。だが、そうするうちに肝心のカセットデッキが故障してしまった。そこで耕一氏は孫の拓也君から携帯型音楽プレイヤーを借りたんですね。その目的は音楽を聴くことではなく、ラジオを聴くことでもない。壊れたカセットデッキの代わりに自分の鼾を録音する。それが目的だったはず。だから、それはベッドの枕元に置かれていた……」

「そうか。仮に脩……いや、一之瀬刑事の、いまの推理が正しいとするなら……」

「あり得ますッ！」拳を握って叫び声をあげたのは松本刑事だ。「事件の夜の被害者の寝室、その音声が音楽プレイヤーに録音されている。その可能性は充分にあります！」

だが力説する後輩刑事の前で、脩は力なく頷いた。「そう、確かに可能性はある。だが、その音楽プレイヤーは何も知らない拓也君が持ち去ってしまった」

「拓也はそのことを紙に書いて寝室に残した。もちろん耕一氏への伝言だったわけだが、おそらくその書置きは殺人犯の手に渡ったんだろう。犯人はそれを読んで焦ったんだな。その音楽プレイヤーに何かマズい音声が記録されているのではないかと思って……」

喋りながら俺は密かに首を傾げた。なぜ犯人はその音楽プレイヤーにボイスレコーダー機能があることを知っていたのだろうか。よく判らないが、それでも大筋では間違っていないはず。そう信じて俺は先を続けた。「犯人は拓也の居場所を突き止め、彼を襲撃してボディバッグを奪った。だがバッグの中にお目当ての品はなかったんだろうな。だったら次は岩本修二の部屋だ。そう考えて犯人は岩本の部屋に侵入した」

「ええ、筋は通ります」脩は珍しく興奮を露にしながら、俺に聞いてきた。「犯人は岩本の部屋で問題の音楽プレイヤーを発見できたと思いますか」

「いや、たぶんそれは岩本の部屋にもなかったはずだ。拓也は岩本の部屋に隠れている間、イヤホンで音楽か何か聴いていたらしい。だが音源は自分のスマートフォンだった。拓也は持ち出した音楽プレイヤーを使わずにいたんだ」

「だけど、それはボディバッグの中にもなかったんですよね。だったら、どこに？　ポケットの中にでも忍ばせていたんでしょうか。しかし犯人の目的が携帯型の音楽プレイヤーならば、拓也君を刺した犯人は当然、彼のポケットも探ったはず……」

「ああ、ポケットの中にもなかったんだろうな。とすると、どこか他の場所に……くそッ、他ってどこなんだ？　見当も付かねーぞ」

ベッドの上で懸命に思考を巡らせる俺。一方の脩も眉間に皺を刻みながら、難しい顔で黙り込む。すると松本刑事がベッドの上の俺に顔を寄せて、こんなことを聞いてきた。

「あなた、拓也君が刺される直前、彼と直接会って話をしたんですよね。だったら、そのときに彼から何か預かったりしなかったんですか。何か、それらしいものとか……？」

「それらしいもの⁉」一瞬考えただけで、俺はアッサリと首を振った。「いいや、全然、何も……」

「本当ですか。これは大事なことなんですよ。よく思い出して！」

「んなこと、判ってるさ。これでも、まあまあ頭捻ってるんだからよ」

「『まあまあ』ぐらいじゃ足りません。もっとよく思い出しなさい！」

「いやいや、思い出しなさいって、そう命令されたって……ん⁉　待てよ。思い出しなさい……思い出しなさい⁉」瞬間、俺の脳裏に引っ掛かったのは、太くて鋭い野生動物の角だ。「思い出しなサイ！」

そして俺は確かに思い出した。喫茶店でぬいぐるみをこねくりまわす少年の姿。少年が隙をついて逃走した暗い路地。少年が俺に向かって投げつけたぬいぐるみ。それは真琴の顔を直撃して地面にポトリと落ちた。そういえば、あのとき真琴はちょっと大袈裟なぐらいに痛がっていた。

――ということは、ひょっとして！

「そそそ、それだあぁぁーッ」俺は思わずベッドから飛び降りて叫んだ。「サイだッ、サイッ、サイだよ、サイ、サイなんだよ、サイ！」

異様な興奮を示す俺を見て、刑事たちは顔を見合わせながら、「サイですって？」「サイって、あのサイ？」といって目をパチクリ。そんな二人をよそに、俺はベッドサイドに視線を走らせる。棚の上に自分のスマホを発見した俺は、それを手に取って指を動かす。電話帳から選んだのは、舎弟の携帯番号だ。彼は数秒の間を置いて電話に出た。俺は嚙み付くような勢いで叫んだ。

「おい、真琴ッ、あのサイどうした！　サイだよ、サイ……え、そうだよ、ぬいぐるみだよ。あれって、いまどこに……え、車の中!?　俺の車の後部座席に……放ってあるんだな……よしッ、それだ！　それ、いますぐ持ってきなサイ！」

焦って命令を下す俺。その手から、義弟がスマホを奪い取って叫んだ。

「いいえ、真琴さん、わざわざ持ってくる必要はありません。いま、あなた、どこに……伊勢佐木町の探偵事務所ですね。だったらこれから、そちらに参ります。いいから、そこにいてくだサイ！」

俺の舎弟に対して、一方的に指示を飛ばす義弟。

その様子を眺めながら、松本刑事が唖然とした顔で呟いた。

「あれ、一之瀬刑事……いまの駄洒落(だじゃれ)ですか……？」

9

一之瀬脩と俺は、松本刑事の運転する覆面パトカーに乗り込んで、伊勢佐木町の雑居ビルへ。『桂木圭一探偵事務所』の扉を開けて中に駆け込むと、いったい何事かとばかりに、真琴は驚きの表情。俺たち三人の顔を順繰りに眺めながら、「な、何だよ、いったい……あ、兄貴、その頭の包帯は？　また何かやらかしたのかい……？」

「やらかしちゃいねーぜ！」俺は真っ直ぐ舎弟に歩み寄ると、「んなことより鍵だ、車の鍵を貸せ。ていうか、俺の車の鍵じゃんか。――ほら、返せ。さあ、返しなサイ！」

「さっきの電話もそうだけど、なんか、サイサイってうるサイなあ……」とナチュラルな駄洒落を呟きながら、真琴はズボンのポケットから電子キーを取り出す。ひったくるようにそれを受け取った俺は、踵を返して再び事務所を出る。二人の刑事が後に続き、最後に真琴も「おーい、いったいどうしたんだよ、兄貴ぃ」と叫びながら事務所を飛び出した。

向かった先はビルの隣の駐車場。昨夜、真琴が乗って帰ったボルボが停めてある。電子キーを操作して、ドアのロックを解除した俺は、迷わず後部ドアを開けて車内を覗き込む。後部座席には張り込みには欠かせない毛布と枕、ペットボトルと缶詰、『東スポ』と『神奈川新聞』。それらに交じって異彩を放つ、一個のぬいぐるみが――

「あったぁ！」

俺はそれを摑んで、俺たちの前に示す。義弟は初めて見るサイのぬいぐるみに目を瞬かせる。その隣では松本刑事と真琴がキョトンとした顔だ。

「兄貴、そのサイが、どうかしたのかい？」

「まあ、見てろ」そういって俺は、ぬいぐるみの表面を両手で撫で回す。いかにもクレーンゲームの景品らしく、ぬいぐるみは粗雑な作り。腹の部分の縫い目を見ると、幅五センチほど糸がほつれ、中に詰めた綿が覗いている。「やっぱり、そうか……」

確信を得た俺は、パックリと開いた縫い目から指を突っ込み、腹に詰まった綿を掻き分ける。サイにしてみれば、文字どおりハラワタが煮えくり返るような屈辱に違いない。その表情は『やめてくだサイ！』と無言で訴えているかのよう。それでも構わず指を動かすと、その先端が硬い何かに触れた。二本の指で挟んで、それを一気に綿の中から引っ張り出す。

現れたのはシルバーメタリックの物体。まさしく携帯型の音楽プレイヤーだった。

それを見るなり真琴が「あん⁉」と意外そうな声を発した。「兄貴、それって、ひょっとして拓也が盗んでいった音楽プレイヤーかい？　でも、なんでそんなものがサイの腹の中に？」

「あいつ、喫茶店で俺たちと話している最中、このぬいぐるみをこねくり回していただろ。あのとき、糸のほつれた箇所を見つけて、そこから音楽プレイヤーを中に押し込んだんだな」

「大事な音声記録が残っているから、それをあなたたちへ託すつもりで？」

そう問い掛けてきたのは松本刑事だ。しかし残念ながら見当違いといわざるを得ない。

俺はキッパリと首を振った。「いいや、拓也はそんなこと知っちゃいないさ。彼は何も知らずに被害者の寝室から、これを持ち出したんだからな」

「だったら、なぜこんな真似を？」

「たぶん、拓也にしてみれば、ただ盗んだものを返したつもりだったんだろう」

「返したつもり……？」

「ああ、俺は喫茶店で彼にいってやったんだ。自分のものだとしても、他人の家に上がり込んで勝手に持ち出したら泥棒だ。いや、泥棒猫だ——ってな」

「ああ、そういや兄貴、そんな説教してたっけ。そっか、それで反省した拓也は盗んだ音楽プレイヤーをぬいぐるみに押し込んで、それを兄貴に投げて『返した』ってわけだ」

「そう。そのぬいぐるみは真琴の顔に命中した」

「どうりで、ぬいぐるみにしちゃあ、妙に硬いものが当たったような衝撃を感じたぜ。てっきりサイの角が当たったのかと思ったんだけど、違ったんだな」

——当たり前だろ。サイの角だと思い込むのは、おまえぐらいのもんだ！

と心の中で呟く俺。そうとは知らず真琴は、あらためて俺の手許を指差しながら、

「で、その音楽プレイヤーが、どうしたっていうんだよ、兄貴？」

真琴には申し訳ないが、それに纏わる考察はすでに病院で済ませてある。俺は刑事たちのほうに向きなおっていった。「とにかく、これ聴いてみようじゃねーか」

『……んごーッ……んごーッ……んごーッ……』

規則正しい低音が小さなモバイルスピーカーから響き渡る。スピーカーは俺の私物。携

帯型音楽プレイヤーと配線で繋がれている。プレイヤーは液晶画面がオレンジ色に輝き、音声を再生中であることを示している。テーブルに置かれたそれらの機器を囲むように、俺と真琴、脩と松本刑事がソファに座っている。そんな中、「なんだい、これ？」と真琴が眉をひそめて聞いてきた。「これってサイか？　なあ、これ、サイの鼾だよな、兄貴？」

「馬鹿、よく考えろ、真琴」いくら、この音楽プレイヤーが長らくサイの腹の中に納まっていたからといって、サイの鼾が録音されているわけがないではないか。「これは人間だ。天馬耕一氏の鼾なんだよ。いいから黙って聴いてろ」

　そんな調子で耕一氏の鼾にしばらく耳を傾けていると、突然スピーカーから『んごッ』と妙な声。それっきり『…………』と完全な無音状態が続く。真琴は唖然としながら、「えッ、いまの、死んだところかい⁉」と判りやすい早合点。だが勘違いするのも無理はない。無音状態は数十秒間も続き、おいおい、本当に死んじゃったんじゃないのかよ——と誰もが思ったころに再び『んごッ』と妙な声。それをキッカケにして『んごーッ……んごーッ……』と規則正しい鼾が復活する。その音声を聴きながら、脩が嘆息するようにいった。

「どうやら耕一氏の症状は、あまり改善されていなかったようですね」

「ああ、まさしく無呼吸症候群だな」と俺も呆れ顔で頷く。

すると松本刑事がホッと息を吐きながら、「しかし、このまま聴き続けたとして、本当に鼾以外の音声が記録されているんでしょうか」

彼女の心配はもっともだ。ひょっとすると、これは大いなる時間の無駄遣い。このまま延々と故人の鼾を聴かされ続けることになるかも。そんな不安を抱きはじめたころ、またしても『んごッ』という声が響いて鼾が途絶える。——さては、また無呼吸状態か？

そう思った次の瞬間、布団がこすれるような音とともに聞こえてきたのは、

『だ、誰だ、おまえらは！』

という老人の叫び声だ。どうやら寝室に侵入者。それも複数いるらしい。そこから、数秒間にわたって、複数の人間たちが揉み合うような展開が繰り広げられたようだ。その最中に『あッ』という甲高（かんだか）い悲鳴が漏れる。だが直後に聞こえてきたのは、ドスの利いた低音ボイスだった。『おい、じいさん、おとなしくするんだ。じゃないと……』

音声から連想されるのは、老人を刃物で脅す男性の姿だ。一方で甲高い女性の声も聞こえてくる。『カネの在り処はどこ？　知ってるのよ、タンス預金があるんでしょ！』

『タ、タンス預金か。だ、だったら、それはきっとタンスの中だな』

怯えながらも耕一氏は人を喰った台詞を放つ。彼の口から決定的な言葉が飛び出したのは、その直後だった。『ほ、欲しかったら捜してごらんよ、塚原さん』

塚原という名前の部分を、耕一氏はことさら強く発音した。

『き、気付いたのね……』名前を呼ばれた女が上擦った声をあげる。

俺はようやく女の声の正体に思い至った。「塚原……塚原詩織だ。三田園家で会った、あの娘だ！」

「え、じゃあ兄貴、あの美人が男と一緒になってタンス預金目当ての強盗を……？」

「そうだ。そして、その後には、殺人もな」

率直すぎる俺の言葉に、真琴は「うッ」と呻いて顔をしかめる。

「判りました。もう充分でしょう」

そういって脩は音楽プレイヤーに手を伸ばす。電源をオフにすると、それを松本刑事に手渡す。そして俺へと向きなおり、有無をいわせぬ口調でいった。

「これは警察で預からせてもらいます。文句はありませんね」

一方的な義弟の問い掛けに、俺は精一杯、恩着せがましく答えてやった。

「ああ、預けといてやる。そっちの手柄にしろよ。なーに、礼には及ばねーって」

10

三田園拓也が意識を回復したのは、その翌日。俺と真琴が病院にいる彼を見舞ったのは、それからさらに数日が経過した、とある平日の午後のことだった。

久しぶりに会う拓也は、もともと痩せた身体がさらに細くなった印象。だが顔色は良く、痛む箇所もないらしい。俺は彼にささやかな見舞いの品を手渡しながら尋ねた。

「ところで君、今朝の新聞は読んだかい？」

「新聞は読んでないけど、刑事さんから直接聞いたよ。――捕まったんだろ、犯人」

タイミング良くというべきか、その日の朝刊には『強盗殺人事件の犯人逮捕』という見出しが躍り、テレビは事件の詳細を繰り返し伝えていた。逮捕されたのは三田園典子の親戚筋にあたる女性、塚原詩織と、彼女の交際相手である無職の男性だ。男のほうのフルネームは記憶に残っていないが、報じられた事件の顚末は、やはりこちらが想像したとおりの荒っぽい犯行だった。

三田園家に世話になっている塚原詩織は、典子夫人と耕一氏の会話を盗み聞きし、彼が多額のタンス預金を持つことを知った。そこで事件の夜、詩織は共犯の男性とともに耕一氏の自宅に侵入。刃物で彼を脅して、タンス預金の隠し場所――それが奥の和室だったわけだが――そこまで無理やり案内させると、まんまとそれを強奪した。ただし耕一氏を寝室で脅す最中、詩織の目許を覆ったサングラスが一瞬ずれて、その正体が相手にバレてしまった。そのため二人は急遽計画を変更。耕一氏の口を封じるに至ったのだという――

「犯人たちが現場から立ち去った後、耕一さんを訪ねていったのが、君だったわけだ」

俺はかつての家出少年をズバリと指差す。ベッドの上で上半身を起こした拓也は、いまさら恐怖を覚えたように細い肩をブルッと震わせた。「ああ、刑事さんからも、さんざん脅かされたよ。『君も危ないところだったんだぞ』って……」

「でもよ兄貴、ちょっと変じゃねーか」と納得いかない顔で真琴が口を挟む。「犯人たちは拓也がくる前に、現場から立ち去ったんだろ。それなのに、なぜそいつらは拓也の残した書置きを読むことができたんだい？」

確かに、その点は気になる。だが俺は前もって脩から情報を仕入れていた。

「うむ、脩……いや、知り合いの刑事から聞いたところによるとだ……犯行後、しばらく経ってから、塚原詩織は再び現場に舞い戻ったらしい。詩織は寝室で耕一氏が彼女の正体を見抜いた場面に、若干の違和感を覚えたんだな」

「耕一氏が『塚原さん』って名前を呼んだ場面かい？」

「そうだ。そのときの彼の声は妙に大きく、まるで誰かにその名を聞かせようとするかのようだった。そして彼女は気付いたんだな。ひょっとして枕元にあった携帯ラジオみたいなアレは録音機器だったのでは？　そういえば、あれによく似たものを孫の拓也が持っていたはず。——そう思った彼女は慌てて現場に引き返した。だが枕元にあったはずのものが、そのときはすでになかった」

「代わりに拓也の書置きが残されていたってわけだ。詩織はそれを持ち去った」

「ああ、詩織はさぞや青ざめただろうな。そこで彼女は共犯の男性とともに、拓也の居場所を必死になって突き止めた。そして僅かな隙を突いて……ああ、このへんのことは説明するまでもないか。俺たちみんな当事者だもんな。特に君はそうだ……」

そういって拓也に視線を向けると、少年は俯きがちになりながら口を開いた。

「探偵さんたちの目を盗んで逃げ出した直後、目の前に大柄な男が現れた。まるで通せんぼするようにね。でも刺された瞬間のことは全然思い出せない。思い出したくもないけど……とにかく自業自得さ。あのとき探偵さんの前から逃げ出したりしなければ、こんなことにはならなかったんだから……」

「それをいうなら『あのとき家出なんてしなければ』だろ。それから君にとっては自業自得でも、君の親御さんにとってはいい迷惑だ。典子さんはもちろんだが、君の新しいお父さんも、随分と君のことを心配している様子だったぞ。しっかり謝っておくんだな」

「あの人が……？」顔を上げた少年の顔には、意外そうな表情が広がっている。

「当然だろ、家族なんだから。——もっとも、いきなり家族といわれても、いまの君には違和感しかないだろうが、それでもいつかは心の通じ合うときがくるかもだ。まあ、せいぜい我慢して付き合うんだな。それしかないだろ？」

俺の言葉が少年の複雑な心に真っ直ぐ届いたかどうかは、正直判らない。ただ単純極まる舎弟の心にはズバリ突き刺さったらしい。真琴はブンブンと拳を振り回しながら、

「さっすが兄貴ッ、いいこというぜ！　いや、ホント兄貴のいうとおりだって。まったく兄貴は、いっぺんも間違ったこといわねーもんなあ、マジ凄ぇぜ！」

「だろ！」敢えて否定はせずに、俺は誇らしげに胸を張る。

その一方で少年は「へぇ」と目を丸くしながら、「まさか探偵さんが脩さんとまったく同じことをいうとは思わなかったなぁ」

「え、『脩さん』って⁉　ああ、一之瀬刑事のことか。へえ、彼もここにきたのか。そういえば君たち、ご近所さんだったたな。ふうん、そんなことを、いってたのか、あの脩が……いや、一之瀬刑事が……我慢して付き合えって？」——そうすりゃ心が通じ合う日がくるかもって？

いやいや、それは果たしてどうだろうか。三田園家には当て嵌まっても、一之瀬家にはまったく当て嵌まらないような気もするが。——そんなことをあれこれ考えながら、俺は難しい顔で腕を組む。すると真琴が不思議そうに首を傾げて聞いてきた。

「でもよ、兄貴、なんで拓也とあのインテリ刑事が、ご近所さんだって知ってるんだよ？兄貴、あの刑事の住んでる家、どこか知ってるのかい？」

「え⁉　あ、うん、まあな」

——真琴だって知ってるじゃねーか。あの要塞か秘密基地みたいな家だよ！

誤魔化すように頭を掻きながら、俺は真琴から視線を逸らす。

拓也は俺から受け取った見舞いの品を胸に抱いている。

腹から綿のハミ出したぬいぐるみのサイが、少年の腕の中で苦しそうだった。

第四話　酷暑の証明

1

あの日、血で染まった便器を見たときの衝撃を、木田輝也はいまだに忘れることができない。

それは彼がまだ大学生だったころの出来事。個室で大のほうを終えて、ひょいと腰を持ち上げた瞬間、目に飛び込んできたのは溜まり水とその周囲を汚す鮮血だった。咄嗟に木田の頭に浮かんだのは《血便》や《下血》などといった不吉な医療用語だった。

ひょっとして自分は何か悪い病気なのではないか。内臓に重篤な疾患があるのではないか。そういえば最近はサークルのコンパで暴飲暴食を繰り返しては、体調を崩して大切な講義を《自主休講》する毎日。きっと胃や腸に負担が掛かりすぎて身体が悲鳴をあげているのだ。いや、もしかすると最悪、癌かもしれない。胃癌か、それとも大腸癌……

悪い想像を巡らせた木田は保険証を持ち、青ざめた顔で大学の付属病院に駆け込んだ。

「どうなんですか先生、隠さず本当のことをいってください。僕は病気なんですか。癌なんですか……」

と前のめりになって問い掛けると、白衣の似合う女性医師は、木田の身体を押し返すように片手を前に突き出しながら衝撃の病名を告げた。「いえ、単なる痔ですね」

「はあ、ジ⁉」――ジって、ひょっとして痔のこと⁉　癌ではなくて痔⁉

瞬間、激しい緊張から解き放たれる木田。それと同時に襲ってきたのは猛烈な羞恥心だった。さっきまで夏空のように青かった顔が、たちまち夕焼け空のように真っ赤に染まる。病状を悪化させないための諸注意と処方薬の説明を受けた彼は、女性医師が発する「お大事に～」の声を背中で聞きながら、逃げるように診察室を後にしたのだった。

そんな経験を持つ木田のことだから、その日の夕刻、トイレで大を済ませた直後、赤く染まった便器を見ても、その反応は平然としたものだった。

「やれやれ、またかよ……」

大学時代に発症して以来、すでに十年の月日が経つ。もはやこのような症状には慣れっこだ。しかも、出血は昨日に続いて二日連続。リアクションが薄いのも当然のことだった。なにせ痔は深刻な病気ではない。いや、そもそも自分は痔ですらない、と木田はいまでも正直そう思っている。単に肛門が切れて僅かな出血があるだけのこと。指先が切れて出血しても、それを痔と呼ばないのと同様、肛門が切れて出血するこの状態を痔とは呼ばない。呼ぶはずがない。呼んでもらっちゃ困る！

「ふん、医者が何と呼ぼうが関係あるかい」

そう呟いてベルトを締めなおした木田は、憂鬱な気分を奮い立たせるように勢いよく個室を出た。目の前に延々と続くのは、いかにもお金持ちの豪邸らしい長くて広い廊下だ。比較的ひんやりとしたトイレに比べて、廊下にはむせ返るような熱気が溢れている。あまりの暑さに、木田は一瞬ふらりと身体が揺れるような感覚を味わった。

「……しっかし、ここんとこ毎日、暑いな……」

思い返せば、ほとんど雨らしい雨も降らないまま梅雨明け宣言が出されたのは、つい先週のことだ。それ以来、横浜の街は連日快晴のお天気。勝ち負けを交互に繰り返すベイスターズの星取表のごとく、真夏日と熱帯夜が代わりばんこに続いているのだった。

ちなみに木田がいま居候している若王子家は資産家の一族。伊勢佐木町に程近い高級住宅街に建つお屋敷は各室冷暖房完備だ。とはいえ廊下にまでエアコンの冷風が届くはずもない。

全身から噴き出す汗は暑さのせい。肛門の痛みのせいではないからな——自分にそう言い聞かせつつ廊下を歩く木田は、その足で建物の西側に位置する一室へと向かった。

そこは若王子家の当主である若王子敏江の部屋。より正確にいうなら、当年とって七十

七歳となる敏江が日々の療養生活を送る病室だ。木田は形ばかりのノックをすると、

「邪魔するよ、おばあちゃん」

といって返事も待たずに扉を開け放ち、中へと足を踏み入れる。そして言い訳がましく用件を捲し立てた。「実はその、また薬をもらいにきたんだ。ほら、昨日ももらった痔の薬……いや、本当は痔じゃないけどさ……とりあえず効きそうな薬は、あれしかないから、お休みのところ悪いけど……って何だよ、ホントにお休み中みたいだな……」

壁際に寄せられたベッドの上では、寝間着姿の敏江が目を閉じたまま横になっている。薄い布団を半分ほど撥ね除けたような寝姿だ。暑さのせいで寝苦しいのかもしれない。窓辺に視線を向けると、西に傾きかけた夏の陽射しが容赦なく差し込んでいる。それに比べてエアコンから送られてくる冷風は、あまりに頼りない。ひょっとして《冷房の設定温度は二十八度に!》という古い省エネの呼びかけを馬鹿正直に守っているのだろうか。

「カネ持ちなんだから、電気代とか気にせずガンガン冷やせばいいのに……」と独り言を呟いた木田は、次の瞬間には「まあ、いいか」といってベッドの脇の棚へと歩み寄った。

そこに一個のプラスチックケースが置かれている。救急箱だ。中には錠剤やら飲み薬やら湿布薬やらと、雑多な医薬品がぎっしりだ。そこに、お目当ての薬を見つけ出した木田は「おお、これこれ!」といって箱の中から一個だけ摘み上げる。

その瞬間、何者かの視線を感じた。だがベッドの敏江は目を閉じたままだ。では、いったい誰？　そう思って再び西向きの窓に視線を向けると、そこに庭師の姿があった。ちょうど炎天下の作業を終えたところらしい。男は畳んだ脚立を担いだ恰好で、こちらを見ている。一瞬目が合った気がして軽く会釈すると、向こうも小さく頭を下げる。そして男は脚立を抱えながら窓の外を通り過ぎていった。

ひょっとすると庭師の目には、こちらの振る舞いが、何やら良からぬ行為のように映ったのかもしれない。そんな心配を覚えた木田は敏江のベッドに顔を向けて、いちおうお伺いを立てた。

「おばあちゃん、これ、もらっていくよ。――それじゃ！」

軽く片手を挙げて、さっさと病室を出る木田。薬を手にしたまま、再び熱気に満ちた廊下を進む。そして先ほどのトイレに戻ると、ノックもせずに個室の扉を開けた。

車椅子の敏江でも利用しやすいようにリフォームされた大きめの個室。そこに若い女性の背中があった。エプロン姿の彼女は若王子家の家政婦、鈴原美里だ。この家の家事全般を担う彼女は、どうやらこれからトイレ掃除に取り掛かろうとするところらしい。ゴム手袋をした彼女は振り返りながら、「あッ、木田さん」と小さく声をあげる。そして一瞬、彼の右手に視線を留めた。

木田は手にした痔の薬を慌てて背中に隠しながら、

「や、やあ、美里さん、これから掃除かい。暑いのに精が出るねえ……ははは」

何かを誤魔化すような笑みを浮かべて頭を掻く。そして彼は、『間違っても痔の話題などになりませんように！』と願いつつ、違う話題を選んで口にした。「――あ、ところで美里さん、さっき敏江さんの病室に入ったんだけど、あの部屋って、いつもあんな感じなのかい？」

「はあ、あんな感じ――といいますと？」

「なんか、ちょっと暑いっていうか、妙にエアコンの温度が控えめっていうか……もうちょっと涼しくしててもいいと思うんだけど。特に今日は猛暑日みたいだし……」

「そうですか。確かに敏江様はご高齢ですから、冷房はお嫌いなようです。それで設定温度を高めにされたのかもしれませんね。では、ちょっと見てまいります」

鈴原美里はゴム手袋を脱いで、いったん棚に置くと、木田の横をすり抜けるようにして個室を出ていく。考えてみると、彼女の手を煩わせるまでもなく、自分がエアコンの設定温度を確認すれば済む話だった。そんなことを思いながら、木田は家政婦と入れ替わるように個室へと足を踏み入れる。

そして、さっそく痔の薬をパッケージから取り出そうか……と思った、そのとき！

「きゃああああぁぁ――ッ」

個室の中でさえハッキリ聞こえるほどの甲高い声が、若王子邸を揺るがした。驚きのあまり全身が痙攣したようにビクリとなる。震える指先から薬のパッケージがポトリと床に落ちた。

いまのは若い女性の悲鳴だ。鈴原美里に違いない、と木田は直感した。中腰のままピタリと動きを止めて様子を窺う。そんな彼の耳に再び美里の声が飛び込んできた。

「誰かッ、誰かきてください！　大変です。敏江様がッ、敏江様が……」

2

その中年女性は八月の強い日差しの中でも妙に涼しげだった。半袖のワンピースは高級感のあるベージュ色。腰に巻きつくベルトは高い位置にあり、くびれたウエストは驚くほど細い。白い日傘から覗く横顔は凛として、汗ひとつ浮かんでいないように思われた。

女性の見上げる先には中華料理店『満天楼』の看板。名店ひしめく横浜中華街にあっては、さほど有名とも人気とも思われない普通の店だ。看板に書かれた店名を充分に確認してから、中年女性は優雅な仕草で日傘を閉じた。そして目の前のガラス扉を開けると、迷うことなく店内へと足を踏み入れていく。彼女の姿が消えるのを待って、俺たちは『満天楼』の店先へと駆け寄った。ショーケースに並ぶメニューの品々とその値段を確かめながら、俺は「ふん」と鼻を鳴らした。「高貴な御婦人が好んで入るほどの店じゃないな」

「きっと相手の男の行きつけだぜ、兄貴」舎弟の黛真琴が珍しく鋭い見解を示す。

俺、桂木圭一は「なるほど、そうかもな」と頷いて、たったいま《高貴な御婦人》若王子美幸が入っていった扉を指で示した。「とにかく中に入ろう。そろそろ俺も限界だ」

「なんだよ、兄貴、もう腹ペコかい？　さっき中華饅、立ち食いしたばっかりじゃんか」

「馬鹿、暑いんだよ！　クーラーのあるところに入りたいんだ。じゃなきゃ、そのうち焼け死ぬぞ！」

冗談抜きで俺はそう訴えたが、真琴にいっても所詮は無駄かもしれない。なにせ真琴は今年の猛暑の中でさえ、袖を捲っただけの状態で愛用のスカジャンを着続けているのだ。この恰好で平然と探偵助手の仕事をこなしていられる彼は、きっと体内の温度計がブッ壊れているに違いない。それとも、こいつのスカジャンは通気性バッグンの新素材でできているのか？　背中に描かれた龍虎も、実は特殊繊維で刺繍されたものとか？　だとすればＮＡＳＡもビックリだが……

などと余計なことを思いつつ、俺は目の前のガラス扉を開けた。たちまち冷たい空気が汗ばんだ頰を撫でる。俺は「ふーッ」と吐息を漏らし、真琴は気持ち良さそうに茶色い髪を右手で掻き上げた。

フロアは薄暗く、客の入りは半分程度。大半は夏休みを利用した観光客だと思われた。

俺と真琴はフロアの隅っこの席に陣取り、さっそくメニューを広げる。俺は女性従業員を呼び止めると、

「ねえねえ、お姉さん、このサンマー麵って何さ？　ラーメンの上にサンマが載ってるのかい。──え、違う？　サンマは載っていなくて、もやしの入ったあんかけラーメン？　神奈川のご当地グルメ？　へえー、なかなか美味そうじゃんか。じゃあ、そのサンマー麵ってやつ、二人前ねー」

と完璧な注文を終えてメニューを返す。そして得意げな顔を舎弟へと向けた。

「どうだ、真琴？　いまの俺は、誰が見ても観光客としか思えないよな」

「ああ、間違いねえ！　どこからどう見たって《ろくにガイドブックも見ずに横浜中華街を訪れた間抜けなおのぼりさん》だ。やっぱ兄貴の小芝居は、いつだって完璧だぜ！」

「だろぉ！」

ただし《間抜けなおのぼりさん》は余計だぞ、真琴。あと《小芝居》っていうのも、やめてくれ。どんな場面にも違和感なく溶け込むための演技力は、探偵にとって必須のスキ

ルなのだから。――しかし、まあいい。いまは舎弟に警告を与えている場合ではない。俺は男女が向かい合って座るテーブル席を指差していった。「おい、見ろよ、真琴。若王子美幸はあそこだ。やっぱり男と会ってやがる。ここからじゃ背中しか見えんが」

しかし背中の雰囲気からでも若い男だということは判る。麻のサマージャケットにダメージジーンズ。左腕に巻かれた時計は安物のデジタルだ。上流階級の奥様然とした美幸とは、まったく釣りあわない外見に映る。そんな男の後ろ姿を眺めつつ、真琴が呟いた。

「ふうん、結局、旦那の睨んだとおりだったってわけか……」

「こら、気安く『旦那』って呼ぶな。大事な依頼人だぞ」俺は舎弟の軽口をたしなめた。今回の仕事の依頼人は、若王子勝信（かつのぶ）五十一歳。名前から察しが付くとおり美幸の旦那、いや、旦那じゃなくて夫。つまり配偶者だ。

ハマの名門、若王子家の何代目かに当たり、職業はホテルの経営者というから立派なもの。事実、若王子家が経営する『若王子マリンホテル』は伝統と格式を備えた高級ホテルとして神奈川県民に愛されている。――そうそう、みなとみらいの傍に建っている観覧車のよく見える高層ホテル、あれだよ、あれ！

そんな資産家のホテル経営者が、どこでどう評判を聞き違えたのか知らないが、伊勢佐木町にある『桂木圭一探偵事務所』の扉をノックしたのは、つい四日前のことだ。

スーツ姿で現れた若王子勝信は、五十代男性としては背が高くてスリム。彫りの深い顔立ちはダンディな魅力に溢れているが、その表情はいっこうに冴えない様子だった。

まあ、元気潑剌とした顔で探偵事務所を訪れる奴は、そう滅多にいない。とにかく俺は事務所に迷い込んできた極上の客を逃すまいと、精一杯の演技力を発揮して自らを《デキる探偵》として猛烈アピール。そんな俺に勝信はコロリと騙されて——いや、違う、彼は心からの信頼を寄せて——この俺に重大な仕事を依頼した。それがすなわち妻、美幸の浮気調査。勝信は『妻が男と密会しているのでは？』という疑念に苛まれていたのだ。

もちろん俺は二つ返事でその依頼を引き受けた。そして翌日から真琴とともに美幸の行動を徹底マーク。最初の一日二日は動きがなかったが、今日になって美幸はついに動いた。よそ行きの身なりを整えた彼女は、自らが運転する真っ赤なミニ・クーパーで若王子邸を出発。もちろん俺たちも愛車ボルボで彼女の後を追った。

そうして尾行することしばらく。たどり着いたのが、ここ横浜中華街というわけだ。『満天楼』という店は、真琴が指摘したとおり、男のほうが指定したのだろう。彼は先に店にきていて、美幸の到着を待っていたわけだ。

「で、どーするよ、兄貴？　男の背中ばっかり眺めていたって意味ないぜ」

「んー、そうだな。じゃあ真琴、おまえ、あのテーブルにいって奴の肩を一発ドンって殴って因縁つけてこいよ。きっと奴も振り返るはずだ。そうなりゃ顔が拝めるじゃんか」

「さっすが兄貴、頭いい！」

「だろぉ！」いや、ここは『だろぉ！』じゃねーな。リアクションを間違えた。

「よーし、じゃあ俺、さっそくいってくる」

「わあ、馬鹿、待て待て！」俺は中腰になる真琴を慌てて引き止めた。「冗談だ、いまのは冗談。本気で殴りにいく奴があるか。こういうときは冷静にチャンスを待つんだよ」

意気込む真琴を、俺は無理やり椅子に座らせる。そして謎の男と美幸の様子を慎重に観察した。男は眼鏡を掛けている。目許を隠すためのサングラスだ。薄暗い店内でも外す気はないらしい。男は美幸と短い会話を交わしたかと思うと、おもむろに右の掌をテーブルの上に広げる。すると美幸の手が愛用のハンドバッグへと伸びた。ほっそりとした指先が摘み上げたのは、何の変哲もない茶封筒だ。美幸は無言のまま、それを男へと差し出す。男の右手が素早くそれを摑み取る。次の瞬間、茶封筒は男のジーンズのポケットへと無造作にねじ込まれた。

　一連の動作は、まるで人目を憚るかのように素早く完了した。

「見たかい、兄貴？」真琴が眉をひそめて、こちらを見やる。

「ああ、見た。しかし何だ、いまのは……」

少なくとも通常の不倫関係では、あまり見られない動きだった気がする。まあ、《通常の不倫関係》っていうのも変な話なのだが、とにかく俺は首を傾げた。

――あの茶封筒の中身は、いったい何だ？

そんなふうに思索を巡らせる俺の視線の先、唐突に謎の男が席を立つ。そして、こちらを振り返ろうとする仕草。どうやらチャンス到来だ。ついに男の顔を拝むときがきた。

「見逃すなよ、真琴」

「任せろって、兄貴」

だが期待が膨らんだ次の瞬間――「サンマー麵、二人前、お待ちどうさま～」

能天気な声の女性店員が、その大柄な肉体と丼の載ったお盆で、俺たちの視界を見事に遮る。目の前に肉の壁が立ちはだかったようなものだ。

――うわッ、馬鹿馬鹿、いきなり何だよ！　これじゃあ何も見えねーじゃんか！

あまりのことに俺と真琴の顔面が強張る。だが店員は悪くない。もちろんサンマー麵が悪いわけでもない。ただ運ばれてくるタイミングが、ほんの少し悪かっただけ。だが正直、その《ほんの少し》が大いに痛かった。丼がテーブルに並べられ、女性店員が立ち去ったとき、すでに謎の男は白いサマージャケットの背中を、こちらに向けていた。

そのまま男は伝票も持たずにレジ前を通り過ぎていく。その姿を目で追いながら、

「ど、どーする、兄貴？　あの男、出ていっちゃうぜ」

「ううむ、妙だな」美幸はこの店で男と待ち合わせた後、二人でラブホにでもシケ込むものと、てっきり俺はそう思い込んでいた。正直、これは予想外の展開だ。だが迷っている暇はない。俺は素早く舎弟に指示を飛ばした。「真琴は彼女の見張りを続けろ」

「判った。――兄貴は？」

「俺はあの男の後を追う」言うが早いか、俺は席を立つ。そしてテーブルの上で湯気を立てる二杯の丼を顎（あご）で示しながら、「なんなら俺の分も食っていいぞ、サンマー麺」

「えー、ひとりでそんなに食えねーよ」

ウンザリした顔の真琴をひとり残して、俺はテーブルを離れる。レジの男性店員に対して、「あのスカジャン着た好青年が払うからよ」と言い添えて、俺は店を飛び出した。

外へ足を踏み出すと、そこは再び灼熱（しゃくねつ）地獄のような暑さ。路上を行き交う観光客は、先ほどより数を増しているようだ。だが、そんな人ごみの中でもオフホワイトのサマージャケットはよく目立つ。俺は目指す標的を難なく見つけ出し、すぐさま追跡を開始した。

後ろ姿を見る限りでは、男は中肉中背で、これといって身体的な特徴がない。あまりに没個性なその外見から、《ミスター平均値》という素敵なニックネームが思い浮かんだ。

どうやら《ミスター平均値》は具体的な目的地があるというよりは、ただ時間潰（つぶ）しのために中華街とその周辺をブラブラと歩いている。そんな感じに思えた。

俺はどうにかして彼の顔を正面から見たいと願った。おそらくは平均値以上のルックスではないはずだ。しかし、それを確かめる機会はなかなか訪れなかった。写真は何枚か撮ったが、いずれも背後からのもの。正体を特定するには、あまり役立ちそうにない。

そうこうするうち、男は中華街を離れてJR関内駅方面へと移動。さては電車に乗って帰宅する気か？　だったら、このまま男の後を追うことで、彼の自宅を突き止めることができる。そうなれば、男の正体も判明するはず――

と密かに期待を膨らませる俺の目の前で、なぜか男はいきなり方向転換。向かった先に見えるのはJRの駅ではなくて、その近隣に聳える巨大施設――「よよよ、横浜スタジアムって、おいおい、まさか……」

不安におののく俺の前で、男の歩くスピードが俄然速まる。せかせかと歩く男は、いきなり白いサマージャケットの襟元に手を掛けたかと思うと、それを乱暴に脱ぎ去った。もし彼が危機に立ち向かうクラーク・ケントだったならば、胸から赤い《S》のマークが現れるところだ。しかし、どうやら彼はスーパーマンではなかったらしい。現れたのはお馴染みの青いユニフォーム。背中には『TSUTSUGOH』の文字と背番号25が燦然と輝いている。「くそッ、やはりベイスターズファンか！」

舌打ちしながら懸命に後を追う俺。だが前を行く男は、小走りに外野席の入場口へと向かう。すでにナイトゲームの入場が始まっているらしい。いつの間にか男の手には、いまや横浜市民の垂涎(すいぜん)の的であるベイスターズ戦のチケットが握られている。

「ま、まずいぞ……」

俺は焦って同じ入場口に駆け寄ったが、「お客様、チケットを、チケットを拝見!」

何も持たない俺は、当然のごとく球場係員に呼び止められる。愕然(がくぜん)とする俺の目の前を、チケットの半券を手にした筒香(つつごう)——いや違う、筒香ではない。筒香のレプリカ・ユニフォームを着た《ミスター平均値》——がウキウキとした歩調で遠ざかっていく。やがて、その背中は数多くの背番号25に紛れ込んでしまい、まったく確認できなくなった。

「ハァ」と肩を落とした俺は、ダメモトで係員に尋ねてみる。「あのー、ひょっとして当日券とか、ありませんかねえ?」

すると係員は申し訳なさそうに、ひと言。「本日、完売となっております」

「ですよねえ……」

力なく呟いた俺は、これ以上の追跡を断念するしかなかった。

3

「……と、いうわけなんです、はい」

昼間の顛末について、ひと通り語り終えた俺は、面目ない思いを全身で表すように深々と頭を下げる。とはいえ、俺が座っているのは黒塗りのベンツの助手席。運転席で黙って前を向いている依頼人、若王子勝信にこちらの誠意が伝わったか否かは、よく判らない。

時刻は午後九時。車はベイブリッジが見渡せる海沿いの道に停車中だった。内密な話は車の中が一番、という勝信の意見を採用して、俺たちはベンツの車内を極秘会談の場として選んだのだ。

ちなみに黛真琴は車の外。けっして部外者の立ち聞きなど許さぬようにと、目を光らせている。スカジャンの袖を捲った恰好で黒塗りの外車の傍に佇むその姿は、知らない人が見れば、暴力団関係の車を護衛するヤクザの下っ端にしか見えないだろう。無駄に狙撃されないことを祈るばかりだ。

一方、車内の俺は再度、依頼人に頭を下げて謝罪の言葉を口にした。「本当に申し訳ありません。結局、男の正体を突き止めるには至らず……」

「いやなに、探偵さんが気に病む必要はありません」勝信は助手席を向くと、紳士然とした態度で片手を振った。「仕方のないことです。横浜スタジアムに入られたんじゃあ、どんな腕利きの探偵だって追跡のしようがない。最近のハマスタは特にね」

「まったくです。ほんの十年前ならタダでも入れたんですが……」

「いや、さすがにタダっていう時代は、なかったと思いますよ。確かに十年前のハマスタなら、外野席はガラガラでしたが……」戸惑いがちに目を瞬(しばたた)かせた依頼人は、野球方面に逸れかけた話題を再び謎の男へと引き戻した。「それで、中肉中背の男の顔は、とうとう見られずじまいだったわけですね」

「ええ、後ろ姿を写真に収めるのが精一杯でした」

俺は撮影した数枚の写真をスマホに表示して依頼人に手渡す。だが勝信は残念そうに首を振っただけで、スマホを俺に返した。「こういう後ろ姿の男は、知り合いに百人ほどいます。誰か特定するのは不可能ですね」

「でしょうね。背番号25は特に人気ですし」

「いや、筒香のファンを百人ほど知っているという意味ではありませんよ。似たような身体つきの男は大勢いるという意味で……」

「あ、そういうこと……ええ、もちろんですとも」俺はぎこちなく頷きながら、スマホをジャケットの胸に仕舞い込む。そして、あらためて運転席へと顔を向けた。「いずれにせよ、奥様が男と会って会話を交わしたのは、ほんの短い時間に過ぎません。ちなみに私が謎の男を追跡している間、助手の真琴が奥様に張り付いていたわけですが、結局、何事もないまま奥様はご自宅に戻られたようです」

「ならば、やはり美幸の外出目的は、その男に会うこと。それ以外にはなかったわけですね。しかし、どうやら男との関係は、私が勘ぐったようなものではなかったらしい」

依頼人は、妻の美幸が他の男性と不倫関係にあることを疑っていた。その意味でいうと、本日の調査結果は彼の予想を裏切るものだったわけだ。

「気になるのは、奥様が男に手渡した茶封筒の中身です。それは、いったい何だったのか。私の想像するところによると、おそらくそれはお金か手紙、あるいは現金や書類、もしくはキャッシュか写真、ひょっとすると札束とか小切手とか……」

「お金ですね、要するにお金！」依頼人は珍しくイラついた声を発した。「探偵さんは、問題の茶封筒の中身は金銭だったと、そうお考えなのでしょう？」

「まあ、率直(そっちょく)にいうなら、そうです。その可能性がもっとも高い」

「仮に探偵さんの想像が正しかったとした場合、どういうことになるのですか」

「ハッキリしたことはいえませんが」と前置きしてから、俺は慎重に口を開いた。「ひょっとすると奥様は、その男に何か弱みを握られて強請られている——とか」

「そんな……あり得ませんよ」といって首を左右に振る勝信。だが次の瞬間、ダンディな横顔に浮かんだのは、何事かに思い至ったかのようなハッとした表情。そして彼はフロントガラス越しに横浜港の暗い海を見詰めながら、「いや、まさか……」

「どうされました？　何か心当たりでも……」

「い、いいえ、なんでもありません」と勝信は判りやすく動揺を示す。

深く詮索してみたい欲求を覚えたが、雇われた立場として、そうそう依頼人を問い詰めるわけにもいかない。俺は話題を変えた。「では今後のことですが、いかがいたしましょう？　謎の男の正体を突き止めますか。たぶん奥様の浮気相手ではないでしょうが」

「うむ、確かに男の正体は気になる。このまま放っておくわけにもいきません。——しかし探偵さん、その男はまたどこかで妻と密かに会うのでしょうか」

んなこと判りませんよ——と心の中で本音を呟きながら、「ええ、その可能性が高いでしょうね」と俺は根拠のない予想を口にする。すると勝信はその見解を支持したらしい。

「だったらお願いします。どうも浮気調査とは趣旨が違ってしまいましたが」

「なーに、やることは同じですよ。明日からも奥様の張り込みを継続します」

「ええ、そうしてください。よろしく頼みます」

「どうぞ、お任せください」

俺は胸に手を当て、《頼れる私立探偵》を印象付けてから、ひとり車を降りる。運転席に残った勝信は、ゆっくりと車をスタートさせた。静まり返った海沿いの道を、ベンツのテールランプが見る見る遠ざかっていく。それを黙って見送る俺に、真琴が心配そうな顔で駆け寄ってきた。

「どうだった、兄貴、社長さんの様子は？　やっぱ怒ってたかい？」

いや、あの人は紳士だから——と口にしかけたところで、俺は咄嗟に方針転換。せっかくの機会なので、相方にたっぷりと恩を売ることにした。「ああ、そりゃもうカンカンのカンだ。『この役立たずめえ！』って、すげえ剣幕で怒鳴り飛ばされたぜ。——なんだ、何も聞こえなかったのかよ、真琴？」

「あ、ああ、車の外までは響いていなかったな、社長さんの声……」

「ううむ、そうか。さすがベンツ。さすがの防音性能だな。——しかしまあ、依頼人が怒り心頭なのも無理はない。こっちが、しくじったんだからよ。でも大丈夫だ。心配すんな。この俺が平身低頭、謝っておいてやったからよ。なんとか首は繋がったようだ」

「す、すまねえ、兄貴。いつも兄貴にばっかり頭下げさせて……」

「なーに、いいってことよ。これも責任ある立場に就く者の務めだ」

俺は自分の胸をドンと叩いて、舎弟に向きなおると、「それによ、可愛い弟分に頭を下げさせちゃ、兄貴の名が廃るじゃねーか。――そうだろ？」

「あぁあ、あにぎぃぃぃぃッ！」

感情が溢れすぎて、真琴の声が乱れる。――ていうか『あにぎぃ』って誰だよ？　ひょっとして俺のことか？　思わず苦笑いする俺は、震えるスカジャンの肩をポンと叩いた。

「とにかく今日の仕事は終わりだ。よーし、メシ食いにいくぞ、真琴」

真琴は剝きだしの腕で顔をゴシゴシと擦りながら、「ああ、うん、だけど俺、あんまり腹減ってないぜ。だって昼にサンマー麵、二杯も食ったから」

――え、食ったのか、マジで！　随分と頑張ったな、おい！

驚く俺は両目をパチクリさせると、

「よし、だったらメシじゃなくて飲みだ。飲みにいくぞ、真琴！」

舎弟の首根っこを抱えるようにして、俺は海沿いの道を歩き出す。ライトアップされたベイブリッジを眺めるカップルが、俺たちの姿を気味悪そうな顔で見詰めていた。

4

そんなこんなで翌日も俺と真琴は、朝から若王子邸へと出向いていった。そして路肩に停めた車の中から門前を監視。美幸が現れる瞬間をジッと待つ。だが待てど暮らせど依頼人の妻は出てこない。まあ、昨日の今日なのだから動きがないのも当然といえば当然。不倫にせよ強請りにせよ、毎日繰り返すようなことではないのだ。

そんな退屈すぎる時間に飽きた俺は、見張りの仕事を真琴に押し付けて、ひとり後部座席でゴロリと横になる。その恰好で何となくスマホを弄って(いじって)いると、「――あん⁉」気になるニュースを発見して、指の動きがピタリと止まる。運転席の真琴が怪訝(けげん)そうな顔を後部座席へと向けた。「どうかしたのかい、兄貴?」

「いや、なんでもねえ。ほら、ちゃんと屋敷のほう見張ってろよ」

そういって真琴に前を向かせた俺は、しばしの間、小さな画面を見詰めてニュースの意味を考える。だが考えたところで、記事に書かれた以上のことは判らない。そこで俺はおもむろに後部ドアを開けると、「ちょっと煙草(たばこ)吸ってくる」といって車の外へ。だが実際のところ煙草を吸う気はない。俺は車から離れたところで、スマホを耳に押し当てた。

電話の相手の名は一之瀬脩。杯（さかずき）を交わしたわけでもないのに、つい最近、訳あって俺と義兄弟の関係になった男だ。

電話の向こうの脩は開口一番、不満そうな口調で訴えた。

『何ですか、急に電話してくるなんて……』

「ほう、電話じゃ迷惑か？　でも俺、おまえのメールアドレスとか知らねーんだよ」

だから我慢しろ、もしくはメアドを教えるんだな——そう言い添えてから、ようやく俺は本題に移った。「実は、ちょっと聞きたいことがあるんだ。今夜あたり時間あるか」

電話の向こうからは『ないこともありませんがね』という、いかにも彼らしいひねくれた返事。そして義弟は自ら行きつけの店を指定した。

そうして迎えた、その日の夜。俺は馬車道付近に建つ高級ホテルの最上階にいた。脩の指定してきた行きつけの店が、このホテルのバー・ラウンジだったからだ。

手にしたグラスの中身は泡立つプレミアム・ビール。眼下に広がるのは港ヨコハマの素晴らしすぎる夜景。ひとり窓辺に座る俺は、『この手の高級ラウンジなど、しょっちゅうきてるぜ。なんなら、これよりかハイレベルの店でも散々飲み食いした経験があるぜ』というような余裕のポーズを維持しながらも、心の中では昨夜、真琴と一緒にいったスナック『カトレア』の居心地の良さを懐かしく思い出していた。

そんな俺の演技もそろそろ限界が近づいたころ、

「すみません、遅くなりました」

と背後から聞き覚えのある声。振り向くと義弟、一之瀬脩の姿が目の前にあった。

スリムな身体に細身のダークスーツを纏った姿は、もはや見慣れたファッション。無造作に伸ばした髪は洒落た眼鏡に掛かるほどの長さ。一見すると、イケメンの一流商社マンかとも思える風貌だが、何を隠そう、これでも彼は伊勢佐木署に勤務する現職刑事。それも単なる刑事ではない。父親は神奈川県警本部長を務め、親戚には警察官僚や有名政治家などがゴロゴロ。おまけに父親の再婚相手の息子は、現在、伊勢佐木町で大人気の私立探偵というのだから、これはもう半端じゃないエリート捜査官だ。——そうなるよな？

ともかく、待ちわびた義弟の登場に俺はホッと胸を撫で下ろす。そして直後には、ムッとした表情を浮かべながら、脩に対して不満と妬みとを両方ぶつけた。「いったい何なんだよ、ここは？　おまえの行きつけだっていうからきてやったが、随分とスカした店じゃんか。まあ、《夜景大好き》の女たちを口説くには、結構な店かもしれないがな」

すると脩は、俺を斜めに見る席に腰を下ろしながら、

「いや、女性たちは夜景なんて大して興味ありませんよ。綺麗な夜景さえ見せとけば、女

性が喜ぶだろうというのは、古いタイプの男性が抱く幻想に過ぎません」そう断言した脩はウエイターを呼ぶと、シングルモルトの高級ウイスキーをオンザロックで注文。琥珀色の液体で満たされたグラスが届くのを待って、あらためて口を開いた。「――で、いったい何ですか、僕に聞きたいことというのは？　どうせ、あなたのことだから、また何か難しい事件に首を突っ込んでいるのでしょうけど」

「いや、事件かどうかは、まだ判らない。ただ少し気になってな。実はとある資産家から、とある仕事を依頼されているんだ。――え、資産家って誰のことか？　馬鹿、いえるわけないだろ。そんなこと口が裂けても、いえるかってーの！」

キッパリ首を振った俺は、気を取り直して続けた。「そこでだ脩、おまえに聞きたいのは、若王子敏江って金持ちの婆さんが死んだ件なんだが……」

「若王子敏江!?　え、じゃあ資産家の依頼人って若王子家の……」

「いってねーよ！　俺、若王子家の人間から依頼されたなんて、いっぺんもいってねーから！」

「シッ！　ええ、いってませんー、絶対いってないですぅー」

「シッ！　居酒屋じゃありませんよ。ホテルのラウンジですよ。子供っぽい真似は慎んでくださいね！」

脩は人差し指を唇に当てて、義兄である俺を子供扱い。近くまできていた黒服の従業員がジロリとこちらを一瞥して、また離れていく。

　脩は声を潜めながら、あらためて聞いてきた。

「で、若王子敏江夫人について何が知りたいというんです？」

「亡くなったのは、つい先月なんだってな。実は今日の昼間、張り込みの最中にスマホをいじっていたら、そういう訃報記事を見つけたんだ」

「ふうん、張り込みの最中にねえ」脩は非難するような視線を俺へと向けると、「《ながらスマホは禁止》って、探偵事務所の就業規則には書かれてないんですか」

「んなもん、あるわけねーだろ」俺は自分の胸を親指で示しながら、「うちの事務所では、この俺が就業規則だぜ」

「まるで『俺がルールブックだ』みたいにいってますけど、その台詞、なんだかブラック企業っぽく聞こえますよ。いまどき、洒落になりませんね」

　脩は氷を鳴らしながらグラスの液体をひと口飲むと、話を元に戻した。「で、敏江夫人の死について何か気になる点でも？」

「そうだ。その敏江って人は熱中症で亡くなったっていうじゃないか。記事に、そう書いてあった。だが本当に熱中症だったのか。他の可能性は考えられないのか」

「他の可能性――というと？」

「誰かに殺された――とか」

「まさか」義弟は音を立ててグラスをテーブルに置いた。「いったい何を根拠に、そんな想像を？　そういう疑いを持つ明確な理由でも、あるんですか？」

疑う理由なら充分ある。カネが入っているらしい茶封筒を謎の男に手渡す美幸の姿。それと、その事実を報告した際に依頼人が見せた動揺あふれる表情。それらの出来事と先月の敏江の急死を結びつけるのは、そう飛躍した発想ではないと思う。だが、もちろんこれは義弟にはいえない。そこで俺はボーッと夜景を眺めて、彼の問い掛けをやり過ごした。

「…………」

脩は高級スーツの肩を落としながら、「もっと景色の悪いバーに誘うべきでした」

「そっちのミスだな。――で、どうなんだよ。敏江夫人の死に不審な点はなかったのか」

「ええ、ありません。なんといっても彼女は地元の名士。それだけに……その、何というか、つまり……万が一にも毒など盛られたとあっては、後で大変な騒動になりかねない。その分、遺体は細心の注意を払って調べられました。だから間違いはありません。敏江夫人は熱中症による脱水症状で不運な死を遂げたのです」

「そうか。でも充分に注意してりゃ熱中症になんてならないよな。敏江夫人は亡くなったとき、どういう状態にあったんだ？　炎天下のグラウンドで素振りでもやらされてたのかよ？」

「馬鹿な。——あなた、亡くなった夫人のこと、ちょっと馬鹿にしてません？」

眼鏡越しの冷淡な視線が真っ直ぐこちらへ向けられる。俺は慌てて手を振りながら、

「ち、違うよ！　馬鹿にするなんて、とんでもない。俺は彼女の死について真実を明らかにしたいと、心からそう願うだけの男さ。——で、どうなんだよ、実際のところ」

「晩年の敏江夫人は病気続きで、苦労されたようですね。亡くなった日も病室のベッドで普段どおりに休んでいたそうです。しかし、その日は梅雨が明けて以降、もっとも暑さの厳しい日だった。この横浜でも猛暑日を記録したほどです。そんな中、エアコンの設定温度は二十八度とやや高め。しかも部屋は西向きで、午後になると西日が差し込む、正直いって病室としてはいかがなものかと、首を傾げるような環境ではありましたね」

「おいおい、それじゃあ敏江夫人は、熱中症になるべくしてなった、みたいな話じゃんか。だったら、そこに何者かの作為があったのかも……」

「いえ、作為は認められません。あるとすれば本人の意思です。高齢者の多くがそうですが、敏江夫人もエアコンの冷気が苦手だった。設定温度が高めなのは、彼女がその温度にしたからです。西日の当たる部屋なのも、その部屋の窓から見える庭の景色が、彼女のお気に入りだったから。そこに想定外の猛暑が襲い掛かり、本人も思わなかったような不幸

な結果を招いた。つまり事件性はない、ということですね」

「でもよ、ひょっとすると誰かが部屋の温度をわざと上げてだな……」

「誰かって、誰です？」

「それは、その……」例えば……そう若王子美幸とか！

真っ先に頭に浮かんだのは、やはりその名前だ。あり得ないことではない。だが、これまた義弟にはできない話だ。したがって俺は再びボーッと夜景を眺めるしかなかった。

「…………」

「あなた、都合が悪くなると夜景を見るんですね！」

痺れを切らしたように、珍しく脩が声を荒らげる。俺は「シッ！」と短く声を発して、人差し指を唇に当てた。「慎めよ。ここ、居酒屋じゃねーんだぜ」

「知ってます。次からは居酒屋にします。安めの居酒屋に」

「ああ、ぜひそうしてくれ」――だが果たして次があるかな？

密かにそんなことを思いつつ、俺は伝票の挟まれたバインダーに自ら手を伸ばす。そして先ほどから気になっていた質問を、いまさらながら口にした。「ところで話は変わるがな、さっきの話って本当に本当なのか？」

「ん、さっきの話って、どの話です？　どうも、あなたとの会話は脱線が多くって……」

と困惑気味に脩は長い髪を掻く。俺は窓の外を指差しながら彼の記憶を喚起した。

「ほら、おまえがさっきいっただろ。女性は夜景なんて大して興味がないって」

「その話ですか⁉ 驚くほど、どーでもいい話ですね」

「いやいや、どーでもよくはないだろ。おい脩、俺は《古いタイプの男》なのか？ 夜景さえ見せときゃ女が喜ぶと思って、いままで生きてきた俺は、そんなに古い……」

「知りませんよ。ていうか普通、気にしますか、そんなこと？」

「ああ結構、気になる……だが、まあいいや。とりあえず聞きたいことは以上だ」

俺はひとり席を立った。そして伝票のバインダーを脩の顔の前で振ると、義兄としての威厳を示すように、「おまえは、ゆっくり飲んでろ。ここの払いは俺が持つ」

そう言い放つと、『あばよ』とばかりに片手を振って義弟に別れを告げる。だが出口へと向かう途中、念のため伝票の数字に視線を落とした俺は、支払いカウンターの手前で慌てて急旋回。再び義弟のいるテーブルに舞い戻ると、自分の飲んだビール代千円を添えて伝票のバインダーを彼の胸元へと突きつけた。

「やっぱり、おまえが纏めて払え。そもそも、おまえの注文したクソ高いウイスキー代を、なんでこの俺が払ってやらなきゃならねえんだよ！」

すると脩は再び人差し指を唇に当てて「シッ！」。それから目の前に差し出された伝票を涼しい顔で受け取ると、「ええ、僕は最初から、そのつもりでしたよ。あなたが無理して恰好つけようとするから、いけないんです……」

そういって彼は手にしたグラスを悠然と傾けるのだった。

5

それからさらに数日間、俺と真琴は若王子邸の見張りを続けた。主にボルボの車内から、ときによって向かいの建物の屋上から、あるいは電柱の陰に身を隠しながら、お屋敷を注視する毎日。もちろん《ながらスマホ》など、もってのほかだ。俺たちは真面目に手堅く、そして秘密裏に任務を遂行した。

そうして迎えた、とある平日の昼下がり。ついに若王子美幸が再び行動を起こした。

屋敷の玄関から現れた彼女は、この日も気品漂うワンピース姿。だが色はベージュではなく目にも鮮やかなワインレッドだ。日傘とブランド物のハンドバッグを持って、愛車であるミニ・クーパーにひとり乗り込む。美幸が外出することは、これまでにも何度かあったが、よそ行きの恰好で、しかも車に乗って、というのは先日の中華街での一件以来だ。

「――てことは、また『満天楼』で待ち合わせかな？」

ボルボの運転席に乗り込みながら真琴が先を読む。彼は乱暴にキーを回して、いまにも車をスタートさせる構えだ。俺は助手席に腰を落ち着けると、屋敷のガレージを出ていく赤い車を目で追いながら、「いや、前回と同じとは限らんからな。油断すんなよ」

「おう、任せろ、兄貴！」

「よし、頼むぞ、真琴！」

「ガッテンだぁーッ」ひと声叫んで真琴はアクセルを踏み込む。猛スピードでロケットスタートを決めるボルボ。だがその直後、ハンドルを握る真琴が素っ頓狂（すっとんきょう）な声を発した。

「あれえッ、ミニ・クーパーは、どこだい⁉　いなくなっちゃったよ、兄貴ぃ」

「馬鹿馬鹿、後ろだ、後ろ！　おまえ、美幸の車、追い越してるぞ！」

「あッ、いっけねえ！」テヘッといって、真琴がペロッと舌を出す。

「…………」おいおい、こいつ本当に大丈夫なのか⁉

底なしの不安を覚える俺をよそに、真琴は車の速度を落として、赤いミニ・クーパーを先にいかせる。追い抜かれざまに向こうの運転席を見やると、そこにはサングラスを掛けた美幸の横顔。そこに漂うのは貴婦人の優雅さよりも、むしろ激しい緊張感。その視線は真っ直ぐ前を向いている。少なくとも挙動不審なスウェーデン車には、何ら注意を払っていないようだ。お陰で俺たちは美幸の車を余裕で追尾することができた。

前を行くミニ・クーパーは中華街方面には向かわず、関内駅付近の交差点を桜木町方面へと曲がる。やがて車はJR桜木町駅に近いコインパーキングに停車。運転席のドアが開き、サングラスを掛けた美幸が降り立つ。すぐさま俺は隣の舎弟に命令を下した。

「俺はここで降りる。おまえはこの車、どこか適当なところに停めてこい」

後でそっちの携帯に連絡する――と付け加えて、俺は助手席から素早く降り立つ。真琴は車をスタートさせて、俺の視界から消え去る。日傘を差した美幸の背中は、すでに遥か前方だ。その足は駅前の広場へと向かっているらしい。

すると後をつける俺の視線の先、美幸はふいに小走りになったかと思うと、ひとりの男に背後から駆け寄った。振り返った男の顔が、一瞬こちらを向いたが、その顔もまたサングラスによって目許が隠されている。だが直感でピンときた。先日の中華街で会った《ミスター平均値》だ。見覚えのあるサマージャケットの背中が、いま再び目の前にあった。

身構える俺をよそに、二人は肩を並べるように歩き出す。俺は充分に距離を取りながら、二人の後を追う。と同時に、すでに車を停めたであろう舎弟の携帯に電話を入れた。

「おい、真琴。美幸は男と合流したぞ。いま、みなとみらい方面に向かっている」

『みなとみらい⁉　じゃあ、あのでっかい観覧車にでも乗るのかな』

「なるほど。あり得ない話でもないが……ああ、でも残念だったな、真琴、二人はいま観覧車の乗り場前を素通りするところだ……にしても変だな」俺はスマホを耳に押し当てながら首を傾げた。「あの二人、やけに親密な雰囲気だ。まるで本物のカップルのように」

『まさに不倫の男女って感じかい？』

「ああ、今日は実際そう見える」

だが、そうだとすると先日の中華街で見た二人は、いったい何だったのか。『満天楼』で繰り広げられた光景、あれは金銭のやりとりではなかったのか。まあ、この世の中、カネで繋がっている男女関係というのも珍しくないが、それにしても——と首を捻りつつ、俺は真琴に命令した。「とにかく、おまえも早くこい。パシフィコ横浜方面だ。急げ！」

スマホでの通話を終えるころ、すでに目の前にはヨットの帆を思わせる特徴的な建物が迫っていた。

ひょっとして大ホールでアイドルのイベントか何かやっていて、周辺にオタクどもがフナ虫のごとくウジャウジャ——みたいな感じだったらどうしよう、と密かに懸念したものの、それは杞憂だった。大きなイベントはおこなわれていないらしく、むしろ建物の周辺は閑散としている。誰もが真夏の陽射しを避けて、建物の中で過ごしているらしい。

そんな中、二人が向かった先は意外にも屋外の公衆トイレだった。しかも車椅子の人たちが利用するような大型の多目的トイレだ。

その個室に二人は——なんと一緒に入っていくではないか！

その大胆すぎる振る舞いに俺は愕然となった。「……お、奥様、なんと破廉恥な！」

誰の視線にも晒されることのない密室。その中で男と女が果たして何をおこなうか。まさか《連れション》ではあるまい。どうやら今回の浮気調査——そう、もともと今回の仕事は美幸に纏わる浮気調査だったのだ——それもいよいよ最終局面を迎えたらしい。

「と、いってもだ……」あの分厚い扉の向こうで二人が密かにナニしているのだとするなら、五分や十分で出てくることもあるまい。「いまは待つ以外に手がないか……」

そこで俺は多目的トイレの建物を見渡せるベンチに腰を下ろした。それから例によって周囲に違和感なく溶け込む演技力を発揮。とりあえずは《夏休みの家族サービスに疲れたお父さん》を装うことにした。ジャケットのポケットから煙草の箱を取り出して、一本口にくわえる。だがジッポーのライターに点火して、その炎を煙草の先端に近付けようとした、そのとき！

いきなり前方で個室の扉が開いた。

——おいおい、いくらなんでも早すぎるだろ。鶏の交尾かよ！

驚く俺の口許からポトリと煙草が地面に落ちる。それを律儀に拾った俺は、その一本を煙草の箱に戻しながら、視線だけは真っ直ぐ個室の入口に向ける。すると僅かに開いた扉の隙間から、サングラスの男が首を覗かせた。先ほどまで装着していなかった大きなマスクが、いまは口許を覆っている。

——なんだよ、この数分間で花粉症にでもなりやがったのか？

俺は眉根を寄せながら、煙草とライターをポケットに仕舞い込む。代わって愛用のデジカメを取り出し、素早くシャッターを切った。だが、おそらく撮れたのはグラサンとマスクで完全防備された正体不明の顔だけだろう。苦い顔をする俺の前で、男はようやく扉の外に姿を現す。そして男は奇妙な行動を見せた。手にしたハンカチで、扉のレバーの部分を拭っているらしい。

——いったい何の真似なのか？ いや、それより何より、一緒に個室に入ったはずの美幸は、なぜ出てこないのか？

俺は嫌な胸騒ぎを覚えながら、男の様子を見守る。

作業を終えた男はそのハンカチで両手を拭きながら、『いま小便を済ませて出てきたところですけど、何か？』といわんばかりの何食わぬ佇まい。そのまま、ひとり多目的トイレを後にする。やはり美幸は姿を現さないようだ。

「…………」おかしい、絶対に変だ。ただの小便ではない。もちろん大でもない。俺はベンチを立ち、男のもとへと歩み寄る素振りを見せる。すると何かを敏感に察したのだろう。いきなり男は方向転換。猛ダッシュで俺の前から走り去っていく。

「あッ……お、おい、待て！」

だが男を追い駆けようとする俺の視界の隅で、そのとき個室の扉が僅かに開く。遠ざかる男の背中と、開きかけた扉。両者を天秤（てんびん）に掛けた俺は、一目散に扉のほうへと駆け寄った。レバーを摑み、半開きの扉を一気に開け放つ。次の瞬間、俺の胸へともたれかかってきたのは、苦悶（くもん）の表情を浮かべた中年女性だ。若王子美幸に間違いなかった。

俺は慌てて両手を伸ばし、彼女の身体を抱きとめる。そしてハッと息を呑（の）んだ。

彼女の真っ赤なワンピース。その背中には一本のナイフが突き刺さっていた——

6

一一〇番通報を受けて現場に駆けつけたのが伊勢佐木署の面々だったなら、もう少し話は簡単だったろう。なにせ、そっち方面では大いに名を売ってきた俺のことだ。自分の顔を指差しながら「ほら、俺だよ俺、桂木圭一だよ！」と訴えれば、きっと相手は「ああ、《ハマでいちばんイケてる兄貴》って評判の、あの私立探偵ね！」となって事はトントン拍子に進んだはず。被害者、若王子美幸を運ぶ救急車の後を追って、即座に病院へと向かうことだって、ひょっとしたら可能だったかもだ。

ところが残念。ここは昭和の名残り漂う街、伊勢佐木町から遥かなる距離と時間を隔てた無味無臭の近未来都市、みなとみらい。したがってパトカーで現れた港未来署の連中は『桂木圭一』という素敵な名前にはまるで反応を示さず、ただ『私立探偵』という特殊な職業にのみ露骨なまでの興味を示した。たぶん「胡散臭い奴……」とでも思ったのだろう。港未来署の連中の顔にそう書いてあるのが、俺の目にもハッキリと読み取れた。

――あ、ちなみに『港未来署』っていうのは、こちらが勝手にそれっぽく呼んでいるだけ。実際に『港未来署』が存在するか否か、何の確証もないから無闇に信じ込んだりしないように！

とにかく俺は捜査員たちの質問に答え、若王子美幸が謎の男に刺されるに至った顛末を、隠すことなく語った。ただし、こっちにも探偵としての守秘義務がある。『依頼人は誰か』『どんな依頼を受けたのか』については言葉を濁すしかない。お陰で俺は、「さらに胡散臭い奴……」と思われたらしい。パトカーの後部座席という特等席を与えられると、そのまま近所の警察署まで丁重に《ご招待》されてしまった。あるいはより判りやすく《連行》されたというべきか。

まあ、炎天下の近未来都市で立ち話を強いられるより、エアコンの利いた取調室のほうが多少はマシというものだ。俺はおとなしく捜査員たちの招待に応じた。

ところで黛真琴は、どうしたのだろうか。彼は俺の後を追っていたはず。さては警察沙汰に巻き込まれるのを嫌って逃げやがったか。だとすれば『桂木圭一探偵事務所』の就業規則に照らし合わせて、確実に《死刑》だが――しかし、まあ構うこともないか。あんなガラの悪い舎弟が一緒にいたなら、捜査員たちから「いよいよもって胡散臭い奴……」と見なされることは必然。むしろ姿を消してくれてラッキーだ。そう思いなおした俺は、真琴のマの字も出さず、刑事たちの取り調べに粛々と対応した。

取調室でのやり取りはウンザリするほど退屈なものだった。なにせ彼らは同じ質問を五回すれば、五回目には違う答えが返ってくると、本気で思っているのだ。――けど、そんなわけねーじゃんか。何回聞かれたって、こっちの答えは変わらねーって！

と心底そう思うのだが、彼らは実に執念深い。五回で駄目なら十回。十回で駄目なら十五回……二十回……やがて、さすがの俺も思考が鈍って、「そういや、美幸を刺したのは、この俺かもしれないような気がしないでもないかも……」と、ありもしない事実を《自白》しかけたところで、いきなり取調室の扉が開いた。そして中年刑事が顔を覗かせて、ひと言。「お迎えがきた。帰っていいぞ」

――ほう、お迎えって誰だ⁉　真琴のことか。それとも母ちゃんか⁉

そういえば昔、俺が悪さをして警察のお世話になったときには、いつも母親である《桂木今日子さん》がやってきて、俺の代わりに頭を下げてくれたものだ。——しかし、この歳になってまで迷惑かけるなんて面目ねーな、母ちゃん！

そんなことを思いながら取調室を出ると、待っていたのは母親ではなくて、母の再婚相手の息子、一之瀬脩だった。「なんだ、おまえか」

「すみませんね、真琴さんじゃなくて」

「………」いや、そもそも真琴が俺を迎えにくる場面は想定していなかった。もちろん脩についても同様だ。「意外だな。おまえが俺を迎えにくるなんてよ」

「仕事柄、様々な情報が耳に入ってくるんです。その中に『おかしな探偵が女を刺して戸部署に連行されたらしい』という聞き捨てならない情報がありましてね。すぐにピンときました」

「そうか。その情報のどこにピンときたのか、俺にはサッパリ判らんが……」俺は憮然として腕を組む。だが、とにかくこれでハッキリ判った。みなとみらいを管轄するのは、『港未来署』ではなくて『戸部署』というところらしい。まあ、いまさらどうでもいい話だが——「とにかく助かったぜ。あやうく犯人にされちまうところだった」

「そのことですがね」脩はふと現職刑事の顔になって声を潜めた。「僕には本当のことをいってください。実際のところ、あなた、若王子美幸さんを刺したりは……？」

「してねーよ！　するわけないだろ。俺は単なる第一発見者だってーの！」

「そうですか。なら、いいんですがね」脩はホッとしたように胸を撫で下ろす。

――畜生、なんて疑り深い奴なんだ！　義理とはいえ、おまえの兄だぞ、兄！

俺は釈然としない顔のまま、義弟とともに港未来署……じゃない、戸部署を後にしたのだった。

厳つい建物から出てみると、いつの間にか街はすっかり夜の装いだ。俺は脩の愛車BMWの助手席に乗り込んだ。運転席の義弟が車をスタートさせる。俺はさっそくスマホを取り出し、行方不明になっている《もうひとりの弟》に電話した。

「おい真琴、いまどこにいるんだ？　まさか、まだパシフィコ横浜あたりをウロウロしてんじゃねーだろうな」

『んなわけないだろ、兄貴ぃ』と電話越しに舎弟の声が答えた。『俺、いま病院にいる。美幸の担ぎ込まれた救急病院だ。依頼人に連絡を取って、場所を教えてもらったんだよ』

「おお、でかしたぞ、真琴。――で彼女の容態は？」

『かなりの重傷だ。いま集中治療室に入ってる。助かるかどうか、まだ判らないってよ』

「そうか。ところで真琴、依頼人とは会ったのか？　どんな様子だ、勝信氏は？」

『心配そうな顔してた。いまも集中治療室の前から動かない。——いや、兄貴のことは何もいってねぇよ。俺を見ても、べつにドヤしつけたりしないし。でも腹の中では怒り狂ってるのかもな。だって兄貴が見張ってる最中に刺されたんだろ、あの奥さん』

「ああ、そうだ」真琴の言葉が、尖った刃物のように俺の心にグサリと刺さる。

『なあ、兄貴、いったい何が起こってるんだよ。俺、サッパリ判らないんだけどよ』

「だろうな。いや、もちろん俺もだ」とりあえず、そう答えて俺は舎弟に命じた。「とにかく真琴は、しばらくそこにいろ。俺もこれから駆けつけるから」

救急病院の場所と名称を確認して通話を終える。スマホをジャケットの胸ポケットに仕舞いながら、俺は宣言するようにいった。「くそッ、犯人の奴、絶対捜し出してやる」

「犯人を捜す？　あなたが自分の手で……」

「そうだ。でないと、こっちの気が済まない。——そうだ脩、おまえも手伝え」

「また、そんな無茶を」運転席で義弟の横顔が歪んだ。「今回の事件は戸部署の管轄で起きたもの。伊勢佐木署の僕が首を突っ込む理由は、どこにもありません」

「いいや、そんなことはない。これは伊勢佐木署の事件だ。いいか——事件はみなとみらいで起きているんじゃない。若王子邸で起こっているんだ！」

「ひょっとして古い映画の台詞を真似したつもりですか？」脩は呆れたように溜め息をつくと、「この前もいいましたが、敏江夫人は単なる病死。犯人なんていませんからね」

「いや、犯人はいる。美幸だよ、美幸。彼女が敏江夫人を殺したんだ。具体的に何をどうやったかは知らないが、美幸は敏江夫人を熱中症で死ぬように仕向けた。だが、その事実を中肉中背の男に知られてしまい、カネを強請り取られたんだ」

「では、その美幸さんがナイフで刺されて重傷を負ったのは？」

「これは想像だが、美幸のほうが男を殺そうとしたんじゃないのか」俺は顎に手を当てながら、ひとつの場面を思い描いた。「今日の昼、美幸は殺意を持って、男を多目的トイレの個室に誘った。そして中に入るなり、ナイフを手にして男に襲い掛かった。しかし体力に勝る男は、彼女の手からナイフを奪い取り、逆に美幸の背中を刺した。——そう考えれば、美幸の不自然な振る舞いも腑に落ちる」

「不自然な振る舞いとは？」

「今日の美幸は、男に対して妙に親密な態度だった。まるで本物のカップルのようにな。だが、それはあくまで計算ずくのこと。美幸は男を油断させながら、密かに殺害する機会を狙っていたんだ。結果的には返り討ちに遭ったわけだがな」

「なるほど。いちおう筋は通るようですね。——では百歩譲って、あなたの推理したとおりだったとしましょう。しかし、そうだとしても疑問は残ります。その謎の男は、なぜ美幸さんの秘められた犯行に気付くことができたんです？　おかしいじゃありませんか」

「そう、そこだ！」

俺は指を弾いて、運転席の義弟に命じた。「おい脩、いったん車止めろ！」

「もう、とっくに止まっていますよ」

「ハッ……いつの間に！」

いわれて気付いたのだが、確かにＢＭＷはすでに路肩に停車中だった。事件の話に夢中になるあまり事故を起こしては洒落にならない。そう考えた脩が、こちらの指示を待つまでもなく車を止めたのだ。俺は『グッジョブ！』というように親指を立ててから、あらためて口を開いた。「敏江夫人の死については、医者も警察も事件性ナシと判断してスルーしている。それなのに謎の男だけは、そこに美幸の作為があることを知り、強請りのネタとして利用することができた。いったい、なぜだ？」

「おそらく、その男は警察の知らない何らかの証拠を摑んでいる。あるいは、決定的な場面を目撃したのかもしれません」

「そうだよな。だとすれば、謎の男は敏江夫人の亡くなった日に、若王子邸にいた人物ってことにならないか。その可能性が高いだろ。だって証拠を摑むにしろ、何かを目撃するにしろ、現場の近くにいなけりゃ話にならないわけだからよ」

「なるほど、そのようですね」脩は眼鏡の縁に指を当てると、助手席の俺に鋭い視線を向けた。「なんだか話を聞いているうちに、僕もあなたの言葉を信じてみたくなりましたよ。事件は若王子邸で起きている——実際そうなのかもしれません」

「そうか、そりゃ良かった」

ようやく事なかれ主義のエリート捜査官も重い腰を上げる気になったらしい。そんな彼の気持ちを逆撫でするように、俺は敢えて素っ気ない口調でいった。「だが脩よ、おまえがわざわざ首を突っ込む必要はないぞ。これは伊勢佐木署の事件でも戸部署の事件でもないから。これは俺の事件だから。おまえは関係ないから……」

「いまさら何ですか！　さっきは『おまえも手伝え』って、いったくせして」

怒ったようにいって義弟はアクセルを踏み込む。ＢＭＷはタイヤを軋ませながら急発進を決める。ハンドルを握る脩が大きな声で俺に尋ねた。「で、これから、どうします？」

そうだな——と呟いた俺は気の重い仕事を片付けるべく、義弟に指示した。「とりあえず病院にやってくれ。まずは依頼人に会って事情を説明しないとな……」

7

そんなこんなで迎えた翌日。俺は一之瀬脩を引き連れての独自調査を開始した。

まず俺たちは若王子邸の前に車を止めて、地道な張り込み。そして、ひとりの若い女性を捕まえた。もちろん、捕まえたといっても逮捕したり拉致したりというわけではない。

運転席から飛び出した脩が、警察手帳と自慢のイケメンを示しながら、「ちょっと伺いたいことが……」と優しく話し掛けただけだ。するとその女性、若王子家に仕える通いの家政婦、鈴原美里はポッと頰を赤らめながら、「ええ、構いませんけど……」とアッサリ承諾の返事。そこで脩が「立ち話もナンですので、お話は車の中で……」といって愛車のBMW7シリーズを指で示したところ、若い家政婦は『〇〇〇〇ホイホイ』に引っ掛かる〇〇〇〇のごとく、喜び勇んでBMWの助手席へと飛び込んできた——というわけだ。

その一部始終を車の後部座席から見ていた俺は、義弟に対して羨望と嫉妬の思いを禁じ得なかった。——おい脩よ、おまえ、楽チンだな！　これなら横浜中の女をナンパできるじゃんか！

だが、義弟のモテ男ぶりに文句をいっても始まらない。俺は後部座席で存在感を消しながら、二人の会話に耳を傾ける。すると助手席の鈴原美里が自分から口を開いた。

「奥様が何者かに刺された事件のことですね？　私も報せを聞いてビックリしました」

「いえ、実はその件ではなくて……」といって脩は運転席で長い髪を掻き上げる。

家政婦は当然キョトンだ。「え、じゃあ、いったい何？」

「お聞きしたいのは、先月に亡くなった敏江夫人の件なんです。彼女が亡くなっているのを最初に発見したのは、鈴原さん、あなたですよね？」

「ええ、そうです」と、いったん頷いた直後、彼女は「いいえッ」と慌てて首を横に振った。「正確にいうと、亡くなった敏江様を最初に見たのは、私ではなくて木田さんです」

「木田さん、というのは？」

「木田輝也さん。つい先月まで若王子邸にお住まいになっていた方です。なんでも旦那様の遠い親戚に当たるのだとか。ありていにいうなら居候と呼べるでしょうか」

「その木田さんが、亡くなっている敏江夫人を発見した？」

「ええ、そうです。私よりも先に、木田さんのほうが敏江様の病室を訪れていますから。ただし、そのとき彼は敏江様が亡くなっていることに気付かず、単に眠っていると思ったようです。で、病室を出た直後、木田さんはトイレで私と出くわして……」

「ん、トイレで出くわした⁉」と脩は怪訝そうな表情。

家政婦は妙な誤解を招いては大変とばかりに、慌てて両手を振った。

「あの、そのとき私、ちょうどトイレ掃除に取り掛かろうとしていたんです。そこへ病室を出たばかりの木田さんがやってきました。そして私にいったんです。『敏江さんの病室って、いつもあんな感じなの？』みたいなことを」

「はあ、『あんな感じ』とは？」

「木田さんは『病室が少し暑いんじゃないか』と、そういうんです。『もう少し涼しくしてもいいんじゃないか』と、そんなことをいわれました」

「なるほど。それを聞いて、あなたは？」

「それで私は『だったら、あんたが病室の温度計を確認して、もし暑すぎるようならエアコンの設定温度を少し下げてやればいいんじゃないの？　それぐらいできるでしょ、この穀潰し(ごくつぶし)の居候め！』と正直そう思いましたが、なにせ私はしがない家政婦。まさか本心を漏らすわけにもまいりません」

そりゃ、そうだ――と、後部座席で俺は苦笑する。運転席の脩は唖然とした様子で、

「え、ええ……賢明な判断だと思いますよ。それで……？」

「私はトイレ掃除を中断して、敏江様の病室へといってみました。確かに室温は高めだったと思います。エアコンは稼動中でしたが、いまひとつ利きが弱い感じでした。私は『少

し暑くありませんか、大丈夫ですか……』と話し掛けながら、ベッドに歩み寄りました。敏江様はベッドの上で布団を撥ね除けたような恰好で横になっていらっしゃいます。そのときハタと気付きました。敏江様の身体が微動だにしていないことに。息遣いさえ聞こえません。私は慌てて敏江様の呼吸や脈拍を確かめたのですが……」

「そのとき彼女はすでに息がなかった――というわけですね」

「ええ、そのとおりです。私は思わず屋敷中に響くような悲鳴をあげてしまいました。それを聞きつけたのでしょう、慌てて木田さんと美幸様が病室にやってまいりました」

「そのときの美幸さんの様子は、どんな感じでしたか」

「それはもう酷く狼狽されている印象でした。敏江様が亡くなっていることを伝えると、ご遺体にすがりつくようにして号泣しておいででした。無理もありません。ここ数年ほど、ご高齢で病気がちだった敏江様を、美幸様が献身的に介護されてきたのです。その分、悲しみも深かったことでしょう。思わず私も貰い泣きしてしまいました」

　そういって若い家政婦は悲しげに俯く。その姿を眺めながら、俺はまったく別の感想を抱いた。敏江夫人の介護は、主に美幸の役割だったらしい。ならば介護に疲れた美幸が、ついつい邪悪な思いに囚われて、自らの手で敏江夫人を死の淵に追いやった。そういう仮説は、いちおう成り立つわけだ。

黙っていられなくなった俺は、後部座席から身を乗り出しながら、

「病室に駆けつけたのは、その木田って人と美幸さん、それだけかい?」

といって、いきなり前列の会話に割って入る。鈴原美里は、いま初めて俺の存在を認識したらしく、ギョッとした表情だ。構わず俺は質問を続けた。「てことは、その日の昼間、敏江さん以外で若王子邸にいたのは、君も含めて三人だけってこと?」

「ええ、そうです」鈴原美里は気を取り直した様子で深々と頷いた。「旦那様はお仕事に出ておいででした。旦那様と奥様の間には、二人の息子さんがいらっしゃいますが、二人とも学生さんですので昼間は学校へ出掛けて留守。ですから亡くなった敏江様を除けば、あのとき屋敷にいたのは美幸様と木田さんと私の三人だけでした。間違いありません」

「ふうん、そうか」だったら話は簡単。確認すべきは、ただひとつだ。俺は後部座席から首を突き出しながら尋ねた。「なあ、その木田輝也って男は、どんな体形だい? 太ってるとか痩せてるとか、背が高いとか低いとか?」

するとと鈴原美里は助手席で腕組みしながら、しばし考え込む仕草。やがて何かを諦めたように、ゆるゆると首を左右に振った。「残念ながら、木田さんについては、これといって特徴らしい特徴を思い出せません。体形は普通。顔も十人並み。そうですねえ、特徴があるとするなら、普通の人より少し見栄っ張りでエエ恰好しい。プライドが高いけれど、

逆にいうなら他人の目を気にしすぎる小心者ってことくらいで……」

「いや、あの、べつに中身はどうだっていいんだけどね」俺は家政婦の暴走する毒舌を中途で遮ってから、「とにかく、ありがとう。参考になったよ。ところで、その木田って人は、いまはもう若王子家にはいないんだね？」

「ええ、今月になって新しい仕事と住処が見つかったらしく、屋敷を出ていきました」

するとと運転席の脩が手帳を取り出しながら、「新しい住所は判りますか」

「ええ、判ります。木田さん、私が聞きもしないのに、向こうから一方的に何かを期待して教えてくれたんです。でも、いいのかしら、それを勝手に他人に教えちゃって……」

「いいんです、いいんです！」俺は彼女の背中を押すように、「だって、こいつ、刑事ですから。捜査に協力するのは善良な市民の務めですから！」といって義弟の顔を指差す。

脩は苦々しい表情を浮かべながら、「よろしくお願いします」

すると彼女は決断したらしい。自分のスマホを取り出し、木田の住所を読み上げる。そして、ふと訝しげな視線を後部座席に向けると、「あれ、だけど変ですねえ。『こいつ、刑事ですから』って、さっきそういいました？　じゃあ、あなたは、いったい……？」

「え、俺かい⁉」――俺は刑事の義理の兄だよ。それが、どうかしたかい⁉

ここがホテルのバーラウンジならばボーッと夜景を眺めて、都合の悪い質問をやり過ごすところだ。しかし生憎といまは車の中。仕方がないので、俺はＢＭＷの低い天井をボーッと見詰める。鈴原美里はすっかり困惑した表情だ。運転席の脩は、やれやれ、というように首を振ってパタンと手帳を閉じた。

「質問は以上です。ご協力、感謝いたします」

8

家政婦との面談を終えた俺と脩は、さっそく車を飛ばして、木田輝也という男に会いにいった。向かった先は横浜市西区東ケ丘。京浜急行の日ノ出町駅から歩いてすぐのところに建つ単身者向けのアパートだ。平日の昼間なので不在の可能性が高いのだが……と半ば諦め気分で玄関の呼び鈴を鳴らしてみたところ、意外にも中から返事があった。扉を開けて顔を覗かせたのは、短パンにＴシャツ、右手に大きな団扇を持った三十男だ。確かに太ってもなく痩せてもいない。背は高くないが低くもない。木田輝也に間違いなかった。いきなり玄関先に現れた二人組を前にして、彼は不審そうな表情。だが脩が警察手帳を示すと、「ああ、ニュースで見ましたよ。若王子美幸さんが刺された事件ですね。だったら何でも聞いてください。捜査に協力するのは市民の務めですから」と模範的な対応。そして、この俺に向かって「ねえ、刑事さん」と邪気のない笑顔で同意を求める。

俺は刑事ではないが「ええ、そうですね」と答えるしかなかった。

俺たちは近所の喫茶店に場所を移して、彼の話を聞くことにした。

質問の口火を切ったのは脩だ。何のこだわりがあるのか、ひとりウインナー珈琲(コーヒー)を注文した彼は、カップを片手にしながら、「先月、若王子敏江夫人が熱中症で亡くなった日、あなたは若王子家の屋敷にいましたね？」

「え、聞きたいことって、その件⁉」鈴原美里と同様、木田輝也も意外そうな表情を見せつつ、質問に答えた。「ええ、確かにその日、僕は若王子邸にいました。居候中だったんです。――え、なぜかって？　実は前に勤めていた会社が突然に倒産しましてね。結果、僕は会社の寮に住めなくなった。それで新しい仕事と住処が見つかるまで、あの屋敷に住まわせてもらっていたってわけです」

だが、そんな居候生活も先月まで。いまは警備会社に職を得て、アパートでひとり暮らしなのだという。仕事柄、勤務時間は不規則。平日の真っ昼間に部屋にいたのも、そのためらしい。

――だったら昨日の午後に、みなとみらいで美幸と会っていても不自然ではないな！

密かに疑いを強める俺の隣で、脩は眉ひとつ動かさずクールな表情。家政婦から入手した情報を元にして淡々と質問を繰り出す。その内容は、主に敏江夫人が亡くなった日における木田の行動に関するものだ。それに対する彼の答えは、ことごとく家政婦の供述と一致するものだった。木田は病室のベッドで横たわる敏江夫人の姿を確かに見たが、そのときは夫人が亡くなっているとは気付かず、その後、家政婦の悲鳴を聞いて、初めて異変を察したのだという。

脩は静かな口調で、さらに尋ねた。

「あなたは鈴原さんの悲鳴を、どこでお聞きになったのですか」

「トイレの中ですよ。悲鳴を聞いて、慌てて個室を飛び出したんです。ええ、美里さんの悲鳴だってことは、一瞬で判りました。僕はすぐに敏江さんの病室に駆けつけました。美幸さんもほぼ同時だったと思います。病室に入ると美里さんがいて、『敏江さんがお亡くなりに……』と泣きそうな声をあげてます。もちろん僕も驚きました。熱中症で亡くなるお年寄りは多いですけど、まさか敏江さんがそうなるなんてショックでしたね」

当時の状況を語る木田の口調には澱(よど)みがなく、嘘偽りを述べているような怪しさをいっさい感じさせない。もちろん、そのすべてがこちらを欺(あざむ)くための演技という可能性も考えられるわけだが、果たしてどうなのだろうか……？

そんなふうに思い悩む俺は、ほとんど無意識のようにジャケットのポケットを探った。

取り出したのは煙草の箱とライターだ。箱の中から一本摘んで口にくわえ、ジッポーを手にしたところで、「ちょっと、何やってるんですか！」という叱責の声とともに、真横からスーツの腕が、にゅーっと伸びてきた。器用な指先が俺のくわえた煙草を一瞬で摘み上げる。脩は奪い取った煙草を箱の中に仕舞いなおすと、それを俺へと突き返して、ひと言。「ここ、禁煙席ですよ！」

「あん、そうなのか⁉」

内心でチッと舌打ちしながら、受け取った煙草の箱をポケットに戻す。目の前では木田がニヤリとした笑みを浮かべている。俺はバツの悪い思いを誤魔化すように、いままで話題にしてこなかった点について質問を投げた。「ところで、あんた、なぜ敏江夫人の病室に入ったんだい？　夫人の体調が気掛かりで——ってわけじゃないよな。それなら最初に病室を覗いた時点で、あんたは敏江夫人の異変に気付いたはずだから。てことは何か別の理由があって、あんたは病室を訪れたはずだけど、それっていったい何だい？」

すると、この何でもない問い掛けに対して、意外にも木田はグッと言葉に詰まった。

「そ、それは、その……べつに何だっていいじゃありませんか……」

明らかに挙動がおかしい。思わず俺は隣の義弟と顔を見合わせる。脩は眼鏡越しの怜悧な視線を目の前の男に向けながら、「本当のことを、おっしゃってくださいね」

「ど、どうしてもですか?」

——ああ、どうしてもだよ! なに隠してやがんだ、この男!

痺れを切らして思わず叫びだしそうになる俺。一方の脩は粘り強く答えを待つ構えだ。

すると、ようやく木田が重い口を開いた。「く、薬を貰いにいったんですよ、敏江さんの病室に救急箱があるんです。その中に入ってる薬に用があったんです」

「ああ、そういうことですか」頷きながらも、脩はなおも腑に落ちない表情だ。「ちなみに、それ、どういう薬ですか」

「そ、それが今度の事件と、な、何か関係がありますかッ」聞き返す木田の声が面白いほどに裏返る。俺と脩の疑惑の視線は、ますます彼の顔面へと集中する。やがて観念したのか、木田は蚊の鳴くような小さな声でいった。「実は、その……肛門から出血がありまして……」

「なーんだ」俺は思わず揶揄(やゆ)するような口調で禁断の一文字を口にした。「痔かよ」

すると、この迂闊(うかつ)なひと言が木田の怒りの導火線に火を点けた。「痔じゃねーよ! 痔なわけねーじゃんか。ただ肛門から出血があるってだけだ。勝手に痔とか、いわねーでもらえるか。それともあんた、俺の肛門、詳しく調べたことでもあんのかよ、ああん!」

「わわわ、判った判った!」木田のあまりの剣幕に俺はビックリ。降りかかる怒りの火の粉を遮るように、両手を前に突き出しながら、「あ、あんたのいうとおりだよ。そうだ、あんたは痔じゃない。指先から出血したって、それを痔と呼ばないのと同様、肛門から出血したって、それを痔とは呼ばないさ。ああ、もちろんだとも――な、そうだろ、脩！」

「まあ、そうですね」義弟は適当に頷いて、再び木田のほうを向いた。「要するに、あなたは痔の……いや、肛門の薬を救急箱の中から持ち出したのですね。では病室を出た直後に、あなたがトイレに向かったというのも、そういう訳だった……あなたは、その薬を使おうと思ってトイレへ……そして、そこで薬を肛門に……」

　脩の質問の言葉は、なぜか独り言のような小さな声になり、ついには途切れた。明らかに様子がおかしい。俺は黙り込む義弟の横顔を心配げに見やりながら、

「どうした、脩？　肛門がどうかしたのか？」

「妙な言い方、やめてくださいね」脩は横目でキッと俺を睨みつけると、あらためて木田のほうに向きなおった。「ちなみに、あなたが病室から持ち出した薬というのは――座薬ですよね？」

「そりゃそうだろ。痔の薬っていや、座薬に決まってるじゃん」俺が勝手に答えると、

「畜生、痔じゃねーって何遍いわせんだよ！」木田は俺を一喝してから、あらためて脩の質問に答えた。「ええ、そうですよ。座薬です。それが、どうかしましたか？」

「その座薬、ちゃんと使えましたか？　パッケージの中から取り出せましたか？」

問い掛ける脩の表情は真剣そのものだ。その妙にくどく思える言い回しを耳にして、ようやく俺もピンときた。脩がなぜ病室から持ち出された座薬にこだわるのか。なぜ座薬がパッケージの中から取り出せたか否かを、敢えて問題にするのか。その質問の意図を理解した俺は、黙って木田の答えを待つ。すると木田は喫茶店の天井を眺めながら、

「あれ、そういや、あの薬どうしたっけか……ああ、そうそう！　パッケージから座薬を取り出しかけた、ちょうどそのとき、美里さんの悲鳴が聞こえたんですよ。それで驚いた僕は、開きかけたパッケージごと薬を床に落っことしてしまったんです」

「床に落とした⁉　それから、どうしました」

「どうしたって……すぐさまトイレを飛び出して、敏江さんの病室へ……」

「じゃあ、その座薬は結局どうなったんですか」

「そういや、どうなったんだろ。拾った記憶はないし、ケツに入れた記憶もない。そもそも敏江さんが亡くなったと判って以降は、もう大騒ぎで、薬どころじゃなかったし……たぶん、そのままほったらかしになったんじゃありませんかねえ。誰かが拾ってゴミ箱にでも捨ててくれたのかも。だけど刑事さん、なんで、そんなこと知りたがるんですか。そんなに僕の痔に興味がありますか？」

――おいおい、ようやく認めやがったな、痔だってこと！

苦笑いする俺をよそに、脩の横顔はあくまで真面目一辺倒だ。義弟はテーブル越しに木田のことを見据えると、低い声で確認した。「鈴原美里さんの話によれば、その日、若王子邸にいたのは、亡くなった敏江夫人を除けば、あなたと鈴原さん、そして若王子美幸さんの三人のみ。それで間違いはありませんか」

「ええ、間違いありません」とアッサリ頷いた木田は、しかしその直後に「あ、ちょっと待ってくださいね」といって、ひとつの事実を付け加えた。「確か、あの日は庭師の人がきていたはず。若王子邸に出入りしている『吉井(よしい)園芸』という造園業者です。そうそう、そういや、あの庭師の人、僕が救急箱から薬を取り出すところを、窓の外からジーッと見詰めていましたっけ。まるで泥棒を見るような目でね」

9

「いうまでもないことですが……」といって脩が急ハンドルを切る。ＢＭＷがタイヤを鳴らして交差点を曲がると、彼はハンドルを戻しながら続けた。「座薬というものは、使用前は固形でも、使用後は体内で溶ける。体温によって溶解する性質を持ちます」

「ああ、知ってる。――痔じゃねーけど、使ったことあるから」助手席の俺は身体ごと義弟のほうを向きながら続けた。「その座薬が敏江夫人の病室にあった。木田輝也はそれを持ち出した。だがパッケージを開きかけたところで、それをトイレの床に落とした。誰か、それを拾った奴がいるはずだ」

「ええ、おそらく、その人物はパッケージを開けてみたのでしょう。そのとき中の座薬は、どうなっていたか？　普通に取り出せる状態にあったか？」

「いいや、薬はドロドロに溶けていた！」俺は指を弾いて叫んだ。「つまり敏江夫人の病室は、みんなが思っているような《ちょっと暑い》程度の状態じゃなかったわけだ」

「そう思います。一時的には、体温くらいまで室温が上昇していたのではないでしょうか。あの日は梅雨が明けて最初の猛暑日でした。エアコンを完全に停止させれば、室温は三十六、七度になっても不思議はない。これなら座薬はパッケージの中で溶けてしまう。その一方で、高齢の敏江夫人は脱水症状を起こして命を落とした。彼女が息絶えた後で、再びエアコンを稼動させれば、異常なほど高かった室温も、《ちょっと暑い》程度に落ち着いたことでしょう。そうなった状態で、ようやく敏江夫人の遺体は発見された。医者は熱中症の診断を下す。事実、熱中症で亡くなったのだから、間違いではありません。警察も事件性ナシと判断する。だが実際には、敏江夫人は三十度やそこらの室温の中で、運悪く命を落としたわけではなかった。体温に近いくらいの異常な室温の中で、明確な意図を持って死に追いやられたのです」

「座薬を拾った何者かだけが、その事実に気付くことができたわけだ」

「そう思います。そして、その何者かは病室のエアコンを停止させた人物について、おおよその見当が付いたのでしょう。『これは若王子美幸の仕業だな』──と」

「そこで、その何者かは美幸に口止め料を要求した。美幸は中華街では、おとなしく要求に従ってカネを渡した。だが、みなとみらいでは反撃に転じた。自ら相手をトイレの個室に誘い込むと、ナイフで襲い掛かり、そして返り討ちに遭った──」

「あくまで想像に過ぎません。そもそも、パッケージの中で座薬がドロドロに溶けていたか否か、それだって僕らには、いまさら知りようがないのですから」

「ああ、もちろん判ってるさ」だが、この推理、そう大きく間違ってはいないはず。そんな確かな感覚が胸中に広がる。俺は正面に向きなおって尋ねた。「ところで、まだなのかよ、『吉井園芸』は？」

俺と脩は、木田輝也の話に出てきた造園業者のもとへと向かう途上にあった。庭師ならば仕事の最中に屋敷のトイレを借りることも当然ある。そこで床に落ちた座薬のパッケージを拾う可能性も充分にあるはずだ。今度こそ念願だった《ミスター平均値》との再会が果たされるのではないか。そんな予感を覚えて、俺は助手席で密かに武者震いする。

脩は目的地から少し離れた駐車場にＢＭＷを停車させた。そこから歩いて『吉井園芸』へと向かう。そこにはポロシャツ姿の中年男性がいて、軽ワゴン車に脚立(きゃたつ)やら鋏(はさみ)やらといった道具類を詰め込んでいるところだった。脩が警察手帳を示すと、男は「吉井英二(えいじ)」と名乗った。どうやら彼が『吉井園芸』を切り盛りする親方らしい。

脩は淡々とした口調で、質問の口火を切った。

「先月、若王子敏江夫人が亡くなった際の話を聞かせていただきたいのです。その日、若王子邸でお仕事をされていましたよね？」

「ええ、そのとおりですが」

キョトンとして答える中年男。その顔と身体つきをマジマジと見詰めながら、俺は心の中で密かに落胆の溜め息を漏らしていた。――違う。この男ではない。

まず身体つきが、日本人の平均値とかけ離れている。吉井英二はいかにも力仕事向きらしい大柄で立派な体格。おまけに、その顔は長年にわたる屋外作業のせいで、首筋に至るまで日焼けしている。この顔をサングラスやマスクで覆い隠したとしても、中華街やみなとみらいで見た《ミスター平均値》の印象とは、まったく重ならないだろう。

肩を落とす俺の隣では、脩が懸命に質問の矢を放っている。だが吉井英二の証言は、ことごとく木田輝也の話した内容と一致するものだった。確かに彼は木田が病室の救急箱の中から、何らかの薬を取り出す場面を目撃したらしい。「でも、それが何か？」と首を傾げる彼の様子に、不自然さは見られない。そこで脩はついに直球の質問を投げた。

「あなたは、あの日、若王子邸でトイレを借りましたか」

すると中年の庭師はキッパリ「いいえ」と首を振った。なぜ、そんなくだらないこと聞くんですか――と日焼けした顔に書いてある。脩の質問は、ここで途切れた。

三人の間に重苦しい沈黙が舞い降りる。それと同時に俺の耳が、普段なら聞き漏らすような微かな機械音を捉えた。唸るようなモーターと旋回する羽根の音。これはエアコンの室外機の音だ。そのことに気付いた瞬間、俺はハッとなって目の前の庭師に尋ねた。

「あの日、病室の外にある室外機が止まっていた――なんてことは、なかったですか」

「はあ、室外機⁉　いやあ、それは判りませんねえ、なんせ先月の話だから……ああ、ちょっと待ってくださいよ」そういって吉井英二は建物の引き戸を開けると、いきなり中へと呼びかけた。「おい、マサシ、ちょっとこいや。おまえ、あの日、若王子さんちの病室の室外機がどうだったか、覚えてるか」

「え、何ですか、親方⁉」といいながら姿を現したのは、三十前後と思しき作業服の男だ。その姿恰好を見るなり、思わず俺はハッと息を呑んだ。無表情を装うのが難しいほどの緊張感に頰が引き攣る。そのとき俺の視線と男のそれが一瞬、確かに交錯した。先に目を逸らしたのは、向こうだった。「……し、室外機が、どうかしましたか、親方？」

「ほら、先月、若王子さんちの敏江さんが亡くなっただろ。あの日、病室の室外機が、どうだったかって話さ。おまえ、覚えがあるか。俺はサッパリなんだけどよ」

「あ、ああ……ええっと」男の視線が頼りなく宙をさまよう。そして彼はどこかぎこちない口調で、こう答えた。「いや、べつに、どうもなかったと思いますよ」

「ん⁉ どうもなかった――といいますと？」

脩が何食わぬ顔で問い掛ける。作業服の男は額に浮かぶ汗を手で拭いながら、

「だから普通だったってことですよ。ええ、普通に動いていましたよ」

その言葉を聞いた瞬間、俺の握った両手に思わず力が入る。一方、脩はもう必要がないと考えたのだろう。それ以上の質問を控えた。作業服の男は親方と俺たちに一礼して、建物の中へと戻っていった。俺は男が引っ込んでいった引き戸を指差しながら、

「いまの人は、お弟子さんか何かですか」

「ええ、高橋マサシっていいます。知り合いの息子でしてね。うちで預かっています」

「最近この仕事を始めたばっかりって感じですね」

「始めて三ヶ月の見習い庭師ですよ。判りますか」

「ええ、なんとなく。まだ、そんなに日焼けしていないし、それに親方ほど筋骨隆々ってわけでもない。見た目、いたって普通の体形――」呟くようにいってから、俺は義弟に向きなおった。「それじゃあ聞きたいことも聞いたし、そろそろお暇させてもらうか」

「そうですね」と応えて、彼は眼鏡のブリッジを指先で押し上げた。

俺たちは庭師の親方に礼をいって、『吉井園芸』を後にする。駐車場まで戻ったところで、俺のスマホがいきなり着信音を奏でた。相手は事務所に残してきた舎弟だ。運転席に乗り込んだ義弟が、怪訝そうにこちらを見やる。俺は『ＢＭＷ』が『ｂｍｗ』に見えるくらいまで車から距離を取って、スマホを耳に押し当てた。「どうしたんだ、真琴？」

『あ、兄貴ぃ、いま依頼人から急に電話があってよぉ』

「勝信氏から？」俺は嫌な予感を胸に秘めながら、「何だ。何があった？」

『悪い報せだぜ。あの奥さん、結局、助からなかったらしい』

「そうか……」俺はガックリと両肩を落とした。

敏江夫人を殺害したと目される若王子美幸は、何も語らずに死んだ。彼女自身の口から真相が明かされる可能性はゼロになった。となると、もはや真実にたどり着く道は、ひとつしか残されていない。俺はスマホの向こうにいる舎弟にいった。

「おい、ひとつ頼みたいことがある。これは真琴にしかできない仕事だ――」

10

そうして迎えた、その日の夜。港ヨコハマの、とある埠頭には怪しい男の影があった。熱帯夜確実と思われる蒸し暑さの中、スカジャンの袖を捲っただけの暑苦しい恰好。夜の闇に紛れたり、物陰に隠れたりなどしながら、ジグザグに歩いている。背中で暴れる龍虎のフォルムを、月明かりがボンヤリと照らしていた。――しかし大事な仕事だというのに、なんでコイツはこの恰好できやがったんだ？

あまりに目立ちすぎる舎弟の姿に、思わず舌打ちする俺は、ひとり車の中。誰かさんのＢＭＷではなく、自分の愛車ボルボだ。埠頭を歩く黛真琴の、遥か後方を超低速で進む。

俺の目には真琴の背中しか見えない。だが真琴の目には、さらにその前を歩く別の男の背中――中肉中背の特徴のない背中――がハッキリと見えているはずだ。

俺たちは庭師見習いの男、高橋マサシを尾行中だった。昼間の一件があるため、俺や脩は面が割れている。したがって、この仕事は『真琴にしかできない』のだった。

もっとも、これが果たして仕事と呼べるだろうか。仕事だとするなら依頼人は誰だ？報酬は何だ？　我ながら首を傾げたくなるところだが、これはもう乗りかかった船だ。航路の行く末を見届けるまで、この船を降りることはできない。

俺は微妙なアクセル操作で舎弟の後を追い続けた。

時刻は午後十時を回っている。夜の埠頭に人の姿はごく僅かだ。その大半は、夜景さえ見せときゃ女が喜ぶと思い込んでいる馬鹿な男たちと、その思い込みにアクビを嚙み殺しながら付き合う心優しい女たちだ。どっちにしても真琴の存在が浮いて見えるのは致し方ない。それでも幸いにして彼の尾行は順調なようだった。

するとハンドルを握る俺の前方、ふと真琴が倉庫のような建物の角に身を隠す。俺はハンドルを切って、彼の傍へと車を停めた。運転席の窓から顔を突き出し、口をパクパクさせながら舎弟との間で無言の意思疎通を図る。『ド・ウ・シ・タ・ン・ダ・?』

すると真琴も俺を見習って、『パクパクパク、パクッパクッ！　パクパクパクッ！』

――ええい、馬鹿らしい！　口パクじゃ何いってんだか全然判んねーじゃんか！

痺れを切らした俺は運転席を飛び出して、舎弟のもとへと駆け寄る。そして先ほどの質問を小声で繰り返した。「どうしたんだ、真琴？」

「あの男、この建物の向こうで、立ち止まったままだ。誰かを待ってるらしいぜ」

「なるほど」――それほどの長文だと、口パクで伝えるのは絶対無理だな！

俺はひとつ大きく頷いて、自らも建物の角から顔を覗かせてみる。

離れたところに街灯が一本。その真下に高橋マサシが、ひとり佇んでいる。《ミスター平均値》に間違いない。身体つきに特徴がなくとも、彼の羽織った白いサマージャケットには確かな見覚えがあるのだ。

そのとき別の方角から男のもとに駆け寄ってくる、もうひとつの影があった。純白の半袖ブラウスに、マキシ丈のスカート。若い女性だ。そう思った次の瞬間、街灯の明かりの下で、二つの影がひとつになる。目の前で繰り広げられる熱い抱擁シーン。それを覗き見しながら、俺は思わず『ヒュ〜ヒュ〜！』と下品な口笛を吹きそうになった。

そんな俺の背後では真琴が「ゴクッ」と唾を飲む。彼もまた俺の背中越しに首を伸ばしながら、同じ場面に釘付けになっているのだ。「兄貴、あの女は？」

「ああ、あの女は、たぶん……」

だが、俺がその名を口にしようとした、そのとき！

抱き合う二人の身体が突然、反発しあう磁石のようにパッと離れた。女の顔が街灯の明かりを受けて露になる。――やはり間違いない。鈴原美里だ。若王子家の家政婦だ！

そう確信した次の瞬間、「きゃあッ」という悲鳴が彼女の口から漏れた。その顔は恐怖に引き攣って見える。彼女の視線の先には、ナイフを握る高橋マサシの姿があった。抱擁シーンから一転、男の横顔には残忍な表情が張り付いている。――畜生、ヤバイ！

そう思ったと同時に身体が動いた。「いくぞ、真琴！」

「お、おう、兄貴！」

俺は建物の陰から飛び出し、そして直後には自分が武器らしい武器を持たないことに気付いた。だが立ち止まったら終わりだ。俺は威嚇するような大声を発して、相手との距離を一気に詰める。高橋マサシが慌てて、こちらを向いた。「な、なんだ、おまえら！」

叫び声をあげる彼の顔面には驚愕の色が滲んでいる。

男は咄嗟に背中を向けて、女を人質に取ろうという素振り。だが、それをされては堪らない。「させるか！」と叫んで俺は相手の背中に必死でしがみつく。

一方の真琴は何を思ったのか、鈴原美里のほうに飛びついて、彼女の身体をコンクリートの地面に押し倒す。彼女の口から「うッ」という苦悶の声があがったが、とにかく人質を取られる場面は免れた。すると真琴は、これで自分の役目は充分果たしたと思ったのだろう。

「後は任せたぜ、兄貴！」

「え⁉」――いやいや、任せられても困るんだがな！

丸腰の俺は相手のサマージャケットにしがみつきながらも、実はそれ以上、為す術がない。ナイフを持つ高橋マサシは死に物狂いで両手を振り回す。そうするうちに何の拍子か、暴れる彼の左腕が、サマージャケットの袖からスポリと抜けた。続いて彼はナイフを持った右腕も強引に引き抜く。俺の手には裏返しになったジャケットだけが残った。身軽になった高橋マサシは、背番号25のユニフォーム——ではなくて今夜は黒いTシャツ姿だ。ナイフは相変わらず彼の右手に握られている。だが彼は数的不利な状況を嫌ったのだろう。威嚇するようにナイフを何度か振り回すと、いきなり踵を返した。

「逃げる気か。——畜生、待て！」

と、いちおう叫んではみたものの、ウッカリ追いついたら最後、凶悪な刃の餌食にされかねない。隣では真琴も「待ちやがれ、この野郎！」と強そうなことをいいながら、その場で足踏みを繰り返している。これでは誰も追いつけるわけがない。

高橋マサシは悠々と建物の角を曲がり、俺たちの前から姿を消した。

「畜生、逃げ足の速い奴だぜ……」

「ああ、まったくだな、兄貴ぃ……」

これ見よがしに残念がる俺たちの姿を、放心状態の鈴原美里が、しゃがんだまま見詰めている。

するとその直後、建物の向こう側から聞こえてきたのは、何やら小競り合いをするような物音。それから荒々しく獣じみた声だ。何事かと俺たちが身構えた次の瞬間、あたりに

響き渡ったのは、

「うぎゃあああぁぁ――ッ」

という男の絶叫だ。その声は闇を切り裂き、夜空を揺るがして、横浜の海を確かに波立たせた。

思わず顔を見合わせる俺と真琴。すぐさま駆け出して建物の角を曲がる。すると停めてあったボルボの傍。たったいま逃げ出したはずの高橋マサシが、情けない姿で地面に組み伏せられていた。黒いTシャツから伸びた右腕は背中のほうへと、あり得ない角度で曲げられている。その腕を両手でグイグイ捻り上げているのは、ダークスーツを身に纏ったスリムな男――一之瀬脩だ。

その傍らの地面には一本のナイフが転がっていた。

状況を察した真琴は、すぐさまナイフを拾い上げると、「よっしゃあ！」と叫んで大威張りでガッツポーズ。だが俺の舎弟が、それほど特別な働きをしたわけではない。

――はしゃぐなよ、真琴！　むしろ恰好悪く見えるだろーが！

俺は溜め息をついて義弟へと歩み寄る。そして汗ばむ彼の横顔を眺めながらいった。

「よお、大変そうだな、一之瀬刑事。何か手伝おうか？」

11

　こうして一之瀬脩は美幸殺しの真犯人、高橋マサシに手錠を打った。やがて捕り物の現場となった埠頭に続々と警察車輛が到着。退屈な夜景に内心飽き飽きしていた女性たちを中心に野次馬の輪ができて、あたりは一時騒然となった。

　命を狙われた鈴原美里も複数の私服刑事から事情を聴かれている。彼女は知っている事実を包み隠さず話すことだろう。

　俺が脩から説明を受けたのは、野次馬たちの姿も消え去ったころだ。義弟とともに埠頭の端に立ちながら、俺は尋ねた。

「結局、例の座薬を拾ったのは、鈴原美里だったわけだな？」

「ええ、そのようです」脩は暗い海を眺めながら答えた。「敏江夫人が亡くなっていると判って大騒動になっている中、彼女は掃除道具が出しっぱなしなのを気にして、いったんトイレに戻ったんですね。そこで床に落ちている座薬を見つけた。そして半ば開きかけていたパッケージを、その場で完全に開けてみたそうです」

「すると中の座薬はドロドロに溶けていた」

「ええ。鈴原美里は『おや⁉』と思ったそうです。彼女はその座薬が普段、敏江夫人の病室の救急箱に保管されていることを知っていた。それをつい先ほど木田輝也がトイレに持ち込んだことも、彼女には判っていた。その座薬がドロドロに溶けているというのは、どういうことか？　考えるうちに、彼女は疑念を抱いたそうです。『ひょっとすると敏江夫人の病室は体温ぐらいの暑さだったのではないか』と。その真相を確かめるため、彼女は後日、高橋マサシから話を聞いたというわけです」

「敏江夫人が死んだ日、高橋は親方と一緒に若王子邸を訪れていたからな」

「ええ、鈴原美里は高橋に知っていることを話した。その一方で彼に確認したんです。『病室の室外機が、あの日、止まっていなかったか』と」

「彼は何と答えたんだ？」

「実際のところ、高橋は室外機が止まっていたか否か、まったく覚えがなかったようです。ただ彼は病室に出入りする美幸の姿だけは、窓の外からハッキリ見た記憶があった」

「なるほど。それで鈴原美里の推測は確信に変わったわけだ。美幸がエアコンを止めた張本人だと。そして、それをネタに美幸からカネを巻き上げることを思いついた」

「鈴原美里の話によれば、それを言い出したのは高橋マサシのほうらしいですがね。まあ、どちらが主犯でどちらが従犯か、いまは何ともいえません。いずれにせよ、実際に美幸を強請ったのは高橋のほうです。カネを受け取ったのも彼。あなたが見た中華街の光景がそれです。後はもう説明の必要はありませんね。美幸は高橋を殺そうとして、返り討ちに遭った。あなたが推理したとおりだったわけです」

「そうか、判った」頷いた俺は、義弟に不満げな視線を向けた。「だが、よく判らないのは、今夜のおまえのことだ。ひょっとして俺たちのことを尾行してやがったのか」

「まあ、そういうことです。あなたが高橋マサシのことを怪しんでいるのは、見ていて判りました。高橋もあなたを見て、何かを察した様子でしたしね。そんな彼が焦って動くとすれば、それは今夜である可能性が高い。しかし僕の顔もあなたの顔も、高橋にはバレている。だから、あなたは真琴さんを尾行のパートナーに選んだのでしょう？　そんなあなたを僕が密かに尾行した。それだけのことです。――しかし、まさか今夜、高橋が慌てて鈴原美里を殺そうとするなんて、正直思ってもみませんでしたがね」

「それは俺もだ。たぶん高橋は美幸が死んだというニュースを見たんだろうな。それによって真相を知る人物は共犯者である鈴原美里だけになった。そこで彼は早いうちに共犯者の口を封じようと考えたんだろう。――危なかったよ。また死人が出るところだった」

ふうッ、と俺は心の底から安堵の溜め息。それから半ば無意識でポケットの中を探って煙草の箱を取り出す。さっそく一本口にくわえて火を……と思ったのだが、しかしどういうわけだか、肝心のライターが見つからない。焦ってポケットの中をひっくり返す俺。すると横から突然、にゅーっと義弟の右手が伸びてくる。昼間にも見た光景だ。

——畜生、またかよ！

そう思った俺は慌てて煙草を指で押さえる。

だが伸びてきた右手は、もう俺の煙草を奪い取ったりはしなかった。彼の右手にしっかり握られているのは、意外にも俺のジッポーだ。

「——ん⁉」

呆気に取られる俺の耳に、脩の声が響いた。

「昼間、あなたが喫茶店に置き忘れたものです。僕が回収しておきましたよ」

そして脩は器用に指を動かし、俺のライターに自ら火を灯した。

「あ、ああ、サンキュ……」

俺はくわえた煙草を目の前の小さな炎に近づける。だが煙草に火を点ける寸前、ふと躊躇いを覚えてピタリと動きを止めた。

「でもよ、おい、ここって禁煙区域じゃねーのかよ？」

「さあ、そうかもしれませんね。——だったら誰にもバレずに、ひとりで吸ってください。その間、僕はただボーッと夜景でも眺めることにしましょう」

そういって脩はニヤリと共犯者の笑みを浮かべる。

──おお、多少は判り合えるようになったじゃねーか、義兄弟(きょうだい)！

心の中でそう叫びながら、俺は義弟の差し出すライターの炎で、ようやく念願の煙草に火を点けた。深く吸い込んで、夜空に向かってフウーッと紫煙を吐き出す。俺が一本きっちり吸い終わるまで、脩は遥か遠くに見える大観覧車のイルミネーションを黙って眺め続ける。蒸し暑い八月の夜風が、暗い水面(みなも)を撫でるようにして埠頭を吹きぬけていった。

「さてと、俺はもういくぜ」俺は兄貴っぽく片手を挙げながら、「じゃあな、弟よ！」

ところが脩は僅かに顔をそむけると、

「勘違いしないでくださいね。べつに、あなたを兄と認めたわけではありませんから」

と、一転して素っ気ない態度だ。

──やれやれ、相変わらず可愛げのない奴め。少しは真琴のことを見習ったらどうだ？

思わず苦笑いする俺は、「まあ、いいや。じゃあ、母ちゃんによろしくな」と言い添えてから、義弟の前でひとり踵を返す。

振り返ることなく大股で埠頭を歩く俺。

すると、いままでどこに隠れていたのか舎弟の真琴が駆け寄ってきて、不思議そうな顔をこちらへと向けた。

「なああなあ、兄貴ぃ、あの刑事と何を喋ってたんだよ？　また何か疑われたのかい？」

「はあ、そう見えたのか⁉　バーカ、違うよ、そんなんじゃねえ」

俺は片手を振って答えた。

「ちょっと、煙草の火を借りただけさ――」

（この作品は、令和元年八月、小社から四六判で刊行されたものです。また本書はフィクションであり、登場する人物、および団体名は、実在するものといっさい関係ありません）

伊勢佐木町探偵ブルース

一〇〇字書評

切り取り線

購買動機（新聞、雑誌名を記入するか、あるいは○をつけてください）	
□（　　　　　　　　　　　）	の広告を見て
□（　　　　　　　　　　　）	の書評を見て
□ 知人のすすめで	□ タイトルに惹かれて
□ カバーが良かったから	□ 内容が面白そうだから
□ 好きな作家だから	□ 好きな分野の本だから

・最近、最も感銘を受けた作品名をお書き下さい

・あなたのお好きな作家名をお書き下さい

・その他、ご要望がありましたらお書き下さい

住所	〒				
氏名		職業		年齢	
Eメール	※携帯には配信できません	新刊情報等のメール配信を 希望する・しない			

この本の感想を、編集部までお寄せいただけたらありがたく存じます。今後の企画の参考にさせていただきます。Eメールでも結構です。

いただいた「一〇〇字書評」は、新聞・雑誌等に紹介させていただくことがあります。その場合はお礼として特製図書カードを差し上げます。

前ページの原稿用紙に書評をお書きの上、切り取り、左記までお送り下さい。宛先の住所は不要です。

なお、ご記入いただいたお名前、ご住所等は、書評紹介の事前了解、謝礼のお届けのためだけに利用し、そのほかの目的のために利用することはありません。

〒一〇一－八七〇一
祥伝社文庫編集長　清水寿明
電話　〇三（三二六五）二〇八〇

祥伝社ホームページの「ブックレビュー」からも、書き込めます。
www.shodensha.co.jp/bookreview

祥伝社文庫

伊勢佐木町(いせざきちょう)探偵(たんてい)ブルース

令和 4 年 7 月 20 日　初版第 1 刷発行

著　者　東川篤哉(ひがしがわとくや)

発行者　辻　浩明

発行所　祥伝社(しょうでんしゃ)

東京都千代田区神田神保町 3-3

〒 101-8701

電話　03（3265）2081（販売部）

電話　03（3265）2080（編集部）

電話　03（3265）3622（業務部）

www.shodensha.co.jp

印刷所　萩原印刷

製本所　ナショナル製本

カバーフォーマットデザイン　芥 陽子

Printed in Japan ©2022, Tokuya Higashigawa ISBN978-4-396-34820-5 C0193